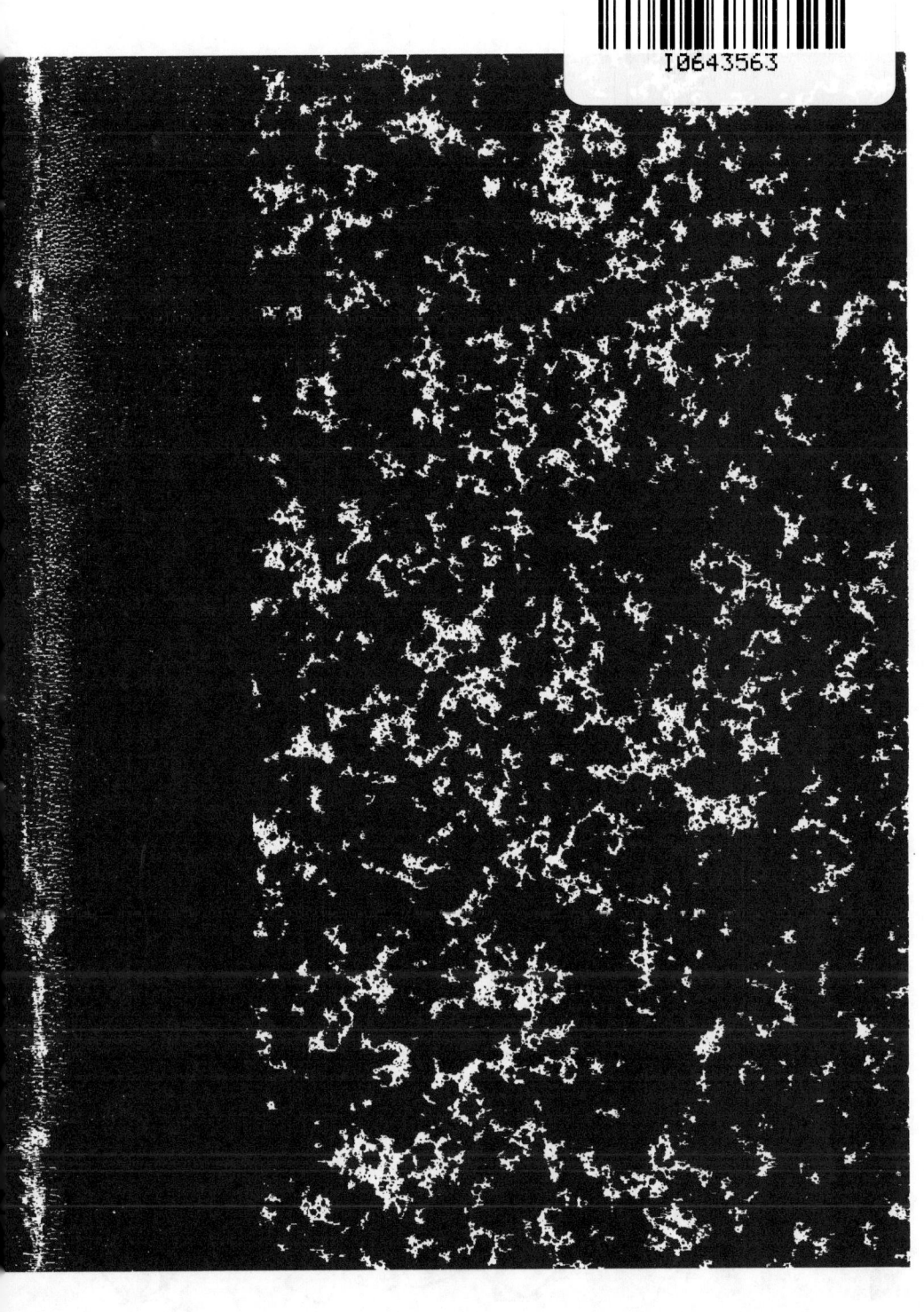

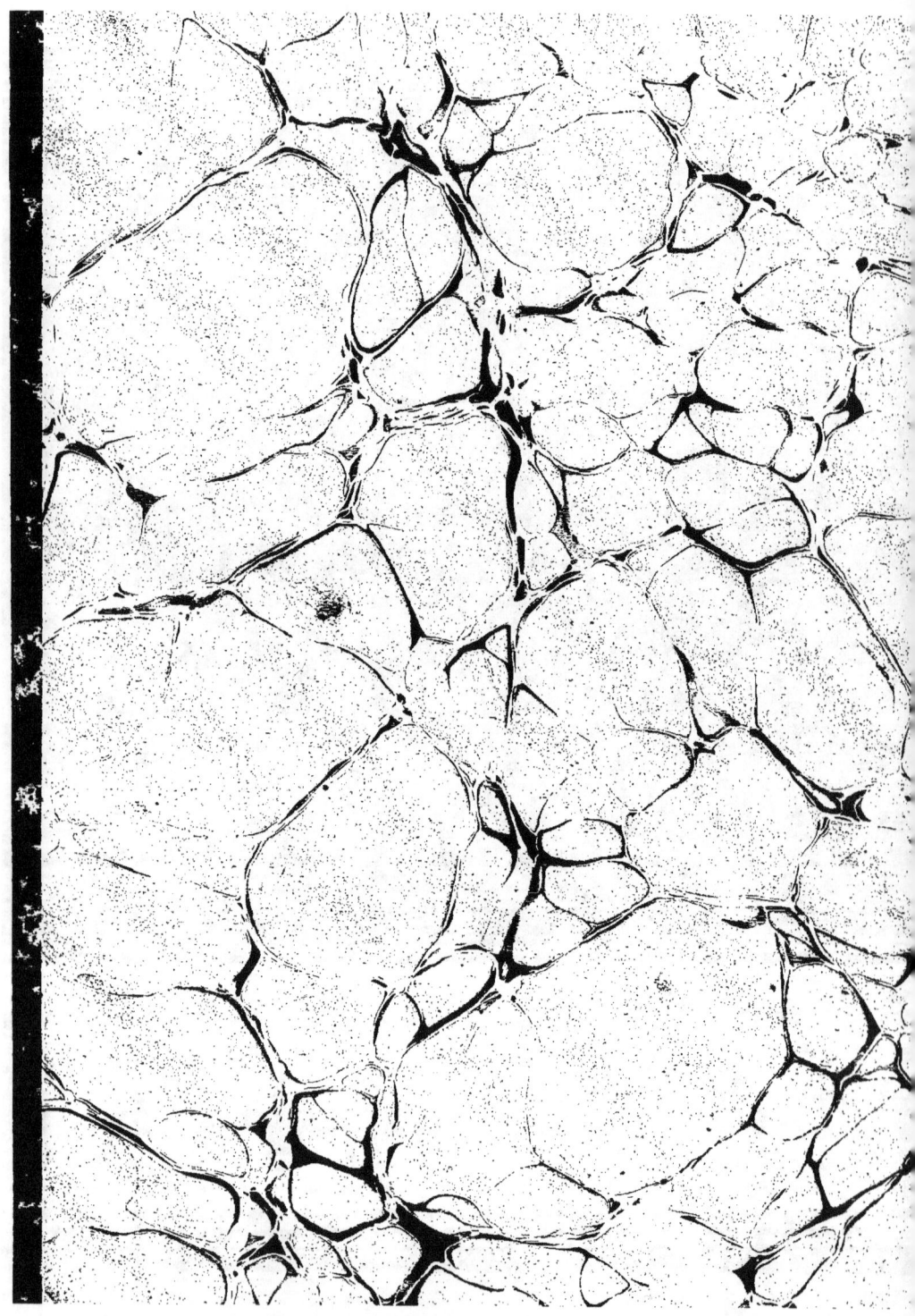

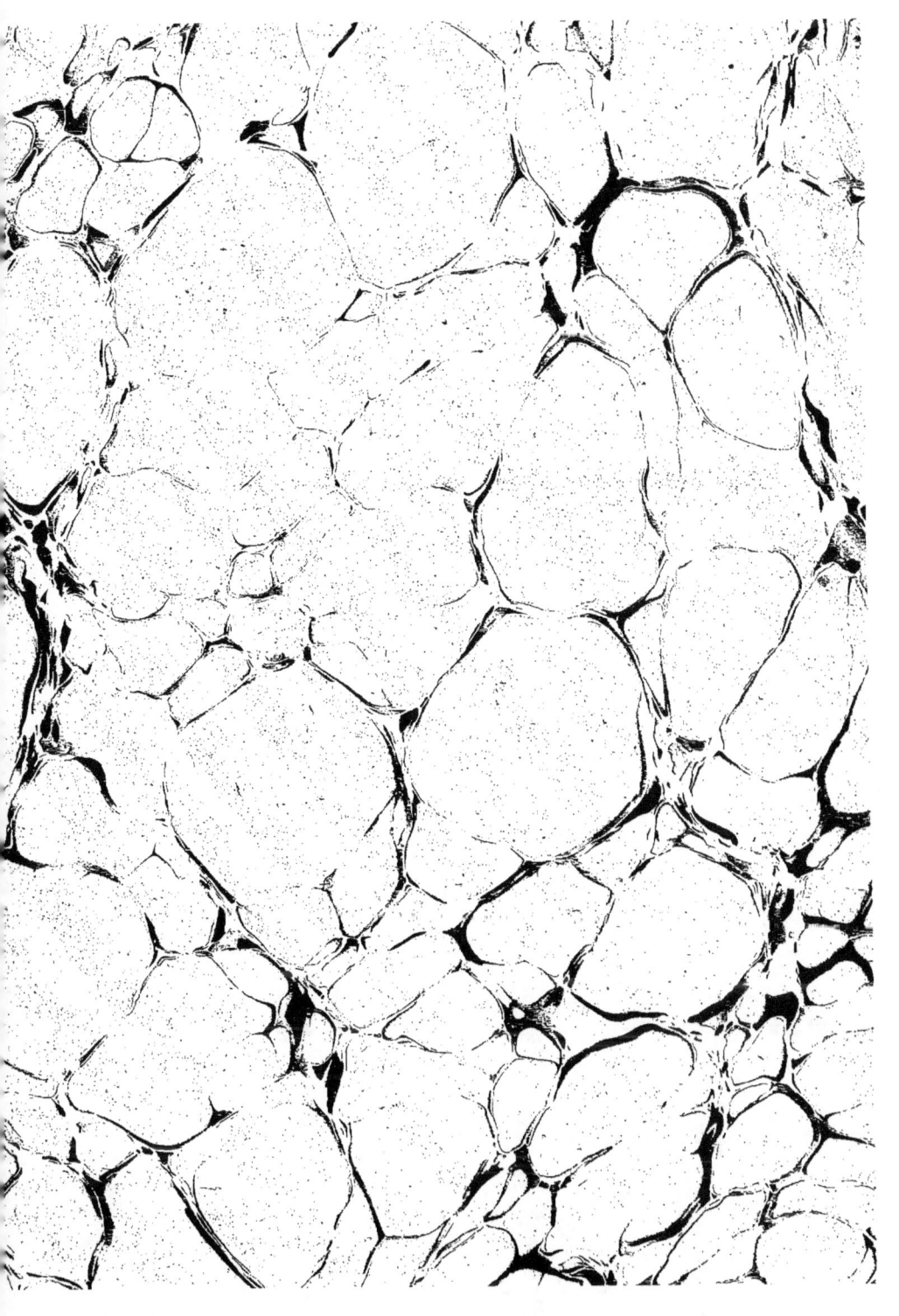

VENISE

ET LA VÉNÉTIE

COULOMMIERS

Imprimerie PAUL BRODARD

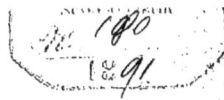

BIBLIOTHÈQUE

DES ÉCOLES ET DES FAMILLES

VENISE
ET LA VÉNÉTIE

PAR

JULES GOURDAULT

Ouvrage illustré de 94 gravures et 3 cartes

DEUXIÈME ÉDITION

PARIS

LIBRAIRIE HACHETTE ET Cie

79, BOULEVARD SAINT-GERMAIN, 79

1891

VENISE

ET LA VÉNÉTIE

CHAPITRE PREMIER

De Paris à Milan et à l'Adriatique. — Le pont-viaduc de Mestre. — En gondole sur le
Grand Canal. — Première impression. — L'estuaire vu du haut du Campanile de
Saint-Marc. — Les antiques Vénètes. — Mouvements successifs d'émigration vers les
lagunes. — Commencements de la République insulaire. — Fondation d'une capitale
définitive à Rialto. — Aspect primitif de la ville. — L'exploitation des salines et le
premier essor du négoce. — Au temps des croisades. — Les Vénitiens à Constantinople
et dans le Levant. — Apogée de leur puissance mercantile.

I

Il y a deux ou trois cents ans, le voyage de Paris à l'Adriatique,
et *vice versa*, était toute une odyssée. Les fameux ambassadeurs
vénitiens, qui n'étaient pas de minces personnages, et qui s'arran-
geaient pour que chaque relais leur fournît à souhait un attelage,
mettaient d'ordinaire un mois et plus pour faire le trajet. Au
XVIe siècle, la route suivie était celle qui, de Milan et de Turin, franchissait le Mont-Cenis par Novalesa, pour descendre à Saint-Jean de
Maurienne, à Chambéry, à Pont-de-Beauvoisin, et gagner ensuite
Lunebourg et Lyon.

A Lyon était la grande étape, où l'on se reposait quelques jours. Si, par suite d'événements politiques, cette voie n'était pas praticable, on prenait le chemin du Tyrol par Trente, Brixen et Innsbruck; puis, à partir de la vallée de l'Inn, on passait successivement par Augsbourg, Ulm, Stuttgart, Strasbourg, Metz, Châlons et Meaux.

En Italie même, à la fin du XVIIIe siècle encore, les deux seuls modes de locomotion étaient ou le lent véhicule à deux roues (*sedia*, chaise) que conduisait le *vetturino*, ou bien le *coche d'eau*, qui vous imposait, entre autres ennuis, des transbordements à n'en plus finir, car chaque État, chaque principauté entendait qu'on se servît de ses barques et de ses mariniers.

Il y avait aussi, pour aller de l'Adriatique aux bords de la Seine, la voie maritime de Gênes à Nice par la felouque ou le brigantin. On partait quand on pouvait, et l'on arrivait de même. Ce fut ainsi qu'en 1761 le Vénitien Goldoni fit le voyage de Paris. Parvenu à Nice, où il quitta la route d'eau, il se mit en quête de quelque équipage de poste, et, fortuitement, il trouva une berline qui était, la veille, arrivée de Lyon. De Nice on allait d'ordinaire coucher à Vidauban, d'où l'on filait sur Toulon et Marseille, pour gagner ensuite Avignon et Lyon. De Lyon partait, une fois par semaine, une diligence qui, on le voit par le journal de Rosalba Carriera[1], descendait à Paris « à l'hôtel de Sens, près de l'*Ave Maria* ». L'été, on passait par Saulieu en Bourgogne. L'hiver, la voiture se dirigeait par Moulins. On pouvait également prendre le *coche d'eau* qui partait de Lyon le mercredi et le samedi, pour arriver dans la huitaine à Paris.

Aujourd'hui il n'y a plus ni *coche d'eau*, ni diligence, ni *vetturino*; il y a, au choix, le tunnel de Modane ou celui du Gothard. Milan est à vingt-quatre heures de Paris, et Venise à huit heures de Milan.

A Milan on est en pays lombard, cette immense aire de vergers et de prairies que sillonnent de tous côtés des canaux (*navigli*) et que découpent d'innombrables clôtures. Sans le rempart sourcilleux des monts qui y cernent l'horizon vers le nord, on croirait, à voir cette grande verdure plate et le bétail paissant dans les herbes, qu'on traverse quelque district de la Flandre.

---

1. Voyez ci-après, chapitre v.

On court ainsi, entre les rizières, les mûriers et les plants de maïs, jusqu'à Bergame, la patrie d'Arlequin, puis jusqu'à Brescia, où on laisse à droite la ligne de Mantoue. Les Alpes alors se rapprochent; voici la petite ville de Lonato, toute voisine elle-même de Castiglione : deux noms qui vous remettent en mémoire, si d'aventure vous l'avez oubliée, cette prodigieuse campagne de quatre jours où Masséna, Bonaparte et Augereau, il y aura tantôt cent années, écrasèrent si bien l'armée de Würmser.

Le chemin de fer s'enfonce ensuite dans de profondes tranchées; puis aux tranchées succède un tunnel, et l'on débouche derechef au grand jour près des flots bleus du lac de Garde, pour arriver aussitôt à Vérone.

Au delà de l'Adige, la voie infléchit au nord vers Vicence, et gagne, au travers de campagnes toujours aussi fertiles que peuplées, la cité d'Anténor, Padoue la savante. Là le voyageur commence d'aspirer les souffles moites de l'Adriatique, et bientôt, la Brenta franchie, il se trouve en pleine banlieue de Venise. C'était, en effet, sur les bords de ce cours d'eau que les patriciens de la Sérénissime République avaient jadis leurs villas de terre ferme ; c'était ici que dans les mois d'été ils venaient chercher l'ombre et la fraîcheur, à l'abri des féroces moustiques des lagunes.

Quelques pas encore, et l'humidité exubérante du sol cesse d'être bue par les grands fossés. Les rigoles sinueuses disparaissent, et avec elles les prés et les arbres du pays padouan. Tout, aux alentours, prend une couleur terne.

Où êtes-vous ? A l'embranchement de Mestre.

Des fortins se dressent le long de la voie, qui s'engage tout à coup sur le pont-viaduc, long de près de quatre kilomètres, dont les deux cent vingt-deux arches relient Venise au continent. A droite et à gauche on n'aperçoit plus que des bancs de sable ou de vase aux teintes indécises qui s'étalent au milieu de la grande nappe liquide prête, semble-t-il, à vous engloutir.

Cette fantastique enjambée de la lagune est l'affaire de neuf minutes environ ; puis le train s'arrête : on est à Venise.

« *Barca, Signor ! Gondola ! — Alla Luna ! Albergo Reale ! Grand Hôtel !* »

C'est la gent criarde des bateliers qui se disputent l'honneur

et le profit de vous piloter à travers la ville. Leurs véhicules aquatiques se pressent au bas de l'escalier, sous la rive même du Grand
Canal, où vous débouchez au sortir de la gare.

Vous prenez place dans la noire gondole, qui dérape aussitôt,
manœuvrée par un ou deux nautoniers *pagayant*[1] debout au lieu
de ramer, et alors commence la vision magique.

L'esquif vogue doucement sur ce magnifique Canalasso qui se
développe en trois grandes courbes du pont de Mestre à la place
Saint-Marc. A demi couché sur les coussins de votre cabine à toiture
cintrée, vous croyez d'abord être le jouet d'un songe. Quelle fée
vous a transporté dans ce milieu? Le soleil commence à se coucher;
par la fenêtre ouverte du bateau vous regardez machinalement
l'onde, colorée de mille reflets capricieux. De temps en temps le
nocher-cicérone qui vous guide par le mystérieux dédale vous jette
d'une voix rauque le nom d'un palais : « *Cà d'Oro ! Palazzo Corner !
Vendramin ! Pesaro !* »

Vous regardez : une somptueuse façade apparaît un instant, puis
s'efface. Sur les côtés du Corso liquide se dressent, en manière de
jalons, de grands poteaux à demi torses ; ce sont les pieux d'attache
des gondoles. A droite et à gauche, au-dessus de l'onde que l'obscu-
rité envahit de plus en plus, se dessinent vaguement des porches
sculptés, des balcons à rosacés, des perrons aux marches luisantes
où clapote en remous le flot minuscule.

Quelquefois un jet fugitif de lumière tombe sur vous d'une fenêtre
en ogive, ou votre regard plonge au vol soit dans quelque *traghetto*[2]
latéral aux méandres indistincts et sinistres, soit au fond d'un *cortile*[3] dallé, tout ceint d'arcades et de colonnettes.

Soudain vous passez sous une arche énorme.

« *Rialto !* » crie le gondolier; mais déjà la sombre voûte est bien
loin.

Le Grand Canal, juste en cet endroit, décrit un ample repli sur
lui-même, comme pour revenir à son point de départ; puis une

1. C'est-à-dire en appuyant simplement leur rame unique sur le bord de l'embarcation.
2. Petit canal.
3. Cour d'une maison, d'un cloître, etc.

EN GONDOLE

nouvelle courbe le ramène bientôt dans sa direction primitive
d'ouest en est, et subitement le voilà qui s'évide en un vaste bas-

UN PETIT CANAL.

sin dont la nappe claire-obscure semble s'étendre à perte de vue.
En même temps un air plus vif, plein de senteurs salines, vous

caresse le visage, et un roulement sourd vous vient aux oreilles.
C'est la haute mer, c'est l'Adriatique, dont le flux pénètre dans les
lagunes, et qui, des passes lointaines du Lido, vous envoie son
souffle avec son murmure.

La barque cependant oblique sur la gauche, vers un perron de
marbre inondé de lumière où stationnent déjà d'innombrables gon-
dôles. Elle opère ce mouvement d'une façon si brusque, que vous
croyez qu'elle monte à l'assaut du quai. Mais non, le barcarol n'a
voulu que déployer son adresse. La nef s'arrête juste où il faut.

Pied à terre, étranger ! Ces degrés polis donnent accès sur le
Môle. Tu es à l'entrée de la Piazzetta.

II

Les ténèbres ont continué de tomber. Sur les deux places et sur le
quai on allume les massifs candélabres qui tout à l'heure enver-
ront leurs reflets au double azur du ciel et de l'eau. Avant de pénétrer plus avant dans cette sorte de royaume de la féerie, retournons-
nous un instant, je vous prie, et jetons un regard sur la perspective
toute noyée de teintes crépusculaires qui se déroule à l'est et au sud.

Là-bas, par delà le bras de mer dans lequel débouche le Canalasso, se détache, au milieu d'une buée rose, une longue île, hérissée
de dômes et de clochers, qui semble l'amorce d'un monde inconnu :
c'est la Giudecca. Plus près de nous, à la pointe opposée du même
canal, deux coupoles s'élancent vers le ciel : ce sont celles de Sainte-
Marie de la Santé, *la Salute*, comme on dit vulgairement. A notre
gauche, à la suite du Môle, court la ligne mollement infléchie de la
Riva degli Schiavoni (rive des Esclavons). Tout le long du quai,
fourmillant de monde, des mâts de navires se balancent ; puis, à
l'extrémité de la courbe, apparaît un massif indistinct de verdure ;
par delà, de nouveaux îlots, des bancs de sable, des trouées mystérieuses, quelque gros steamer qui entre ou qui sort, des bateaux
dalmates dont les voiles roussâtres se gonflent au vent, les *lidi*
enfin, dont la ligne protectrice défend contre les tempêtes du large

le lac paisible où, depuis des siècles, repose, ainsi qu'un vaisseau à
l'ancre, la reine majestueuse de l'Adriatique.

Entrez maintenant sur la place San Marco. Quel étincellement de
décors et de lumières ! Il fait nuit ; c'est l'heure des bouquetières et
des musiciens. Après deux ou trois promenades circulaires, asseyez-
vous au café Florian sous les arcades aux glaces miroitantes, et,
tout en regardant et en écoutant la foule bariolée qui se meut et

LA SALUTE, LE MÔLE ET LE PALAIS DUCAL.

bourdonne, savourez un de ces breuvages tels qu'on n'en trouve
plus qu'à Venise.

Peut-être les douze coups de minuit sonneront-ils au cadran de la
Tour de l'Horloge avant que vous songiez à vous retirer. L'or-
chestre officiel se sera tu ; mais ce ne sera qu'un court entr'acte
dans l'éternel concert de ce lieu. Des bandes déguenillées de *piffe-
rari*, de harpistes, de virtuoses de toute sorte, déboucheront à leur
tour du portique qui forme l'entrée de la Merceria. De nouvelles

flottilles de gondoles amèneront une autre série de noctambules qui
prendront d'assaut les rangées de chaises sous les galeries du quadrilatère, et vous, de plus en plus fasciné, vous vous demanderez ce
que pouvait bien être, au temps de sa splendeur et de sa haute fortune, une ville qui, en pleine décadence, a de tels frémissements de
vie et de gaieté.

Vous pouvez là-dessus regagner votre hôtel; d'autres éblouisse-
ments vous attendent demain. Demain au jour il vous semblera
que vous découvrez une seconde Venise, dont celle de la veille,
malgré la profusion de ses becs de gaz et de ses girandoles, n'était
que le fantôme indécis. Au premier regard jeté par la fenêtre, vous
apercevrez, bien nettement cette fois, la grande mer enveloppant la
splendide cité ainsi que ces ruisselantes chevelures qui retombent
en ondes sur le col des belles vierges que peignaient jadis Véronèse
et Titien. Des flots pailletés vous verrez émerger un pêle-mêle inouï
de coupoles et de palais, des maisons aux façades de toutes les couleurs, des constructions de toutes les époques, un fourmillement de
flèches, d'aiguilles, de clochetons, un ondoiement indicible de dra-
peries roses, blanches, jaunes, bleues; puis, sur tout cela, le soleil
merveilleux de l'Adriatique, ici poudroyant doucement, là, au
contraire, dardant des éclairs dont la crête des vagues demeure
incendiée.

Voulez-vous tout de suite embrasser d'un coup d'œil le panorama
de la ville et de ses environs : retournez sur la place Saint-Marc, et
gravissez la rampe du Campanile. Le tableau qu'on découvre du
haut de ce clocher a un cachet de grandeur sans pareil, mêlé aussi,
contre toute attente, d'une sorte de mélancolie singulière. Ce qui
s'impose tout d'abord à l'œil, ce n'est pas, en effet, l'archipel
vénitien proprement dit, avec ses groupes d'îlots habités, ses quatre
cents ponts et passerelles, ses trente mille maisons, ses deux mille
ruelles, son va-et-vient de barques et de piétons : non, par delà cet
amas d'édifices et ce grand caravansérail tumultueux, le regard va
tout de suite à l'immense espace de sable et d'eau qui s'étend,
comme une lande semi-solide et semi-liquide, des deux côtés de
cette « république de castors », ainsi que Gœthe la nomme plaisam-
ment. Et ce désert marécageux, aux teintes indécises et mobiles,
d'où la ville émerge comme une oasis, a une telle puissance de fas-

cination qu'on ne se lasse pas de le contempler. Ce n'est qu'en la do-
minant ainsi de la gigantesque tour de Saint-Marc qu'on se fait une
idée vraie de la lagune. L'étranger venu par le pont de Mestre n'en a
aperçu qu'une tranche au passage ; il n'a pas eu le temps d'étudier
les reflets de ces hauts-fonds et de ces flaques dormantes, sorte de
domaine intermédiaire entre le monde aquatique et le monde ter-
restre, auquel nous reviendrons en détail.

'A l'ouest, en deçà des contreforts tyroliens, vous apparaissent les
monts du Padouan et du Vicentin, puis toute la côte de l'Adriatique,
de Trévise aux marais de Comacchio ; à l'est vous distinguez le littoral de l'Istrie, l'enfoncement du golfe de Trieste ; puis, entre ces
lignes d'arrière-plan et le rempart sablonneux des *lidi*, votre œil se
baigne au sein de la grande mer, de la mer libre aux vagues fré-
missantes qui porte aussi légèrement aujourd'hui les gros paquebots
du Lloyd autrichien qu'elle portait jadis les galères de Venise.

Ce n'est qu'après avoir bien contemplé ces points extrêmes de
l'immense scène, que vous revenez à la ville elle-même, dont le
labyrinthe de ruelles et de canaux, en dépit de ses deux lieues de
tour, vous fait presque l'effet d'un agencement de mosaïques ingé-
nieuses et mignonnes. Au milieu de ce fouillis de constructions,
où dômes, toits, cheminées, campaniles, semblent s'enchevêtrer et se
confondre, vous ne voyez d'abord que deux lignes bien tranchées :
l'entrée orientale du Canalasso, et la large passe qui sépare le gros
du massif insulaire des îles Saint-Georges et Giudecca, isolées en
file vers le sud. Mais, peu à peu, le chaos se débrouille, les pièces
de l'ensemble s'ordonnent, et alors s'accuse dans sa variété et, tout
à la fois, dans son unité cet organisme singulier auquel l'homme
et la nature ont collaboré longuement de concert, et que le moment
n'est pas venu encore d'analyser dans tous ses détails.

III

Le nom de Vénétie vient des primitifs habitants du pays, Vénètes
ou Hénètes, dont les anciens ignoraient l'origine. Les uns les ont

pris pour des descendants de ces Paphlagoniens qu'Anténor amena
sur les rives du Pô ; d'autres, tels que Strabon, les rattachaient à la
souche celtique ; d'autres encore les tenaient pour un rameau de
cette race pélasgique qui fut la sœur aînée des Hellènes. Plus récemment, le savant Niebuhr n'a voulu voir en eux que des Liburnes
venus d'en face, c'est-à-dire d'Illyrie. Il paraît toutefois que les
Vénètes se regardaient eux-mêmes comme des Mèdes. Ce qu'il y a
de certain, c'est que, de bonne heure, ces populations firent un
grand commerce. L'objet principal de leur trafic, dit encore
Strabon le géographe, c'était l'ambre, importé chez eux des rivages
lointains de la mer Baltique : de là l'antique opinion que le Pô n'était
autre que le vieil *Eridan* ou *fleuve d'ambre* de la fable.

De bonne heure aussi, les Vénètes se montrèrent amis des
Romains, dont ils finirent par adopter complètement la culture et
les mœurs. A quelle époque leur territoire fut-il incorporé aux
Provinces? Nous ne le savons pas d'une manière exacte ; mais, dès
l'an 183 avant Jésus-Christ, si l'on s'en rapporte à Tite-Live, la
Vénétie est regardée comme faisant partie du grand corps latin ; à
ce titre on la protège contre les Gaulois, et, à partir du siècle
suivant, il est fréquemment question de préteurs vénètes. Pline
enfin nous apprend que, de son temps, cette contrée appartenait à
la dixième région d'Italie, et avait pour frontières : au nord, les
Alpes Vénètes et Carniques, qui la bornaient du côté de la Rhétie
(Tyrol actuel) et de la *Carnia* (aujourd'hui Carinthie); à l'est, le
Timavus, qui formait sa limite vers l'Istrie ; au sud, la mer Adriatique (*Mare Superum*), et, à l'ouest, l'*Athesis* ou Adige, qui la
séparait de la Gaule cisalpine proprement dite.

Les villes y étaient au nombre de cinquante, et quelques-unes,
telles qu'Aquilée, Altinum, Concordia, Vérone, Patavium (Padoue)
et autres, étaient des centres fort importants, dotés de palais impériaux, d'hôtels des monnaies, de fabriques d'armes, d'arènes où se
donnaient des combats de gladiateurs. La région, extrêmement
prospère, abondait surtout en chevaux et en moutons, et ses vignes,
nous dit Cassiodore, produisaient un vin très doux et se conservant
bien, entre autres le *vinum acinaticum*, récolté aux environs de
Vérone. Mais, quand survinrent les invasions du v° siècle de l'ère
chrétienne, la Vénétie, devenue le grand chemin de passage des

VENISE.

LE GRAND CANAL.

2

Barbares, se vit systématiquement dévastée. Alors commença le mouvement général d'émigration vers les îles des lagunes. Celles-ci du reste avaient été de tout temps habitées, comme l'atteste la vieille chronique d'Altinum. Sans nul doute, les Padouans et les autres habitants de la terre ferme se servaient déjà des ports actuels de Lido, Malamocco, Treporti, San Erasmo et Chioggia, et, même avant le ve siècle, il devait y avoir là, près de la côte, des centres de négoce tout créés.

L'arrivée des Barbares fit donc refluer vers cet archipel à fleur d'eau, sorte de dédale inaccessible à qui ne le savait point par cœur, une grande partie de la population. C'est ainsi que le patriarche d'Aquilée, emportant avec lui les corps des saints et le trésor de l'église, se réfugie avec un groupe de familles dans l'île de Grado, laquelle ne tarde pas à devenir la localité la plus riche du golfe.

Les habitants de Concordia, de leur côté, se retirent dans une île de pâturages sise à l'embouchure de la Livenza, et à laquelle ses nombreux troupeaux de chèvres avaient fait donner le nom de *Caprula*, changé par la suite en celui de Caorle.

Sur ces mêmes marais du Frioul, une troisième ville, Héraclée, se peuple d'émigrants venus de la région trévisane; Jesolo (plus tard Equilio[1]) se crée de même aux bouches de la Piave. Plus bas encore, Torcello, déjà choisi comme lieu de refuge par plusieurs familles d'Altinum, reçoit les fugitifs de Padoue avec leur évêque. Enfin les îlots de Rivo Alto, de Poveglia, et d'autres encore, deviennent autant de centres d'habitation.

Quand le dernier César, Romulus-Augustule, a été détrôné par le roi des Hérules et que Ravenne est le siège de l'empire d'Occident, les Vénètes, comme toute l'Italie, se rangent sous l'autorité d'Odoacre; quand les Hérules, à peu de temps de là, ont été chassés par les Ostrogoths, le nouveau suzerain est Théodoric; mais les Ostrogoths, à leur tour, sont attaqués par l'empereur Justinien. Bélisaire, qui s'est emparé de Ravenne, s'y voit assiégé par le roi Vitigès (537); la famine et la peste sévissent sur les deux armées. A qui recourt, dans sa détresse, le ministre goth Cassiodore? Aux gens des lagunes. C'est à eux qu'il s'adresse, dans une

---

1. Ainsi nommée de l'élève des chevaux.

épître restée fameuse, pour que « sur leurs nombreux navires »
ils apportent des vivres aux soldats de son maître.

Cette lettre, écrite dans le style emphatique de l'époque, est le
premier document que nous ayons sur la Venise primitive. La petite
république naissante nous y est dépeinte dans son site et son genre
de vie : un tas de nids aquatiques que le flux et le reflux cachent et
découvrent alternativement ; là, au milieu de la mer, habite un
peuple que la mer nourrit, chez lequel riches et pauvres vivent sur
le pied de l'égalité ; peuple industrieux, qui sans cesse raffermit ses
bandes de terre toujours chancelantes, et qui sait, aux fureurs de
l'onde tempêtueuse, opposer des remparts d'osier et de claie. Ces
souverains des flots, ajoute la missive, « ont frappé monnaie avec
leurs salines ».

Les salines et la pêche, telle avait été en effet, dès le début, la
source de richesse de ces insulaires. Le refuge provisoire était devenu une patrie aimée et définitive, et, en dehors des grandes îles
susnommées, chaque amas de boue, chaque banc de sable créé au
large par les alluvions des fleuves de la côte, s'était changé en un
centre de population. L'invasion des Lombards, en 568, acheva la
fortune de la jeune république, en lui amenant de nouveaux bans
d'émigrés. Padoue, qui s'était relevée de ses ruines, se vit détruite
une seconde fois, et, une seconde fois aussi, nombre de familles
notables de la ville furent contraintes de se replier vers le commun
asile des hommes libres.

Bien que les terrains inoccupés du dédale vénète restassent, par
le fait, la propriété des premiers qui s'en étaient emparés, plus
d'une contestation devait sortir de cette mainmise hâtive sur le
sol. Parmi les colons de toute provenance qui avaient pris possession des lagunes, les uns s'étaient installés sur des îlots qui dé-
pendaient déjà de leur municipalité, et où, par conséquent, ils
trouvaient encore chez eux. D'autres, au contraire, avaient élu
domicile sur des terres n'appartenant pas à la mère patrie et auxquelles ils n'avaient aucun droit. Toute la partie de l'estuaire, par
exemple, qui s'étendait depuis Rivo Alto jusqu'au château de Capo
d'Argine, avait dû être antérieurement possession de la ville de
Padoue. Plus au nord, les lagunes d'Equilio et d'Héraclée avaient dû
relever des gens de Concordia, et les groupes de Grado et de Tor-

cello de ceux d'Aquilée. Tout d'abord, dans le malheur commun, on ne discuta pas les titres de chacun ; mais plus tard, quand la sécurité fut revenue, les chicanes et les jalousies se firent jour, et il y eut choc entre ces divers éléments qui visaient à se supplanter mutuellement. De là des querelles qui ensanglantèrent les premiers âges de la république, et qui ne cessèrent que le jour où l'on eut l'idée de fonder, au centre même du bassin vénète, une capitale commune où pût s'opérer la fusion des humeurs et des intérêts.

Dès les temps les plus reculés, la municipalité padouane avait eu des tribuns maritimes dans son port de Malamocco et sans doute aussi dans celui de Chioggia. Ces tribuns formèrent donc tout naturellement la magistrature initiale, non seulement dans l'estuaire inférieur, mais encore dans le reste de l'archipel. Chaque île eut d'abord son tribun annuel; de bonne heure cependant, ces tribuns crurent bon de s'unir par un pacte d'alliance appelé la *Consociazione*, qui fut, en fait, le premier germe de la fameuse *Commune Venetiarum*. Ce pacte toutefois n'empêcha pas les rivalités entre les chefs; aussi, à la fin du VIIᵉ siècle, jugea-t-on nécessaire de créer dans les îles un *dux* unique concentrant en soi l'autorité.

Le premier *doxe* ou *doge* fut élu en 697 à Héraclée, dans l'assemblée générale du peuple vénète, avec l'assentiment, semble-t-il, ou du moins sans l'opposition de l'empereur grec de Constantinople, qui n'était plus guère qu'un suzerain nominal. A côté de ce magistrat suprême, aux pouvoirs assez mal définis peut-être, les tribuns continuèrent d'abord d'administrer les îles en sous-ordre. La sécurité publique n'en fut sans doute pas mieux assurée, car nous voyons en 737 une nouvelle assemblée « de tout le peuple des Vénéties » remplacer le « dogat à perpétuité » par le gouvernement annuel de deux maîtres de la milice (*magistri militum*), charge déjà existante à Ravenne. La mission essentielle de ces officiers d'ordre militaire était de défendre l'estuaire contre les pirates istriens, liburnes et dalmates qui rôdaient la nuit autour des îlots. Puis, quelques années après, on revint à un doge unique, mais en lui adjoignant comme assesseurs deux tribuns, origine des conseillers ducaux. En même temps, le siège du gouvernement fut transféré plus au centre, c'est-à-dire d'Héraclée à Malamocco.

IV

Jusqu'ici il n'est pas question de la ville que nous appelons *Venise*. Il n'existe encore qu'une *Vénétie*, ou, pour mieux dire, que des *Vénéties*. Mais, au IXe siècle, les gens des lagunes, afin de faire cesser les rivalités sans cesse renaissantes[1], se décidèrent à fonder une ville nouvelle à Rivo Alto (Rialto), en français *Hauterive*. Alors seulement naquit la vraie Venise, la « seconde Venise », comme dit la vieille chronique d'Altinum.

Certes, ce n'était pas chose aisée que de créer une cité sur ce sol factice. Il fallait, à force de patience et d'art, *machiner* en détail — c'est l'expression vraie — la scène mobile et quasi fuyante où devaient se dresser tant de décors féeriques et se jouer le drame historique que l'on sait. Il fallait durcir et pétrifier jusqu'aux vagues mêmes dont les morsures affouillaient sans cesse ce tas de croulières. Aussi que de soutènements ingénieux ont multipliés là de siècle en siècle les héritiers des antiques Vénètes !

Pour faire place à la capitale projetée, on commença par unir à Rialto (l'île la plus élevée au-dessus de l'eau) un certain nombre d'îlots voisins, Dorsoduro, Spinalunga, Luprio, Mendicole, Gemine, Olivolo, Ombriola, tous formés d'un calcaire mêlé de débris de crustacés. Puis au fur et à mesure que la population s'accrut, d'autres terrains s'ajoutèrent à ceux-ci. On assainit, on consolida, on rendit habitables divers bancs de boues, tels que Idria, Ceo, Biria, Adrio, Plombiola et Cannareggio. Les espaces vagues, plus particulièrement sujets aux inondations[2], étaient laissés de côté ; en revanche, on cultivait soigneusement les parties de sol herbues (*campi erbiferi*), et l'on transformait de même en *erbidi* les vastes

---

1. Telles que la guerre qui avait eu lieu par exemple, au VIIIe siècle, entre Héraclée et Équilio.
2. *Velme, barene*, comme on dit là-bas.

récifs marécageux et couverts de roselières qui surgissaient par places au-dessus des eaux. Cette œuvre d'asséchement et d'aménagement de la lagune se poursuivit pendant plusieurs siècles.

UNE SALIZADA.

Venise représente le triomphe du pilotis. Le pont du Rialto, à lui seul, n'a pas exigé moins de douze mille pieux ; la Salute, qui dresse ses coupoles à l'entrée est du Grand Canal, repose sur plus d'un million de palis, et, quant au grand viaduc de Mestre, on a dû l'étayer de quatre-vingt mille chevalets massifs. Tous les monts d'alentour en sont restés chauves; toutes les forêts des Alpes Juliennes, tous les bois de l'Istrie et de la Dalmatie ont fourni leurs billes à ce travail titanique.

Longtemps l'aspect général de Venise dut être passablement rustiqué, si l'on s'en rapporte aux anciennes chroniques qui nous montrent les porcs des moines de Saint-Antoine s'y vautrant au travers des herbages, et les chevaux courant à l'aise par les rues. Ce fut que dans la seconde moitié du XIIIᵉ siècle que l'on se mit à paver les voies les plus larges, qui prirent le nom de *salizade*. Longtemps aussi les cent dix-sept îlots dont se compose l'archipel vénitien ne communiquèrent que par des ponts de bois légèrement arqués et sans marches, dont la construction et l'entretien restaient à la charge des riverains.

Les canaux artificiels (*commensarie*) n'étaient pas creusés très profondément; on laissait d'ordinaire à l'action des vagues le soin de les achever. A l'entre-croisement de ces canaux, qu'on barrait alors avec des chaînes, et qui parfois étaient bordés d'arbres, correspondait un lacis de sentiers étroits. Au sortir de ceux-ci on trouvait des espèces de petites baies, ou quelqu'un de ces champs d'herbes précités, ou même d'épais massifs de verdure dans lesquels paissaient en liberté des troupeaux. A San Nicolo par exemple il y avait un bois nommé *del Lovo*. Sur la lagune vis-à-vis de Saint-Marc, l'île des Cyprès, comme on l'appelait, était toute couverte d'arbres de cette essence. Çà et là aussi apparaissaient des salines maçonnées, des digues, des moulins à eau (*acquimoli*).

Une muraille régnait le long du quai actuel des Esclavons; un château fort se dressait à Olivolo, et la place Saint-Marc elle-même était ceinte d'un mur de défense. Elle s'appelait alors *broglio* (potager), parce qu'elle était couverte de gazon et plantée d'arbres. Un canal nommé Batario la coupait en deux. D'un côté, là où se trouve aujourd'hui la Basilique, s'élevait la chapelle de Saint-Théodore, un des patrons primitifs de Venise; de l'autre, celle de San Geminiano. En 1172 seulement, le doge Sébastien Ziani fit combler le canal et élargir la place, qui fut en outre ornée de colonnades. Un gros sureau se dressait, paraît-il, à l'endroit où est la Tour de l'Horloge. Dans la rue de la Merceria croissaient

aussi quelques troncs vigoureux et, plus loin, à San Salvatore, il y
avait un figuier très feuillu auquel les gens attachaient leurs mon-
tures.

UN RIO.

La plupart des maisons, d'abord, furent en bois : de là des incendies très fréquents. Au XIIᵉ siècle notamment, il y en eut deux
effroyables. L'un détruisit l'habitation des Dandolo, rue des Saints-

Apôtres, et s'étendit jusqu'à San Stefano, c'est-à-dire au travers de
la presqu'île comprise entre le Grand Canal et Saint-Marc; le Rialto
tout entier y passa. Le second commença à la Cà Zantani [1], dans les
îles Gemine [2], et dévora une vingtaine de rues. A la suite de ce
double sinistre on se mit à reconstruire en pierres, et les maisons
furent disposées d'une autre façon. Au lieu de s'ouvrir sur la cour,
comme auparavant, le *liago* ou bâtiment principal fut tourné vers
le *rio* (canal) et pourvu d'un portique ou bien d'un balcon. Les
fenêtres furent garnies de vitres, les façades reçurent des moulures
et des consoles sculptées d'armoiries ; au milieu des cours furent
creusées des citernes (*pozzi*) pour les eaux pluviales, et chaque
demeure eut son égout propre.

C'est ainsi qu'à Venise ville de bois succéda peu à peu Venise
ville de marbre ; voyons à présent comment à la bourgade de pêcheurs et de menus trafiquants succéda la dominatrice de la mer et
la maîtresse impérieuse du négoce.

V

Non contents d'exploiter dès le début le sel que leur fournissaient
leurs lagunes, les Vénitiens, afin de s'assurer le monopole de
ce trafic lucratif, s'emparent des autres gisements de la côte qui
n'étaient nullement leur propriété, ravissant Comacchio et Cervia
aux gens des Marches et du Bolonais, créant de nouvelles salines
en Istrie, en Dalmatie, à Corfou ; plus bas encore, mettant la main
sur les atterrissements de l'Acheloüs [3], puis sur ceux du cap Bon,
près de Tunis, et, en tous ces lieux d'extraction, organisant des établissements régis à la façon de nos pêcheries. Ils confisquent ainsi
à leur profit l'approvisionnement de l'Italie du Nord, celui des

1. *Casa Zantani*, maison Zantani.
2. Quartier de l'Arsenal, à l'est de la ville ; voyez le chapitre II.
3. Qui déjà, au temps d'Homère, étaient un sujet de guerre entre Étoliens et Acharna-
niens. L'ancien Acheloüs, cours d'eau issu des neiges du Pinde, s'appelle aujourd'hui
Aspro Potamo. Il se jette dans la mer Ionienne, vis-à-vis d'Ithaque.

rivages du Levant et même des régions sud de l'Allemagne. Tous les ans, dit un chroniqueur, quarante mille chevaux venaient de Hongrie, de Croatie et d'autres pays, chercher le sel vénitien en Istrie.

A tout peuple vaincu on impose l'achat de cette denrée d'État. Défense, sous peine de bannissement, de se servir d'aucun sel étranger dans toute l'étendue de la république. Pour empêcher la contrebande, des barques armées de corselets et de ventrières de

ANCIENNE SALINE EN ISTRIE.

fer courent sans cesse les eaux autour de la ville. Des magistrats spéciaux, les *provéditeurs au sel*, sont à la tête de cette grande régie. Ajoutons qu'à Venise les dépôts de sel public étaient très nombreux ; le principal s'ouvrait dans les magasins de la Douane de mer (Dogana di mare) qui regardaient l'entrée de la Giudecca.

De bonne heure aussi, les hommes des lagunes avaient su obtenir des Lombards toutes sortes d'avantages commerciaux, avec l'octroi de marchés permanents qu'ils se chargeaient d'approvisionner. Quand les Francs, à leur tour, tinrent la Lombardie, ce furent encore les Vénètes qui apportèrent à ces Barbares, amoureux du

bien-être et du luxe, les olives et le vin de l'Istrie, les tapis, les
parfums et les riches étoffes de l'Orient. C'est alors qu'ils fondèrent
à Pavie une foire annuelle, aussi en renom que le furent par la suite
les foires de Beaucaire, de Sinigaglia et de Nijni-Novgorod. Puis, à
la fin du x° siècle, quand aux Carolingiens disparus succéda la puissance des empereurs d'Allemagne, ils ne manquèrent pas de se
faire accorder par Othon la confirmation de tous leurs privilèges.
En même temps ils réclamaient des Césars d'Orient, en échange de
l'assistance navale qu'ils leur prêtaient contre les Sarrasins, de
nouvelles franchises pour leurs vaisseaux non seulement à Constantinople, mais aussi dans les ports de Grèce, de Thrace, de
Chypre et de Crète.

Ce n'est pas tout : du jour où les colons de l'archipel furent con-
stitués en un corps de nation, il exista en fait deux Vénéties, celle
du continent et celle de la mer. Or cette dernière, maîtresse des
embouchures des fleuves, usa des avantages de sa situation pour
interdire la navigation des lagunes aux gens de la terre ferme. Dès
lors, le commerce d'Aquilée et de Padoue passa aux ports insulaires de Grado, Caorle, Malamocco et Rialto, qui, forcément, devinrent les entrepôts de toutes les denrées descendant des rivières.

Jusqu'à la fin du x° siècle toutefois, la seconde Venise n'avait pas
encore eu à faire un sérieux essai de ses forces, lorsque, en 997,
s'offrit à elle l'occasion propice. Les peuples de la Dalmatie implo-
raient son secours contre les pirates qui ne cessaient de désoler
leurs parages. Immédiatement le doge Orseolo, celui-là même qui
venait de commencer la construction de l'église Saint-Marc, cingle
avec une flotte vers Pola, Zara, Spalato et Raguse. Partout on l'accueille en libérateur. Une seule île du Quarnero [1], Lesina, refuse
de se rendre. C'était le principal repaire des écumeurs redoutés du
golfe. Orseolo l'assiège et l'emporte. La Dalmatie dès lors est soumise de fait; on y envoie des *podestats* à titre de gouverneurs, et le
chef de l'État vénitien prend le titre de « duc de Dalmatie ».

Cent ans après, en retour d'une nouvelle assistance armée,
Venise obtient de l'empereur grec Alexis Comnène l'autorisation
d'établir des comptoirs et des entrepôts à Durazzo, sur la côte

—————
1. Voyez ci-après, chapitre VI.

d'Albanie, et se voit reconnaître officiellement la possession de l'Istrie et de la Dalmatie : conquête doublement précieuse, à cause des splendides forêts de ces régions. Désormais la cité des lagunes, ayant une profusion de matériaux, pourra construire ces grandes flottes qui la rendront maîtresse de l'Adriatique. Déjà ses navires fréquentent les ports de l'Afrique; elle a des consulats en Égypte, en Syrie, même en Angleterre. C'est l'époque où, en Italie, les communes, qui veulent s'affranchir, forment entre elles la fameuse

CÔTES DE L'ILE DE CRÈTE (CANDIE).

Ligue lombarde. Que fait Venise? Chaque fois qu'elle prête son concours à l'une d'elles, elle stipule, en payement de son appui, des traités de commerce à son avantage.

Quand viennent les croisades, ses navires parcourent toutes les mers, ses factoreries sont sur tous les rivages. Aussi les chrétiens sollicitent-ils son assistance contre les musulmans. Deux cents de ses galères prennent alors la mer; les villes de Tyr et d'Ascalon tombent au pouvoir des coalisés. Pour leur part de profit, les Vénitiens obtiennent un droit de souveraineté sur les deux places susnommées et de nombreux privilèges dans le reste du pays. Mais le plus beau coup de fortune pour la jeune et ambitieuse république, c'est lorsque Baudouin IX, comte de Flandre, entreprend la quatrième croisade. Les chefs chrétiens, qui n'ont pas de vaisseaux, s'adressent à Venise pour qu'elle transporte leurs forces en Asie. Venise accepte la proposition, elle s'engage à effectuer le passage de quatre mille cinq cents chevaliers, d'autant de chevaux, de neuf mille écuyers, de vingt mille hommes de pied; elle nourrira en outre ces troupes pendant une année, à la condition que les fruits de la victoire seront partagés.

La flotte met à la voile sous les ordres du doge Henri Dandolo, alors âgé de quatre-vingt-quatre ans (1201). Elle comptait quatre cent trente bâtiments de transport, plus cinquante galères auxiliaires chargées de concourir aux opérations.

Quand ces troupes eurent relâché en Dalmatie, le prince Alexis Lange, dépossédé par son frère Philippe, vint réclamer le secours des croisés pour remonter sur le trône de Constantinople. Malgré les protestations du pape, on décida de souscrire à sa demande.

Au printemps de l'année suivante, l'armée cingle donc vers la Corne d'Or, et s'empare de Constantinople. La ville prise et pillée, les Vénitiens en abandonnent la souveraineté à Baudouin. Que veut en effet le lion de Saint-Marc? ce n'est pas un vain simulacre de puissance sans cesse menacée par le sabre des Turcs, ce sont de nouvelles sources de richesses et de nouveaux débouchés commerciaux.

C'est pourquoi, après s'être attribué, comme entrée de jeu, des trésors immenses, les dépouilles artistiques de Byzance, il prend seulement, à titre de place de négoce, un quartier de la grande métropole; mais il y ajoute, en manière de tenants et aboutissants, les ports de l'Asie Mineure connus sous le nom d'Échelles du Levant, les îles de l'Archipel (mer Égée), de nombreuses places dans l'Hellespont, puis la Morée (ex-Péloponnèse), fief auquel était attaché le titre grec de *despote*, que portera dorénavant le doge. En même temps on achète au marquis de Montferrat, l'autre promoteur de cette croisade si étrangement détournée de son but, l'île de Candie, c'est-à-dire la vieille Crète, si bien que les acquisitions faites par la cité marchande des lagunes se trouvent former du jour au lendemain une longue guirlande de royaumes et de provinces s'étendant de la mer Noire à l'Adriatique.

Pour mettre le comble à son expansion du côté de l'Orient, il ne
lui restait plus qu'à nouer des relations de trafic avec les Indes
elles-mêmes. C'est ce qu'elle fit par l'entremise des Tatares, avec
lesquels ses nouvelles conquêtes l'avaient mise en contact sur la
mer d'Azof. Ceux-ci venaient justement de s'enrichir des dépouilles
de la Chine et de l'Asie centrale, qu'ils avaient ravagées. Venise, la
grande courtière, les leur acheta pour les revendre[1]. Les marchandises se concentraient à Samarcande (Turkestan); de là, par la
Caspienne, elles arrivaient aux bouches du Volga; du Volga elles
passaient au Don inférieur, affluent de la susdite mer d'Azof, où les
Vénitiens avaient (à la Tafna) un comptoir, demeuré très célèbre,
qu'ils érigèrent peu à peu en une sorte de colonie-forteresse, protégée par les intérêts communs des parties trafiquantes.

Dès lors la puissance mercantile de Venise est, on peut le dire,
à son apogée; sa gloire peut s'accroître, non sa richesse. A ce vaste
mouvement d'échange se joint d'ailleurs, dans la ville même, un
essor d'industrie et de fabrication prodigieux. Dès le milieu du
x⁰ siècle on mentionne, parmi les confréries prospères d'artisans
(*scuole*), l'association des forgerons, celle des coffretiers (*casselleri*),
et d'autres encore.

Plus tard, quand le peuple est exclu de tous les emplois adminis-
tratifs, les *métiers* deviennent encore plus florissants, et le patriciat qui gouverne la cité voit avec joie se porter de ce côté toute
l'exubérance de la vie plébéienne. Chaque corporation a son hôpital,
ses réunions publiques, sa bannière, sans parler de ses prérogatives,
dont elle se montre extrêmement jalouse. Tous les ans, une fête
générale réunit les *scuole* en un corps unique, *Università dei mercanti*, et, ce jour-là, toute la classe ouvrière défile fièrement dans la
Basilique devant le siège du chef de l'État.

Chaque industrie s'acclimate tour à tour. Pendant les fureurs des
luttes civiles entre Guelfes et Gibelins, luttes qui expirent au seuil
des lagunes, les Lucquois apportent leurs métiers à soie. Au xv⁰ siècle
les Florentins introduisent annuellement dans la ville des doges
seize mille pièces d'étoffes, qu'on écoule en Italie, en Morée, à
Chypre, en Barbarie, en Égypte.

1. Au viii⁰ siècle, le fait est prouvé, les Vénitiens avaient même fait le trafic des
esclaves, qu'ils achetaient aux corsaires.

La cité elle-même compte trois mille tisserands et quinze mille ouvriers en draps de futaine. Un fait suffirait à montrer quel haut degré de prospérité y avait atteint l'industrie des laines : c'est l'existence de ces vastes *chiovere* (de *chiovo,* clou) où les draps étaient exposés au soleil sur de longues perches-séchoirs adaptées aux façades des maisons, et dont témoignent encore des trous dans les murs. Les *cuoridori,* ou cuirs dont on couvrait les parois des chambres, les fauteuils et les livres, étaient aussi l'objet d'un commerce très considérable avec le Levant et l'Espagne ; ce métier, au xvi⁰ siècle, comptait à lui seul soixante-dix boutiques. J'omets pour l'instant de parler des dentelles et des fameuses verreries de Venise : ce sont des articles de fabrication auxquels je reviendrai en leur lieu. Bref, on regardait alors comme le dernier des plébéiens quiconque n'était pas immatriculé à quelque métier. De prolétaires, presque pas. Le recensement de 1582, sur 190 000 habitants, donna 187 mendiants.

CHAPITRE II

La marine de guerre vénitienne. — Création et développement de l'Arsenal. — Les puissances exclues de l'Adriatique. — Rivalité de Venise et de Gênes ; péripéties de leur lutte navale. — *La guerre de Chioggia* ; les lagunes bloquées ; la délivrance. — Acquisitions de provinces en terre ferme. — Causes de décadence ; les Turcs maîtres du Bosphore. — Venise et la ligue de Cambrai. — Perte de l'Archipel. — La bataille de Lépante. — Formation du gouvernement aristocratique ; origine du Conseil des Dix et des trois inquisiteurs d'État. — L'état social au xv⁵ siècle.

I

Pour protéger son immense commerce, en même temps que pour s'assurer sans partage la domination de l'Adriatique, Venise avait été obligée de se créer une marine de guerre en rapport avec sa vaste ambition. De là le fameux Arsenal et ses agrandissements successifs.

Ce ne fut d'abord qu'un simple chantier de construction établi sur le groupe d'îlots oriental ; puis, au xiᵉ siècle, on l'entoura de murs, et le Sénat acheta les terrains voisins pour y creuser de nouvelles darses. Peu à peu on en fit un établissement formidable, mesurant deux milles de circonférence, et occupant plus de 16 000 ouvriers.

Ce puissant enclos fut de bonne heure le point de mire des nations rivales ou ennemies, et principalement des Génois et des Turcs, qui essayèrent plus d'une fois de l'incendier. Aussi exerçait-on sur lui une surveillance de tous les instants. Le provéditeur qui en avait la garde répondait de sa sûreté sur sa tête. Défense aux charpentiers ou calfats de quitter Venise sans permission. Les armateurs s'engageaient à ne vendre et à ne confier leurs vaisseaux qu'à des Vénitiens et, de plus, à notifier l'acte de vente. En temps de guerre, le Sénat déléguait toujours à bord de la galère capitane des commissaires investis du pouvoir de tenir conseil avec les officiers. Au-dessous du provéditeur était le grand amiral, directeur général des travaux et du personnel. C'était lui qui servait de pilote au doge, quand celui-ci, le jour de l'Ascension, allait célébrer solennellement ses épousailles avec la mer.

De tous temps, les populations des hauts parages de l'Adriatique avaient passé pour d'habiles constructeurs ; les anciens vantaient les navires liburnes et les barques vénètes. Celles-ci n'avaient été, dans le principe, que des bâtiments larges et plats, servant à naviguer sur les fleuves et sur les lagunes ; on les appelait *cursorie*, *galandrie*, *dromoni*, selon leur forme. Ensuite, à ces esquifs primitifs succédèrent les *galères*, grosses ou légères, les *coques* (*cocche* ou *cogge*) et les *galéasses*.

Les coques, armées de 15 pièces (quand le canon eut été inventé), étaient spécialement affectées au transport des troupes ; chacune pouvait contenir jusqu'à 1000 hommes avec leur matériel. Les galéasses, qui étaient à rames comme les galères, avaient leur avant à l'épreuve du canon et portaient 50 pièces d'artillerie du plus gros calibre ; 1600 guerriers y combattaient à l'aise.

Les mesures des bâtiments vénitiens étaient d'ailleurs strictement fixées ; tous devaient avoir à peu près la même dimension, pour pouvoir être, au besoin, convertis en navires de guerre. C'est ce qui explique la prodigieuse rapidité avec laquelle la république renouvelait ses flottes.

Les madriers de construction, avant d'être employés, restaient pendant un temps fort long immergés dans l'Adriatique, du côté du Lido. Les diverses membrures du vaisseau, préparées, taillées à l'avance, n'avaient plus qu'à s'agencer l'une dans l'autre, si bien qu'il suffisait de quelques heures, comme ce fut le cas au XVI° siècle, quand Henri III visita l'Arsenal, pour qu'une galère fût faite et lan-

cée. On assure même que, dans la période d'armements fiévreux qui
précéda la bataille de Lépante (1571), chaque matin, cent jours de
suite, un nouveau navire sortit de l'Arsenal.

Les cordages n'étaient pas de moins bonne qualité que les bois.
Tout le chanvre des provinces de terre ferme était réquisitionné à
perpétuité par l'État, qui en fixait le cours légal, et l'emmagasinait
dans ses docks. Les fonderies étaient aussi sans rivales, au XVIᵉ siècle
surtout, quand elles passèrent sous la direction des fameux frères
Alberghetti. Les pièces qui en sortaient étaient réputées des chefs-

GALÉASSE VÉNITIENNE.

d'œuvre de fabrication et de forme. Les Vénitiens avaient été les
premiers du reste en Italie à user du canon, contre les troupes de
François Carrare, seigneur de Padoue. Leurs projectiles, il est vrai,
n'étaient encore que des boulets de pierre, que lançaient des bom-
bardes dites de position, c'est-à-dire immobiles et dénuées d'affût.
Ce ne fut que beaucoup plus tard, après qu'ils eurent vu en 1512,
lors de la bataille de Ravenne, les Espagnols transformer leurs
canons en autant d'armes portatives pouvant se conduire sur des
chariots jusqu'au milieu des rangs ennemis, qu'ils adoptèrent,
pour la guerre de terre, le même système d'artillerie légère.

Grâce au puissant outillage naval que je viens de décrire sommairement, Venise put donc régner sur la mer et tenir en respect les inimitiés. Ce qu'elle revendiquait avant tout, c'était la navigation exclusive de l'Adriatique.

Un impôt considérable était établi sur tout bâtiment de commerce appartenant à une nation étrangère qui s'avançait au nord du cap de Ravenne d'un côté, et de la baie de Fiume de l'autre. Quant aux vaisseaux armés, nul ne pouvait pénétrer dans ces eaux. Les Bolonais, les premiers, protestèrent : ils furent battus. Ancône se plaignit : on l'assiégea et on la prit. Bref, les diverses puissances finirent, les unes après les autres, par reconnaître l'exorbitante prétention, les rois de France, les empereurs eux-mêmes. Ne voit-on pas la reine de Hongrie Béatrix écrire au doge pour lui demander le libre transit par l'Adriatique de ses bijoux personnels qu'elle faisait venir d'Italie? Au milieu même du xviie siècle, Venise, quoique déjà déchue, maintient énergiquement son droit. En 1630, par exemple, l'ambassadeur d'Espagne avise le gouvernement vénitien que l'infante Marie doit aller de Naples à Trieste, pour épouser le fils de l'empereur Ferdinand. Le Sénat s'empresse d'offrir la flotte de la république, parce que, ajoute-t-il, l'entrée du golfe n'est permise à aucun navire étranger. La cour de Madrid refuse, alléguant (ce qui était vrai) que ladite flotte avait été infectée de la peste. Le Sénat reste inébranlable, et l'infante est obligée de céder.

Deux escadres longeaient sans cesse, l'une les côtes de l'Istrie et de la Dalmatie, l'autre celles des Romagnes et de la Pouille, tandis que le capitaine du golfe stationnait à Zara ou à Corfou, toujours prêt à se porter partout où il y avait lieu de faire respecter les volontés de l'orgueilleuse république. Chaque année en outre, six escadres étaient équipées aux frais de l'État, lequel disposait de 36.000 marins et de 3300 navires. Longtemps Venise fut sans rivale au point de vue de la force des bâtiments; puis, peu à peu, les Génois, les Espagnols et les Turcs eux-mêmes arrivèrent à posséder des vaisseaux capables de lutter contre les siens : de là son désir incessant de progrès et ses innovations continues pour conserver la supériorité. Ce qui ne fut jamais égalé, ce fut le tir de ses bombardiers.

Ajoutons que dès le xiiie siècle les Vénitiens avaient adopté le code

maritime de Barcelone, reste lui-même de celui des Rhodiens, qui
fut longtemps le droit commun des nations. La population presque
tout entière naviguait d'ailleurs plus ou moins; le souffle des vents
et le grondement des vagues étaient, on peut le dire, la plus douce
des musiques pour ces aventureux insulaires qui, dès la fin du
xive siècle, visitaient l'Islande, s'approchaient du Groenland et,
cent années avant Colomb, se lançaient à travers l'Atlantique.

II

Cette prospérité de la reine de l'Adriatique n'allait pas, il est vrai,
sans secousses. Les colonies se révoltaient souvent; Pola et Zara
par exemple chassèrent plus d'une fois leurs podestats, et les Can-
diotes surtout, qui avaient l'asile de leurs montagnes, dont le point
culminant, le classique *Ida* (aujourd'hui mont Psiloriti), n'atteint
pas moins de 2500 mètres, fatiguaient sans cesse la métropole de
leurs dénis d'obéissance. Mais l'épreuve la plus longue et la plus
terrible pour la Sérénissime République, ce fut sa lutte contre
Gênes.

Dès le xiiie siècle elle trouva en celle-ci une sérieuse concurrente.
Acculée à la mer ainsi que Venise, et, comme elle, dépourvue de
territoire, Gênes tirait également toute sa puissance de sa marine.
Après la chute de l'empire carolingien, elle avait ressaisi son auto-
nomie, et s'était gouvernée par des consuls assistés d'un Sénat. Lors
de la première croisade, elle avait adjoint vingt-huit de ses galères
à l'expédition. Comme Venise, comme Pise aussi, son autre rivale,
qu'elle devait finir par ruiner, elle avait le privilège de fournir
à l'Europe les denrées de l'Asie. C'est pourquoi elle n'avait pu voir
sans envie les établissements acquis par les Vénitiens dans l'Archipel
et dans la Morée.

La première passe du duel s'engagea au sujet des côtes de la
Palestine, où les deux nations avaient des comptoirs et détenaient
des quartiers dans les places principales. Il y eut dispute pour la

possession exclusive d'une église à Saint-Jean d'Acre. Les Génois
chassèrent les Vénitiens ; ceux-ci vinrent avec une flotte bloquer le
port, y brûlèrent trente vaisseaux de leurs ennemis et pillèrent les
magasins de ces derniers. Il s'ensuivit un combat naval où le lion
de Saint-Marc eut le dessus. Ce n'était toutefois qu'un prélude : les
deux républiques armaient activement, et Venise s'entendait avec
Pise. En 1258, nouvelle bataille dans les eaux de Saint-Jean d'Acre ;
les galères de Gênes sont encore vaincues. Désireuse d'une revanche,
la ville des Ligures s'allie alors à Michel Paléologue, qui venait justement sur ces entrefaites de mettre fin à l'empire latin en repre-
nant Constantinople à Baudouin (1261) : malgré cela, elle est derechef battue, près de Trapani.

La trêve qui suit est marquée pour Venise par une cruelle cala-
mité : la disette de 1269, aggravée par le refus de ses voisins de lui
fournir des grains. A cette époque, la cité des lagunes n'avait pas
encore le plus petit territoire sur la côte italienne ; celui qu'elle
possédait sur la rive opposée de l'Adriatique était tout hérissé de
rochers. Candie était fertile ; mais les révoltes continuelles de l'île
y entravaient la culture et le commerce.

Ce fut donc une terrible famine, et, comme toujours, l'événement
porta leçon.

Quand, l'année suivante, la république renouvela ses traités avec
Michel Paléologue, le restaurateur susnommé de l'empire grec, elle
eut bien soin d'y faire insérer cette clause expresse, qu'elle pourrait
prendre autant de grain qu'elle voudrait en Crimée et dans toutes
les régions d'Europe et d'Asie que détenaient encore les césars de
Byzance. Elle obtint la même autorisation du soudan de Tunis et
des autres Régences barbaresques, aussi bien que des royaumes de
Naples et de Sicile, et contraignit ses voisins de terre ferme, le
patriarche d'Aquilée, le comte de Goritz et le seigneur de Ferrare,
à tolérer des extractions de blé semblables.

Grâce à ces privilèges et à l'activité de son commerce, Venise
non seulement ne souffrit plus de la faim, mais encore eut l'abondance assurée.

L'Angleterre elle-même, alors riche en céréales, couvrait de
ses grains les ports de l'estuaire quand d'aventure la récolte manquait sur les côtes de la Méditerranée, si bien que l'heureuse cité

de l'Archipel devint le grenier de l'Italie du Nord et la régulatrice
du prix des denrées.

Mais reprenons le récit du duel des deux républiques.

Bien que battue à trois reprises, et en proie à des dissensions in-
testines qu'il n'y a pas lieu de retracer ici, Gênes, à la fin du XIIIᵉ siècle,
fait de plus en plus concurrence à Venise. Politiquement, elle marchait en sens inverse de celle-ci, renversant son gouvernement aristocratique pour revenir à la démocratie, tandis que les négociants

RUINES VÉNITIENNES A NÉGREPONT.

du Rialto resserraient chaque jour le pouvoir aux mains d'une
oligarchie étroite[1]. Définitivement victorieuse des Pisans à la
mémorable bataille de la Meloria (1284), Gênes s'était à son tour
établie dans le faubourg de Péra, de l'autre côté du port de Constantinople; elle avait des comptoirs dans la mer Noire et couvrait, elle aussi, la Méditerranée de ses vaisseaux.

Laquelle de ces deux Carthages italiennes dompterait décidément
l'autre?

1. Voyez la fin de ce chapitre.

En 1293 la lutte recommence. Les Vénitiens pillent Pera, et détruisent les *fondaks* génois au delà du Bosphore. Par contre, une flotte génoise entre dans l'Adriatique et écrase l'ennemi devant Curzola (île de Dalmatie). Des vaisseaux vénitiens, treize seulement parviennent à s'échapper; soixante-cinq sont brûlés, dix-huit cap- turés avec sept mille hommes, parmi lesquels Marco Polo, le fameux voyageur, et l'amiral André Dandolo, qui, ne voulant pas sur- vivre à sa honte, se brise le crâne contre les bordages de sa propre galère.

L'année suivante, la flotte de Venise est de nouveau battue sous Gallipoli (Dardanelles). C'étaient plus de cent bâtiments perdus par elle dans ces deux campagnes. Et cependant elle inonde encore tous les parages méditerranéens de ses redoutables coureurs, désolant le commerce de sa rivale, l'insultant partout sur ses côtes. On cite notamment un capitaine nommé Sclavoni, qui, avec quatre galères, eut l'audace d'aller brûler un vaisseau dans le port même de Gênes la *Superbe*, alors déchirée par les factions guelfes et gibelines.

En 1327, nouvelle guerre, où Venise a encore le désavantage. En 1348 survient l'horrible peste de Florence, également fatale aux deux républiques. Gênes y perd à elle seule 40 000 habitants, ce qui ne l'empêche pas, cette année même, de saisir tous les vaisseaux vénitiens dans le Levant. Pendant ce temps, sa rivale arme trente- cinq galères, qui, sous les ordres de Morosini, surprennent une es- cadre adverse à la hauteur de Négrepont (ancienne île d'Eubée) et l'écrasent. La flotte génoise du Levant, forte de soixante galères, commandées par Pagan Doria, revient à son tour vers Négrepont pour enlever cette colonie à Venise. Pisani la force de se retirer. L'année d'après (1352), une terrible bataille se livre dans les Darda- nelles. Les Vénitiens sont vaincus; mais ils réparent si bien cet échec près de Cagliari, que, des galères ennemies, une seule et unique rentre au port.

On croit rêver au récit de ces épopées navales, où les *armadas* fracassées renaissent du jour au lendemain de leurs débris. A quel- ques mois de là, en effet (1354), Pagan Doria, l'amiral génois, reprend la mer et pénètre jusqu'au fond du golfe de l'Adriatique. La situation était grave pour Venise. Sa grande escadre, celle de Pisani et de Morosini, s'en était allée dans le golfe de Gênes guetter les vaisseaux de Doria; celui-ci avait évité la rencontre, et il se trouvait devant l'estuaire quand son adversaire croisait encore sur les côtes de Sardaigne.

Cette escadre arriverait-elle à temps? Toute la population était sous les armes; la milice veillait sur les bancs de sable les plus avancés; des chaînes de fer étaient tendues entre les deux castels qui gardaient la passe du Lido, et une multitude d'embarcations observaient de toutes parts les mouvements de l'ennemi.

Enfin les trente vaisseaux de Pisani surviennent à toutes voiles. Alors, autre coup de théâtre. Doria, au dernier moment, s'est porté hors du golfe au-devant de cette flotte qui menace ses derrières; mais on eût dit que les deux grands capitaines en qui se personnifiait pour l'instant la fortune de l'une et l'autre république, étaient destinés à se chercher sans se rencontrer. Les navires génois et vénitiens se manquent encore en route, et Pisani, ayant besoin de radouber ses galères, va relâcher à Sapienza, petite île à la pointe du Péloponnèse.

Doria, de son côté, s'en retournait à Gênes, quand, au sortir de l'Archipel, il est informé de la présence des deux amiraux ennemis dans une baie voisine. Il marche sur eux, les surprend, s'empare d'abord des vaisseaux qui étaient sous les ordres de Morosini; après quoi le reste de la flotte se rend aux Génois, qui ramènent le tout capturé à Gênes, avec six mille prisonniers, parmi lesquels était Pisani.

Venise, épuisée et découragée, dut signer la paix.

III

Que ne puis-je raconter ici en détail cette fameuse guerre dite *de Chioggia*, qui est le dernier épisode important de la lutte entre les deux républiques? François Carrare, seigneur de Padoue, a noué une ligue formidable, où figure jusqu'au roi de Hongrie, Gênes en tête, comme de juste. Un seul prince d'Italie, Visconti, de Milan, tient pour la cité des lagunes; en guise de secours, il lui a envoyé 400 lances et 2000 fantassins. L'action s'engage, entre les marines vénitienne et génoise, par une bataille sous ce promontoire d'Antium où les anciens avaient érigé un temple à la déesse Fortune. Victor Pisani, victorieux, retournait à Venise, après avoir détaché en avant une partie de sa flotte avec les blessés, quand, de nouveau, à la pointe de Pola, il se trouva en présence de forces supérieures.

L'amiral voulait éviter un combat inégal; mais le provéditeur qui, selon la coutume, était sur la galère capitane, lui intime l'ordre d'attaquer. Pisani, debout sur la proue, l'épée à la main, lance son navire au milieu des ennemis, en criant : « Qui aime Saint-Marc me suive! » La ligne génoise est rompue un moment; mais elle se reforme bientôt, et alors a lieu une mêlée terrible. Dix-sept galères sont prises, 19000 hommes périssent, et le convoi de marchandises du Levant qu'escortait la flotte est la proie du vainqueur. Pisani avait échappé au massacre, avec Michel Zeno, l'autre chef. Il s'enfuit à tire-d'aile sur le golfe, avec l'épave de sa belle escadre, suivi de près par les Génois, qui ont hâte d'investir Venise. Enfin le voilà dans le port : il débarque et se présente au Sénat. Celui-ci le décrète d'arrestation et le jette en prison.

On remarquera que, dans ce duel sans merci entre les deux villes irréconciliables, les plus gros périls sont courus en somme par celle qui doit finalement triompher. La même particularité se retrouve dans l'histoire de Rome et de Carthage. Cette fois encore, en effet, la cité des doges se voit à deux doigts de sa perte. Comme elle l'avait fait en 1354, elle n'a que le temps de clore à la hâte les différents chenaux d'accès des lagunes, et de jeter une garnison dans Chioggia, son principal avant-poste au sud. Déjà les Génois ont forcé la passe de ce côté et mis le siège devant la place. En même temps, les barques padouanes descendent par les canaux de la Brenta, et Carrare en personne amène des troupes par la pointe de Brondolo.

Chioggia prise, les Génois s'y installent, et alors commence le blocus intérieur des lagunes. La ville est dans la consternation. Nuit et jour, le tocsin sonne. Vainement le doge a demandé la paix au seigneur de Padoue; celui-ci a répondu qu'il n'écoutera aucune

CHIOGGIA.

proposition, tant qu'il n'aura pas, de sa propre main, passé un frein aux chevaux de bronze de Saint-Marc. Venise semblait perdue ; quelques-uns parlaient de transporter le siège du gouvernement à Candie, comme jadis Rome avait voulu se transférer à Veies.

L'Arsenal cependant travaille sans relâche ; on recense toutes les barques, on en construit de nouvelles ; mais le peuple refuse de prendre les armes si l'on ne relâche le vaincu de Pola. Il se porte en foule devant la prison, en criant : « Pisani ! nous voulons Pisani pour chef ! » Une nuit entière s'écoule ainsi. L'amiral, malade et blessé, s'approche de la lucarne de son cachot, et répond par son cri de guerre : « Vive Saint-Marc ! »

La Seigneurie, en présence des menaces de sédition, est forcée de céder ; elle donne ordre de rendre Pisani à la liberté. A l'aube on le traîne à la Basilique, et, aux acclamations de la multitude, le patriarche lui confie l'étendard de la république. Il répond en jurant de vaincre ou de mourir.

L'enthousiasme est tel, qu'on forge des armes sur la place publique ; tous les religieux valides s'enrôlent, et les souscriptions ne s'arrêtent pas. Le doge envoie au trésor sa vaisselle d'or ; un marchand pelletier assume la paye de mille matelots ; un apothicaire, Marco Cicogna, fournit un navire ; de simples artisans se chargent d'entretenir cent et deux cents hommes. En même temps on avait rappelé Charles Zeno, détaché au début de la campagne précédente avec une escadre de huit galères, qui avait dû rallier plusieurs autres vaisseaux dans les ports du Levant.

Une flottille de bateaux plats, construits de manière à se pouvoir réfugier sur les bas-fonds des lagunes où les galères ennemies n'osaient se risquer, commence par enlever un convoi de vivres que le seigneur de Padoue envoyait à Chioggia, où les Génois souffraient de la faim. Bientôt après, ces derniers sont contraints d'évacuer Malamocco. Puis, dans la nuit du 21 au 22 décembre (1379), tout étant prêt pour le coup décisif, Victor Pisani quitte Venise avec une flotte de trente-quatre vaisseaux. Le doge, André Contarini, l'accompagne avec la galère ducale.

Ces trente-quatre bâtiments, suivis de soixante barques armées et de plusieurs centaines de bateaux, voguent silencieusement vers Chioggia au travers des lagunes, et manœuvrent avec tant d'habileté

que les Génois se trouvent enfermés dans l'île, dont les Vénitiens
bloquent les passes extérieures. Le siège, qui se prolonge six mois,
est marqué par toutes sortes de péripéties. Des deux parts on
attendait des renforts. Ce fut la flotte de Charles Zeno qui parut
la première, après avoir été retardée en chemin par des attaques de
l'ennemi et par les tempêtes. L'escadre de secours des ennemis
arriva à son tour, mais trop tard : les assiégés s'étaient rendus. Les
coalisés durent signer la paix.

Une dernière bataille navale eut lieu en 1403 entre Vénitiens et
Génois; elle fut à l'avantage des premiers, commandés encore par
Charles Zeno. Ce fut la fin de cette longue lutte d'un siècle et demi
dans laquelle les deux peuples s'étaient disputé presque féroce-
ment l'empire mercantile de ces vieilles mers phéniciennes et
grecques qui devaient plus tard, en fin de compte, tomber au
pouvoir d'un tiers conquérant, c'est-à-dire des Turcs.

IV

A la suite de la guerre de Chioggia, un grave revirement se produisit dans le système politique de Venise. Le désir de se venger de
ses voisins de terre ferme, joint à une première diminution de sa
puissance en Orient, acheva de décider la république à chercher des
provinces en Italie même. Déjà, en 1309, elle avait fait un pas dans
cette voie en essayant d'occuper Ferrare[1], acquisition qui lui eût
assuré la domination du Pô inférieur et de faciles communications
avec tout le nord de la péninsule. Trente ans après, elle avait enlevé
la Marche trévisane aux La Scala, seigneurs de Vérone; puis,
occupée contre Gênes, elle en était restée là de ses conquêtes. Sa
rivale une fois abattue, elle parut oublier le mot d'Homère, « que
la fortune est fille de la mer », et se tourna vers les régions sub-

1. Voyez ci-après, chapitre VIII.

CORFOU.

alpines dont, à grand tort, assure Machiavel, elle convoitait la domination. Quoique victorieuse encore de ce côté, elle eut cependant à subir après coup, pour conserver ce qu'elle avait acquis, plus d'une épreuve qui lui coûta cher.

Dès 1405 elle se met en campagne, et elle conduit lestement ses affaires. Quatre ou cinq guerres successives, tant contre le duc de Milan que contre les seigneurs de Padoue et les belliqueux patriarches d'Aquilée, lui valent la possession de tout le pays étendu en demi-cercle des Alpes Carniques au littoral de Rimini. En un laps de quarante années, sans plus, Feltre, Bellune, Brescia, Bergame, Vérone, Peschiera, Padoue, Vicence, la Polésine et Ravenne deviennent autant de provinces vénitiennes que gouvernent les podestats de Saint-Marc. Bref, au milieu du XVe siècle, l'empire de la république se compose de trois parties bien distinctes : 1° le *Dogado* ou duché proprement dit, qui embrasse la ville et ses dépendances immédiates dans l'estuaire ; 2° les *États de terre ferme*, susnommés ; 3° la *Vénétie maritime*, à savoir l'Istrie, la Dalmatie ; partie de l'Albanie avec Durazzo, Scutari, Alessio ; partie de la Morée avec Patras, Argos, Napoli de Romani ; partie de la Macédoine avec Thessalonique ; puis Corfou, Candie, Négrepont (ancienne Eubée) et les îles de l'archipel Égéen.

Mais déjà des jours moins prospères s'annoncent. La découverte de l'Amérique et du passage du cap de Bonne-Espérance doit mettre en échec la puissance mercantile de la fière cité. Gênes a succombé sous Venise ; par un étrange retour du destin, un fils de Gênes, Christophe Colomb, vient, par l'intermédiaire de l'Espagne, venger sans effusion de sang sa patrie, en faisant à lui seul à la ville des lagunes, suivant le mot d'un chroniqueur vénitien, plus de mal que ne lui en avaient fait tous les Génois des siècles antérieurs. Les deux Indes une fois trouvées, la Méditerranée n'est plus qu'un lac ; il n'y a plus de raison pour que les marchandises de la Chine et des pays limitrophes arrivent à l'Europe en traversant le continent asiatique. Un monde nouveau offre de nouveaux appâts au commerce. L'architecture navale, la navigation vont prendre un essor inconnu jusqu'alors, et le petit peuple de trafiquants établi au fin fond de l'Adriatique, loin des routes sur lesquelles se trouvent les grands centres de consommation, est forcément condamné à déchoir. Sa marine descendra bientôt au second rang, primée, quoi qu'elle fasse, par celles de l'Espagne, du Portugal, puis de l'Angleterre.

Un autre événement non moins grave pour Venise, ce fut, en 1453, la prise de Constantinople par les Turcs.

On raconte que, cent quatre-vingt-douze années auparavant, quand Michel Paléologue, qui avait régné d'abord à Nicée, eut chassé l'éphémère souverain Baudouin II, lequel n'eut que le temps de s'enfuir sur un navire à l'ancre dans la Corne d'Or, un sage vieillard se mit à pleurer. Comme on lui demandait la cause de ses larmes : « Eh ! ne voyez-vous pas, répondit-il, que l'empire grec est au pillage. Tous les biens viennent des campagnes, et nous n'avons plus de campagnes. Nos guerriers s'énerveront dans les molles voluptés de Byzance, et alors, s'élançant de leurs montagnes, les Turcs envahiront l'Europe et s'empareront de Constantinople ! Voilà pourquoi je verse des pleurs ! »

Deux siècles plus tard, la prédiction s'accomplissait ; et l'on peut dire que, le jour où Mahomet II, avec ses deux cent cinquante mille hommes et ses cinq cents vaisseaux, vint assiéger la fastueuse reine du Bosphore, l'empire grec entier se trouvait contenu et comme prisonnier dans la cité même ; les Ottomans en avaient dépecé le corps pièce à pièce ; il ne leur restait plus qu'à en prendre la tête.

Quelles étaient les ressources défensives de cette ex-bourgade thrace de *Lygos*, devenue, sous le nom pompeux de « nouvelle Rome », puis sous celui de « ville de Constantin », la clef dorée de deux mers et de deux mondes ? Deux mille Génois, commandés par le brave Giustiniani, le double ou le triple de troupes grecques, et quatorze navires. En 1204, lors de la croisade conduite par le doge Dandolo, elle comptait encore un million d'habitants ; en 1453 il lui en restait au plus deux cent mille.

En 1204 la chrétienté presque tout entière s'était liguée pour enlever la ville à ses propres souverains ; en 1453, pour la défendre contre le Croissant, pas un prince de l'Europe ne se mit en mouvement. C'est que toutes les nations de l'Occident, Mahomet II ne l'ignorait pas, avaient chez elles fort à faire. Le roi de France Charles VII achevait de reconquérir ses États sur les insulaires d'outre-Manche ; l'empereur Frédéric III ne songeait qu'à son rêve immédiat, l'érection de l'Autriche en archiduché ; le duc de Bour-

CONSTANTINOPLE : LA CORNE D'OR.

gogne, qui avait le premier promis son concours, fut aussi le premier à manquer de parole; peut-être ce puissant feudataire visait-il
déjà la France et la Suisse. Les princes italiens guerroyaient entre
eux; une partie de l'Espagne était encore aux mains des Arabes.

Seuls les Génois et les Vénitiens, qui avaient de gros intérêts en
Orient, ainsi que les Hongrois et les Polonais, qui se sentaient les
premiers menacés par la chute de l'antique Byzance, avaient répondu
dès 1442 au cri d'alarme poussé par le pape; ce qui n'empêche pas
que, le moment venu, de ces quatre alliés, trois se récusèrent. Cinq
vaisseaux de Gênes, voilà tout le secours qu'obtint *in extremis* l'empereur grec.

On sait que, durant trente jours, la ville, foudroyée par d'énormes
batteries et par des machines gigantesques, résista avec le plus
grand héroïsme. Mais Mahomet II fit comme avaient fait les Spar-
tiates à Pylos, Annibal à Tarente, Octave à l'isthme de Nicopolis, et
Venise elle-même qui, tout récemment (1435), avait traîné sa flotte
par terre de l'Adige jusqu'au lac de Garde : il donna l'ordre de
transporter, à force de bras et de poulies, sur un chemin de
madriers enduits de graisse, ses galères de la pointe du Bosphore
jusqu'au haut de la colline de Péra, d'où elles furent lancées dans
le port par le vallon de Saint-Dimitri, qui est à l'ouest de Galata.
Puis, le 29 mai, à une heure du matin, l'assaut fut donné, au cri de
« Allah ! »

A huit heures, Constantinople était prise, et le Croissant arboré
au front de Sainte-Sophie.

Nous ne pouvons plus nous faire, aujourd'hui, une idée de l'émoi
produit dans tout l'Occident par la chute de la grande métropole.
Le fait brutal, c'était qu'un camp menaçant de Barbares venait de
s'implanter sur le sol de l'Europe, et l'Europe entière s'aperçut vite
de l'énorme faute qu'elle avait commise en ne barrant pas la route
à l'Islam. Pendant plus d'un siècle, l'Italie, la Hongrie, l'Allemagne
même tremblèrent à la pensée de devenir, elles aussi, des *pachaliks*
du sultan de *Stamboul*.

Les sciences, les lettres et les arts émigrèrent en revanche vers
cette même Europe qui avait laissé violer leur sanctuaire. Chaque
montagne, chaque monastère, chaque coin de terre vénitien de l'Archipel et de la Morée, devinrent autant de retraites bienvenues pour

les fugitifs de la ville saccagée; et de glorieux vagabonds, les Las-
caris, les Chalcondyle, les Marulle, les Bessarion et d'autres encore,
payèrent noblement l'hospitalité qu'ils venaient demander au monde
d'Occident, en lui apportant le germe de la *Renaissance.*

V

Face à face avec le Croissant, les Vénitiens ne s'abandonneront
pas; seuls au besoin ils soutiendront la guerre contre le Turc, dont
les galères désormais vont partout croiser leurs galères, et qui,
devenu le voisin immédiat, est, par cela même, l'éternel ennemi.
Néanmoins ils ne tarderont pas à reconnaître la nécessité de faire
la part du feu. A peine maître de Constantinople, Mahomet II emporte Négrepont, et dès 1479 Venise, forcée dans les eaux qu'elle
considérait jusqu'alors comme siennes, est réduite à céder la
Morée ainsi que l'Albanie. En revanche, elle acquiert l'île de Chypre,
l'ancienne *Cypris,* que lui vend en 1489, à la mort de Jacques III
de Lusignan, sa veuve Catherine Cornaro.

Le mal est que ses adversaires du continent italien ne manquent
pas de profiter de leur mieux de ses embarras croissants en Orient.
Le pape Jules II en tête, ils s'unissent de nouveau contre elle en
formant la fameuse *ligue de Cambrai,* qui vise tout bonnement à la
dépouiller de toutes ses possessions de terre ferme. La ville des
doges tient tête à l'orage avec son armée composée des plus braves
condottieri du temps. Mais elle perd la terrible bataille d'Agna-
del, et, du coup, ses frontières sont ramenées à Mestre. Heureu-
sement, la division se met parmi ses vainqueurs, et, quand, après
Pavie (1525), François Iᵉʳ et Charles-Quint font la paix, elle re-
couvre tout ce qu'elle a perdu.

Ce qu'elle devait perdre, et ne jamais recouvrer, c'étaient ses
provinces maritimes sises en dehors de l'Adriatique. En 1540 elle
se voit obligée d'abandonner à Soliman presque toutes les îles de

l'Archipel, et ses conflits avec le Turc se compliquent encore d'une
lutte incessante contre les *Uscoques*, ces terribles pirates du Quarnero, dont nous visiterons plus tard le repaire[1]. Pour surcroît de
malheur, en 1569 l'Arsenal saute. Le sultan Sélim, croyant la
marine de la république anéantie par cette catastrophe, revendique
aussitôt le royaume de Chypre, et s'en empare pour toujours,

GOLFE DE CORINTHE.

malgré l'héroïque résistance de Bragadino à Famagosta[2]. Du moins
cette perte fut-elle vengée, cinq mois plus tard. Dès qu'elle avait
prévu le péril, Venise avait cherché des alliances. Une coalition
se forma donc contre l'ennemi commun de l'Europe. Le pape Pie V
donna deux galères, Malte trois; le duc de Savoie, Florence et Ferrare firent aussi ce qu'ils purent. Ce fut néanmoins la cité des
lagunes qui fournit les deux tiers de la flotte chrétienne mise

1. Voyez ci-après, chapitre VI.
2. Le malheureux Bragadino fut écorché vif par les Turcs, qui renvoyèrent sa peau
empaillée à Venise.

sous le commandement de don Juan d'Autriche, le fils naturel de Charles-Quint.

La rencontre eut lieu le dimanche 7 octobre 1571, à l'entrée de l'ancien golfe de Corinthe, qui sépare la côte d'Albanie de la Morée, entre Lépante (l'ex-*Naupacte*) et les petites îles Curzolari. Seize siècles auparavant, dans ces mêmes eaux, s'était livrée, entre Octave et Antoine, une autre bataille navale plus célèbre encore, celle d'Actium.

La flotte ottomane se composait de deux cents galères, mues par les rames d'esclaves chrétiens, et traînait à sa suite une foule de navires. L'*armada* chrétienne n'était pas moins forte, et 50 000 hommes de troupes la montaient. Le Génois Doria était à l'avant-garde; Barbarigo, provéditeur de Venise, au « corps de bataille », c'est-à-dire au centre, et le marquis de Santa Cruz, général espagnol, en arrière-ligne. L'amiral vénitien était Veniero. Colonna représentait le pape.

Le combat fut, on le sait, un des plus sanglants dont l'histoire fasse mention. Les confédérés avaient mêlé à dessein tous les pavillons, pour bien indiquer que, dans cette occurrence, ils agissaient comme un seul et même peuple.

Ce fut leur escadre qui prit l'offensive.

Les galéasses chrétiennes, plus élevées que les vaisseaux turcs, et favorisées d'ailleurs par le vent, qui chassait la fumée dans les yeux de l'ennemi, eurent tout de suite un avantage marqué. Du haut de ces forteresses flottantes pleuvaient à la fois les « feux d'artifice » et les mousquetades. Bientôt les vaisseaux des deux partis s'accrochèrent mutuellement avec des crampons, et l'action devint comme un duel de pied ferme, un gigantesque engagement corps à corps.

Après cinq heures d'une mêlée furieuse, les alliés furent vainqueurs : cent trente galères turques furent prises, un grand nombre incendiées; 5000 esclaves chrétiens furent délivrés de leurs fers. L'escadre d'Alger seule, commandée par le dey en personne, s'échappa à la faveur de la nuit; ce fut elle qui porta au sultan la nouvelle du désastre.

La consternation régnait à Stamboul. Vainement le *mufti* essayait de rassurer les croyants. Depuis la défaite de Bajazet par les hordes tatares du fameux Tamerlan (1398) jamais l'empire des Osmanlis n'avait reçu une pareille secousse. Nuit et jour on travaillait à fortifier les Dardanelles, car, d'un moment à l'autre, les voiles ennemies pouvaient apparaître.

Les coalisés, malheureusement, ne surent pas tirer parti de leur fortune en marchant aussitôt sur Constantinople. Ils passèrent quinze jours à se partager les dépouilles des vaincus; puis le désaccord se mit parmi eux. Irrésolus et ne sachant que faire, ils finirent par se séparer. Les Vénitiens restèrent à Corfou; don Juan d'Autriche regagna Messine, et Colonna se rendit à Rome, où on lui fit les honneurs d'un pompeux « triomphe » à l'antique.

Le sultan Selim put donc respirer, et l'histoire raconte même que, deux semaines après la fameuse bataille, comme Barbaro, l'envoyé de Venise, était venu à l'audience du grand vizir Méhémet, celui-ci lui dit d'un ton méprisant : « Que les tiens sachent bien que notre défaite ne nous a pas le moins du monde abattus. En vous enlevant le royaume de Chypre, nous vous avons coupé un bras qui ne reviendra plus. En détruisant une partie de notre flotte, vous nous avez rasé la barbe, sans détruire les racines d'où elle repoussera. Nous aurons d'autres vaisseaux, à moins que les forêts ne rentrent en terre, et, si nous manquions d'hommes pour les monter, c'est que la fin du monde arriverait. »

Au siècle suivant, en effet, les Turcs prenaient leur revanche de Lépante en enlevant aux Vénitiens une de leurs plus précieuses possessions insulaires, vainement défendue à la dernière heure par des bans de volontaires et de gentilshommes accourus de tous les points de l'Europe : c'était cette belle île de Candie dont le siège est resté fameux dans l'histoire. Quelques années après, il est vrai (1687), François Morosini, surnommé le *Péloponnésiaque*, reconquit, à force de vaillance, la Morée; mais ce pays fut de nouveau perdu, définitivement, en 1715.

VI

A cette date, la Venise conquérante et guerrière avait cédé depuis longtemps la place à la ville d'intrigues, de plaisirs faciles et de police ombrageuse, dont le renom est resté légendaire en Europe, et que nous essayerons de dépeindre plus loin. Mais, avant d'entrer dans le vif des mœurs politiques et privées, disons tout de suite ce qu'étaient devenus, à cette heure décisive, les rouages primitifs du gouvernement.

La république des lagunes avait, on l'a vu, commencé par être une démocratie, ayant un chef unique à sa tête. Toutefois, vers la fin du XIIᵉ siècle, à la suite d'une sédition où le doge Vitale Michieli II avait été tué, on songea à se prémunir du même coup et contre les essais de tyrannie du prince et contre les caprices sanglants de la foule.

Alors fut établi le Grand Conseil, *Consiglio maggiore*, formé de quatre cent quatre-vingts membres, qu'élisaient annuellement deux électeurs par *sestiere* ou quartier. Ces quatre cent quatre-vingts furent le noyau de la puissante aristocratie qui devait finir par absorber toute la puissance effective de l'État. A eux revenaient le soin d'élire les autres conseils, les magistrats, et celui de préparer les sujets de la délibération populaire. On adjoignit en même temps au doge, afin de restreindre son autorité, six conseillers sans l'avis desquels il ne pouvait rien : ce fut le petit conseil (*Consiglio minore*), appelé ensuite la Seigneurie (*Signoria*). Puis vint la création du Sénat (*Pregadi*, les priés, les convoqués), dont les membres, d'abord au nombre de soixante, finirent par être portés à trois cents. Le Sénat était l'âme du gouvernement. C'était lui qui déclarait la guerre, concluait les traités, établissait les impôts, distribuait les charges militaires de terre et de mer. Un tribunal de quarante membres, la *Quarantia*, partagé un siècle plus

tard en quarantie civile et en quarantie militaire, eut en outre
l'attribution des jugements en première instance.

Vers la même époque, l'élection du doge, qui jusqu'alors s'était
faite tumultuairement dans la basilique de Saint-Marc, fut enlevée à
la foule. Onze, puis quarante citoyens, choisis par le Grand Conseil,
furent chargés de nommer le magistrat suprême; le peuple n'eut
plus que le vain privilège d'ajouter son *oui* après coup [1]. Le changement, il est vrai, n'alla pas sans encombre. Lors de l'élection du
premier doge ainsi nommé, Sébastien Ziani (1172), la multitude,

DOGE ET CAPITAINE GÉNÉRAL.

dépouillée de son droit, se souleva. La sédition fut apaisée; mais,
plus d'une fois encore, en pareille circonstance il y eut des secousses et des soubresauts.

La transformation, remarquons-le tout de suite, s'opère sans
bruit, sans éclat, par un simple système de décrets conçus de manière à enlever à la masse des citoyens aussi bien qu'au chef de
l'État tout ce qui leur reste d'influence. « Messer le doge », comme
on l'appelle, se transforme en une sorte d'idole majestueuse, qu'on
entoure de respect et de pompe, mais qui n'a plus guère de pouvoir

1. *Questo xe missier lo doxe, se ve piaxe,* « Celui-ci est messire le doge, s'il vous
plaît », telle était la formule usitée dans ce cas.

réel. Il a toutes les apparences de la dignité souveraine; il porte
la robe d'or et le *corno ducale*; les monnaies se frappent à son
effigie; on le qualifie « de prince sérénissime », et chaque année,
à la *Senza* (fête de l'Ascension), il monte sur le *Bucentaure*, et,
suivi de milliers de barques et de gondoles, il s'en va vers la passe
du Lido jeter à la mer, en signe d'épousailles, son anneau où brille
un saphir. Là se borne sa royauté. Il n'a pas même autant de puissance qu'en avaient eue, aux temps primitifs, alors que le centre
de la république était encore à Malamocco, ces chefs élus et res-
ponsables de la jeune association insulaire qui portaient le titre de
Tribuns.

En 1297 l'acte connu sous le nom de *Serrata* (clôture du Grand
Conseil) enleva définitivement au peuple toute ombre de pouvoir
politique. La mesure fut prise à la suite d'une rivalité de la nouvelle noblesse enrichie en Orient et de l'ancienne noblesse[1], qui, à
partir du XIVe siècle, se verra exclue du dogat. Un premier décret
statua que ceux-là seuls parmi les nobles pourraient désormais
entrer dans le Grand Conseil, qui y avaient déjà siégé ou dont les
parents en avaient fait partie. Un deuxième décret compléta ce
système aristocratique, en déclarant que tout Vénitien âgé de vingt-
cinq ans dûment reconnu par devant les *avogadori di comune*
comme né en légitime mariage de parents nobles inscrits au *Livre
d'or*, faisait de droit partie du *Consiglio maggiore*.

Au XVe siècle est créé le Collège des magistrats ou *Sages* (*Savii*),
divisés en trois catégories : les Grands Sages, les Sages de terre
et les Sages de mer[2]. Au point de vue des devoirs comme des droits,
le rôle du patricien est nettement défini. Le noble ne peut, sous
peine d'une amende énorme, se soustraire au service du pays. Pour
commencer, nous l'avons vu, il entre dans le Grand Conseil, lequel
est le véritable souverain, possède la plénitude de l'autorité législa-
tive, et nomme par l'élection à tous les emplois. Là il fait partie
de commissions qui l'accablent de travail. Il monte ensuite au Sénat,
qui exerce le pouvoir exécutif et qui n'est lui-même qu'une déléga-

1. Celle-ci se composait des vingt-quatre familles qui faisaient remonter leur origine
au delà du IXe siècle.
2. Le *Collège*, fraction du pouvoir exécutif, était composé de vingt-six membres : le
doge et ses conseillers (qui formaient la *Seigneurie*), les trois chefs de la Quarantie crimi-
nelle et les seize Sages.

tion du Grand Conseil; puis, toujours par la voie de l'élection dix fois contrôlée, il peut être nommé Sage, provéditeur, ambassadeur, procurateur, etc. Si on l'appelle au pouvoir suprême, il n'a pas davantage le droit de refuser.

C'est ainsi que le peuple ombrageux des lagunes se prit lui-même peu à peu au complexe attirail d'entraves et de chaînes qu'il avait entendu forger pour ses maîtres, et qu'à la démocratie du début succéda le gouvernement le plus autoritaire, l'oligarchie la plus étroite et la mieux fermée qui ait jamais existé sous le soleil.

En vain les doges, pour ressaisir une épave de puissance, affectent-ils de reprendre en sous-œuvre la cause des libertés populaires : le Grand Conseil, qui veille au péril, a vite raison de ces velléités. En 1310, à la suite de la conjuration du patricien Tiepolo, il a recours à une dernière innovation politique qui modifie d'une manière décisive la constitution du pays. Il nomme une commission de dix membres (*Conseil des Dix*) chargés de découvrir les affiliations au complot. Établi d'abord pour quelques jours, puis pour deux mois, ce comité de salut public, de prorogation en prorogation, finit par durer cinq cents ans, c'est-à-dire autant que Venise elle-même.

Ce qu'elle avait fait pour étendre sa durée, cette terrible magistrature le fit pour étendre ses attributions, et devint une sorte d'épée de Damoclès sans cesse suspendue sur la tête des ennemis de l'État.

D'abord, sa fonction, toute de haute police, fut de veiller au salut de la cité. Or, dans une république qui comptait au dehors huit millions de sujets, qui hébergeait dans son sein une foule d'étrangers, qui menait de front à travers l'Europe d'immenses intérêts commerciaux, politiques et guerriers, et avait à déjouer des coalitions sans cesse renaissantes, comment remplir cet office de surveillance et de tutelle sans s'immiscer dans toutes les affaires classées aux archives du Palais ducal sous cette vaste rubrique : *Terra e Mare*? Sous peine de demeurer une fiction, le nouveau comité devait donc s'arroger un pouvoir sans limites, élargir chaque jour davantage le cercle de sa curiosité, et exercer son contrôle jaloux sur ceux-là même qui l'avaient institué. C'est ce qu'il ne manqua pas de faire. De plus, pour que sa besogne fût fructueuse, dans ce milieu de carnavals perpétuels si propice aux complots, il fallait qu'il vécût, lui aussi,

en quelque sorte sous le masque, enveloppé du secret le plus pro-
fond. De là ces raffinements de précautions et toute cette procédure
occulte qu'a encore amplifiée à plaisir l'imagination de nos ro-
manciers.

En réalité, ce Conseil des Dix, nommé chaque année par le
Grand Conseil, et dont l'élection était entourée de toutes sortes de
garanties et de soins, ne se composait que des patriciens les plus
illustres et les plus honorés. Six Sages et le Doge lui-même assistaient à ses séances avec voix délibérative. S'il disposait d'armes
terribles, il n'en usait pas d'une manière arbitraire ou aveugle.
Jamais de caprice ni de favoritisme. Le plus froid intérêt, la question d'État, était le seul mobile de ses décisions. Le dépouillement
même des odieux papiers journellement jetés dans la Bouche du
Lion [1] ne se faisait pas sans discernement. Tout avis non signé était,
d'ordinaire, rejeté de prime abord, et les autres dénonciations
n'étaient retenues que si les quatre cinquièmes des voix en tom-
baient d'accord.

Cette dictature n'en était, par là, que plus redoutable ; aussi, bientôt, ne s'entretint-on plus qu'à voix basse de cette ténébreuse commission d'Argus. Le Grand Conseil lui-même s'effraya de son œuvre :
il voulut, en 1454, briser cette délégation, déjà vieille de plus de
cent ans, qu'il avait tirée de son propre sein. Il était trop tard. Les
Dix répondirent à cette velléité impuissante en tirant, eux aussi, de
leurs propres entrailles un triumvirat de mandataires, représentant
en quelque sorte la quintessence même de l'institution que le patriciat voulait supprimer. Ce furent les *Trois inquisiteurs*, dont la
charge, d'abord temporaire, comme l'avait été celle des Dix, se per-
pétua, elle aussi, et ne finit qu'avec Venise même.

Cette fois, grâce à cet étrange enfantement de pouvoirs nés de
délégations successives, on avait trouvé le rouage suprême du système destiné à régir la cité. De même que les Dix avaient, de préférence, exercé leur tyrannique surveillance sur les *nobili* dont ils
tenaient l'être ; de même les Trois exercèrent surtout leur contrôle
soupçonneux sur la commission mère dont ils portaient au front
l'effigie. Bien plus, en l'an 1600, ils achevèrent de s'émanciper, en

---

1. **Voyez ci-après, chapitre** III.

échangeant leur titre primitif d'*Inquisiteurs du Conseil des Dix*,
qui indiquait leur origine et leur dépendance, contre celui d'*Inquisiteurs d'État.*

Dès lors rien ne gêne plus l'action du tribunal bicolore[1]. Pour
les besoins de leur ministère, ses membres usent de tous les moyens
qu'autorise et déduit le code des Borgia[2]. Il a pour sanction de ses

SUR LE CANAL ORFANO.

arrêts, d'abord ces colonnes de la Piazzetta où sont pendus, la tête
en bas, les criminels d'État, puis ces cachots souterrains du palais
ducal où l'on étrangle à l'improviste, par le jeu d'une corde sur un
tourniquet, les condamnés dont l'heure a sonné, et enfin le canal
Orfano, dont les eaux noires, interdites aux pêcheurs, engloutissent
silencieusement les cadavres. Le patriciat vénitien tout entier est à
la merci de trois hommes; ces Trois mettent la main à tout et ont

1. Deux des Inquisiteurs portaient une robe noire, et le troisième était vêtu de rouge.
2. Voyez, à ce propos, les documents en italien et en latin publiés par M. Lamansky
à Saint-Pétersbourg, sous ce titre : *Secrets d'État de Venise.*

la clef de tout. Ils correspondent directement avec les ambassadeurs de la république ; ils ont leurs créatures affidées auprès de tous les princes de l'Europe, leurs espions jusqu'au sein des familles, et c'est leur ombre sinistre qui plane, au faîte de l'édifice politique, au-dessus d'un souverain de parade et d'une aristocratie terrifiée.

De bonne heure du reste, la ville fut renommée pour son excellente police. Une multitude d'officiers spéciaux y veillaient sur les droits du public aussi bien que sur ceux des individus, et y maintenaient l'ordre matériel. Cependant il faut bien reconnaître que, quel que fût son degré de culture, en un temps où la France par exemple était encore à demi barbare, Venise, au milieu du xve siècle, c'est-à-dire à l'époque de son apogée, gardait mainte trace de grossièreté de mœurs. Bien que le port d'armes y fût défendu, des rixes fréquentes ensanglantaient la cour du palais, le Rialto et la place Saint-Marc. Les serviteurs des grands seigneurs parcouraient volontiers par bandes la *Pescheria* (poissonnerie), s'emparant de force des œufs et volailles, et battant les marchands qui se rebiffaient.

La noblesse, au fond, n'était peut-être guère plus aimée de la plèbe que dans les autres villes d'Italie ; seulement deux choses à Venise atténuaient, en fait, cette antipathie : c'était d'abord le morcellement de la classe populaire en trois catégories bien tranchées, artisans, marchands, petits fonctionnaires ; puis le grand nombre de résidents étrangers, Grecs, Albanais, Slaves, essentiellement occupés de négoce, qui se mêlaient à ce triple élément, et qui, désireux avant tout de repos, inclinaient de préférence vers les nobles comme vers les détenteurs du pouvoir. C'est pourquoi, comparée surtout aux cités ses voisines, où les troubles et les émeutes étaient alors presque quotidiens, la ville des lagunes méritait, on peut le dire, sa réputation de *città pacifica e sicurissima*.

CHAPITRE III

I

La place Saint-Marc, cet antique forum de la république, est comme le cœur où viennent aboutir les tortueuses artères de la ville aquatique; aujourd'hui, comme aux siècles passés, c'est le centre officiel de l'élégance, le rendez-vous des étrangers, des oisifs, des politiqueurs. Longtemps, nous l'avons vu, elle resta en partie encombrée d'arbres, de vignes et de huttes de tailleurs de pierres; puis, peu à peu, on la dégagea, on l'orna de ces splendides édifices qui en font un joyau sans pareil, et de ces arcades bordées de cafés, de magasins aux glaces étincelantes qui lui forment, sur trois côtés, une galerie-promenoir ininterrompue.

Son attrait principal, c'est son irrégularité même, son défaut d'unité et de symétrie. Pas un monument qui y ressemble à l'autre.

Aux *Procuratie Nuove* (aujourd'hui le Palais-Royal), bâties au XVI° siècle par Scamozzi, font face les *Procuratie Vecchie* (Vieilles Procuraties), construction d'un âge et d'un style différents. Entre celles-ci et le temple de Saint-Marc s'intercale brusquement la tour de l'Horloge avec son cadran d'azur où, le soir, les heures se détachent en lettres de feu. L'enfoncement que dessine, à droite, la petite Cour des Lions achève de briser pittoresquement cet angle nord-est de la place. Ensuite vient la Basilique même, avec ses dômes renflés, ses arceaux en forme de diadèmes, séparés par de fins clochetons, ses arcades soutenues par leurs doubles faisceaux de colonnettes, ses cinq portes à vantaux de bronze, et surtout son coloris éclatant.

Puis la place tourne vers la mer et se rétrécit, pour former ce délicieux vestibule qui, modestement, se nomme *Piazzetta* (petite place). D'un côté, ici, la *Libreria Vecchia* (ancienne Bibliothèque), avec son entablement à la frise si finement ouvragée, et, contigu à ce dernier édifice, le palais des Monnaies ou Zecca. De l'autre côté, le Palais ducal, imité de l'Alcazar de Bagdad, et, au point d'intercession des deux places, le Campanile ou clocher de Saint-Marc, composé de deux tours encastrées l'une dans l'autre. A sa base s'appuie, comme un pygmée sur les pieds d'un géant, la Loggetta de Sansovino, délicat édicule de la Renaissance, surmonté d'une flèche portée par un ange, qui servit primitivement de parloir aux *nobili* de la république. Enfin, au milieu de tout cela, toute une futaie de colonnes, de piliers, de statues et de groupes, qui font de ce salon en plein air une sorte de musée merveilleux.

La basilique de Saint-Marc, édifice byzantin à cinq coupoles, a été littéralement enrichie des dépouilles du monde. Elle représente l'histoire même de Venise, écrite sur l'or et le marbre. Quand le doge Pierre Orseolo, en 977, résolut de la bâtir, pour y placer le corps de l'évangéliste saint Marc rapporté au IX° siècle d'Alexandrie, il appela d'Orient les ouvriers les plus habiles, et, de plus, chaque navire de la flotte dut, en parcourant les mers de l'archipel hellénique et de l'Asie Mineure, rapporter son joyau ou sa pierre au nouvel édifice, qui devait surpasser en magnificence, sinon en grandeur, Sainte-Sophie de Constantinople. Le pillage dura plusieurs siècles. Colonnes, chapiteaux, ivoires, bronzes, mosaïques, on prit

ÉGLISE SAINT-MARC.

tout ce qu'on trouva; chaque conquête, chaque traité nouveau
rapporta un surcroît de trésors pour l'ornementation du sanctuaire.

Voyez plutôt : cette porte, qui décore l'entrée droite de l'église,
provient de Sainte-Sophie. Ces quatre chevaux de bronze qui figurent au-dessus de la façade ont été également ravis à l'hippodrome
de Constantinople; Lysippe, dit-on, les sculpta jadis, et avant d'aller
à Byzance, ils avaient été à Corinthe[1]. Cette *palla d'oro* aux lames
d'or massif, qui se dresse sur le maître autel et qu'on ne découvre
qu'aux grands jours de fête, a la même origine. Ce siège de saint
Marc vient d'Alexandrie; enfin, de ces cinq cents colonnes en vert
antique, en cipolin, en porphyre, en albâtre et en serpentine, les unes
ont été arrachées aux palais de Sidon et de Tyr, les autres aux
temples d'Éphèse, de Rhodes, de Corinthe et de Jérusalem. De
même, ces deux colonnes de granit qui s'élèvent devant la basilique
même ont été rapportées de Saint-Jean d'Acre. Longtemps elles
restèrent à terre sans qu'on entreprît de les ériger, la mécanique
d'alors ne disposant pas de moyens suffisants. Ce fut un architecte
lombard, du nom de Barratiero, qui réussit enfin à dresser ces
énormes masses. On dit qu'il les exhaussa peu à peu, en mouillant
tout bonnement les câbles qui les retenaient et en prenant soin
de les raccourcir après qu'on avait étayé le fardeau.

Corrigée, retouchée, amplifiée de siècle en siècle, cette fameuse
basilique est le triomphe du caprice architectural. Les flèches fantastiques de ses cinq dômes, surexhaussés après coup en forme de
bulbes, couronnent un assemblage irrégulier de chapelles, de façades à clochetons, de colonnettes étagées, et tout un système complexe d'arcades, d'archivoltes et de voûtes. Bien que disparate dans
son ensemble, elle n'en joint pas moins à une magnificence toute
orientale l'austérité mystique de nos vieilles cathédrales. L'intérieur
du vaisseau, éclairé seulement par le demi-jour que tamisent les
vitraux, respire une sorte d'horreur sacrée, rendue plus sensible
par le luxe inouï de la décoration et de la marqueterie, par les mosaïques des pavés et des murs, par l'étincellement inimaginable des

---

1. Ils firent même le voyage de Paris, car un autre conquérant, Napoléon Ier, s'en
empara et les plaça sur l'arc de triomphe qui faisait face au palais des Tuileries ; le
retour de fortune que l'on sait les rendit à Venise.

pierres et des marbres multicolores, et par cette profusion de dorures qui recouvrent le temple de la base au sommet et l'ont fait surnommer l'Église d'or, *Chiesa aurea*.

FAÇADE DU PALAIS DUCAL.

L'Asie et l'Afrique, l'Occident et l'Orient ont imprimé de même leur cachet multiple et grandiose sur cet étrange Palais ducal, qui attient par un de ses côtés à Saint-Marc. Cette ancienne résidence des doges, à la fois palais, sénat, tribunal et prison, fut, pense-t-on,

COUR DU PALAIS DUCAL ET ESCALIER DES GÉANTS.

commencée par le surintendant Filippo Calendario, celui-là même qui, mêlé à la conjuration de Marino Faliero en 1355, fut pendu sous le portique supérieur de sa propre construction. L'érection seule de cet édifice aux placages blancs et roses était un défi aux lois de la statique.

Qu'on se figure en effet deux colonnades superposées, l'une aux fûts robustes, l'autre portant une galerie légère, véritable dentelle continue d'ogives, de trèfles et de quatre-feuilles, et, sur cette galerie, une masse énorme et solide, une forteresse presque sans fenêtres, au sommet délicatement festonné : c'est-à-dire le plein reposant sur le vide. Ajoutez, pour surcroît d'audace, que l'angle colossal de la maçonnerie, du côté du quai, n'a pour appui qu'un pilier unique.

Brûlé à plusieurs reprises, le Palais ducal fut restauré, tel que nous le voyons, au XVIe siècle. Dans sa cour intérieure, pourvue de deux citernes en bronze sculpté où les porteuses d'eau qu'on nomme *bigolante* vont emplir leurs seaux, se heurtent pêle-mêle tous les styles, arabe, gothique et renaissance. Gravissons l'escalier des Géants, ainsi appelé de ses énormes statues de Mars et de Neptune, les deux divinités de l'Olympe antique qui ont présidé le plus spécialement au destin de la ville maritime et guerrière : il nous mène à la galerie à jour où aboutit un second escalier, la Scala d'Oro (Escalier d'Or), qui forme l'entrée des appartements.

Voici d'abord, sur la façade qui regarde la mer, l'immense salle du Grand Conseil, où tous les maîtres de l'école vénitienne, les Giorgione, les Titien, les Véronèse, les Tintoret, ont écrit aux plafonds et aux murs les fastes glorieux de la république. Toute l'histoire de Venise est là en une suite d'apothéoses magnifiques dont l'éclat éblouit le regard. Ici la ville des lagunes est figurée par une blonde reine tout de soie vêtue, trônant au milieu d'une cour de jeunes femmes que contemplent d'en bas des patriciennes à la jupe empesée; ailleurs elle est symbolisée par un Neptune qui, le corps renversé en arrière, aspirant avidement les souffles marins, pousse son attelage au milieu des flots.

Sur un autre pan de mur, contemplez ces superbes vieillards en simarre, ces graves magistrats, ces fiers guerriers, tous coseigneurs de l'Adriatique, rois sérénissimes des lointains archipels.

Puis, ce sont des batailles sur mer et sur terre, les conquêtes de
Zara et de Constantinople, les luttes contre Gênes, contre les Turcs,
contre les empereurs, un fouillis de galères aux proues torses,
des murs à créneaux d'où pleut la mort, des mêlées de corps nus
ou de cuirasses étincelantes : toute l'épopée amphibie de Venise, au
beau temps de sa puissance.

Enfin, à côté de ces visions fulgurantes, apparaissent les pacifiques
représentations de la Paix et de l'Abondance, les Trois Grâces,
Vénus fêtant l'hymen de Bacchus et d'Ariane, ou l'Industrie près de
l'Innocence tissant, les yeux fixés au ciel bleu, une toile aussi
fine qu'une de ces guipures qui sortaient des ateliers de Burano.

Comment dépeindre cette magie de couleurs où tous les tons
chatoient et frissonnent, où l'on s'imagine entendre le froissement
même des étoffes?

La frise autour de la salle montre, encastrés dans la boiserie, les
portraits de soixante-seize doges; un seul manque à la série : c'est
celui de Marino Faliero, remplacé par un tableau noir où on lit :
Hic est locus Marini Falieri, decapitati pro criminibus. « Ici est la
place de Marino Faliero, qui eut la tête tranchée pour ses crimes. »

Ses crimes, c'est la fameuse conjuration dont se sont inspirés
tour à tour lord Byron, Casimir Delavigne et Hoffmann. Lorsqu'il
fut élu, après la mort d'André Dandolo, le 11 septembre 1354, Marino Faliero, alors ambassadeur à Rome, était âgé de près de quatre-
vingts ans. C'était un homme d'un caractère difficile et violent;
néanmoins il semblait devoir achever en paix sa carrière, quand
survint le carnaval de 1355. Dans un bal au Palais ducal, un jeune
patricien, Michel Steno, abusa du masque pour manquer de respect
à l'une des dames qui accompagnaient la dogaresse. Faliero l'ayant
fait expulser, Steno se vengea en attachant au siège même du doge
un écrit offensant pour sa jeune épouse.

Déféré à la justice, l'insulteur ne fut condamné qu'à deux mois
de prison. Faliero, trouvant que le Grand Conseil faisait trop bon
marché de son honneur, fomenta alors un complot démocratique
parmi les ouvriers de l'Arsenal. Les conciliabules se tinrent au
Palais ducal. Le 15 avril, au son de la cloche de Saint-Marc, qu'agi-
terait Marino Faliero en personne, les conjurés devaient semer
l'émoi dans la ville en répandant le bruit qu'une flotte génoise ve-

lait d'apparaître devant les lagunes; puis, à la faveur du tumulte, on égorgerait les patriciens, au fur et à mesure qu'ils se rendraient

PONT DES SOUPIRS.

au Conseil. La dénonciation d'un marchand qui avait quelque obligation à un noble fit avorter le coup. Les conjurés, mis à la torture, confessèrent leur dessein. Le vieux Faliero comparut devant un tribunal, qui prononça un arrêt de mort, et dès le lendemain il fut décapité sur la première marche de ce même escalier des Géants où il avait reçu la couronne. C'était le cinquante-cinquième doge.

Voici maintenant la salle des Ambassadeurs avec ses toiles également célèbres et sa belle cheminée de dix mille écus d'or exécutée par Scamozzi sur les dessins de Titien; puis la salle du Scrutin, celle du Conseil des Dix, avec son tribunal recouvert de maroquin rouge, ses sièges de bois sculpté, et sa voûte dont les riantes peintures contrastent étrangement avec les sombres souvenirs du lieu. C'est ici qu'à chaque séance la sinistre assemblée procédait à la lecture solennelle des pétitions et dénonciations trouvées dans la *bocca di leone*. De cette mystérieuse boîte aux lettres, il ne reste plus qu'un trou dans le mur, sur le palier attenant à la porte.

A la suite de cette salle vient la petite pièce des Inquisiteurs. Là, dans un coin, à l'intérieur d'une sorte d'armoire, s'ouvrait l'escalier en hélice qui descendait d'une part aux prisons souterraines appelées Puits (*Pozzi*), et montait de l'autre jusqu'aux Plombs ou Combles (*Piombi*). N'oublions pas la salle du Sénat, ni celle du Collège (cabinet des ministres), avec sa large estrade de fond et son siège de menuiserie à l'antique.

Les Puits et les Plombs, ceux-ci illustrés par les *Prisons* de Silvio Pellico, étaient les *carcere* des condamnés à mort; pour les simples détenus il y en avait d'autres sur la rive opposée du *rio* latéral. Une passerelle fermée, de lugubre mémoire, le pont des Soupirs, communiquant aussi par une porte avec la salle du Grand Conseil, reliait ces cachots au Palais ducal.

II

L'art vénitien, nous venons de le voir, emprunta ses premiers modèles à l'Orient; Saint-Marc n'était, en principe, qu'une imitation de Sainte-Sophie. Plus tard, au xiiie siècle, l'introduction du genre

SALLE DU GRAND CONSEIL.

gothique et de l'ogive n'ôta pas aux édifices de Venise leur caractère propre et original; car, au lieu de s'associer comme ailleurs aux réminiscences de l'antique, ce style se mêla aux formes arabes. Plus tard encore, le mouvement artistique de la Renaissance y conserve une allure pittoresque bien conforme au génie national, et le goût délicat de l'ornementation s'y traduit par une variété d'aspects infinie : de là les œuvres tout à fait à part de ces grands architectes-sculpteurs, les Lombardi, les Sansovino, les San Micheli, les Palladio, les Scamozzi, les Cattaneo et autres, qui, aux xve et xvie siècles, décorèrent à l'envi la cité des lagunes.

Si, par la construction de Saint-Marc, antérieure à l'an 1000, Venise a eu la plus belle part au premier réveil de l'architecture au moyen âge, en peinture son originalité et son invention furent plus grandes encore. Ici encore, toutefois, elle commence par reproduire les formes de l'art byzantin; elle procède de ces *maîtres imagiers* qui, aux premiers temps de la république, ornèrent les églises de Grado et de Torcello, de ces mosaïstes grecs à qui furent confiés plus tard les travaux de la nouvelle basilique. Déjà pourtant, dès le xiiie siècle, à Venise et dans les villes d'alentour, on peint assez habilement à fresque ou à la détrempe, et des artistes venus de l'Archipel se mettent à ouvrir des écoles publiques. Mais il faut l'initiative de Giotto pour que la peinture, sans déserter la région de l'idéal, brise le vieux moule hiératique et conventionnel où elle était demeurée captive avec l'Olympe chrétien de l'art primitif.

Grâce à Giotto, elle renonce enfin à copier les enluminures surannées des missels; elle prend ses modèles dans la nature même, s'inspire des corps vigoureux et sains, ose aborder le mouvement et le geste. C'est alors que, sous l'influence de l'école de Padoue, celle de Venise se revivifie. Des artistes de Murano, les Vivarini, s'approprient les premiers le procédé de la peinture à l'huile, et déjà leur pinceau se plaît aux riches teintes.

Avec Bellini et Carpaccio son rival, le mouvement s'accentue; on voit poindre encore plus nettement cet amour intense du coloris qui doit s'affirmer définitivement chez leurs successeurs. Tandis qu'à Rome et à Florence l'art naissant, préoccupé de l'antique, se tourne vers l'austérité et le symbolisme, le nouveau style, à Venise, s'adresse bien moins à l'esprit qu'aux sens. Il reflète le milieu

ambiant, il s'inspire du goût national et de ses tendances tradition-
nelles vers la magnificence asiatique. A Venise même, tout ce qui se
rattachait au champ de l'optique était plein de couleur et de pittoresque. Rien de sec, point de ligne crue. Les mouvements de l'onde
frémissante, les vapeurs ondoyantes du ciel, les bigarrures archi-
tecturales, la contemplation des riches étoffes, tout conspirait à
former le goût dans ce sens. De là cet inépuisable mélange de tons,
ce jaillissement de lumière, cet épanouissement de chair lustrée,
qui distinguent avant tout l'école vénitienne.

C'est Giorgione qui inaugure la période triomphale de l'art. Bien
que né la même année que Titien (1477), il le précède dans la carrière, et sa gloire est déjà rayonnante quand celui-ci prend son vol
à son tour. Malheureusement, il meurt jeune, âgé seulement de
trente-quatre ans, et c'est à peine s'il reste trace de ses commencements. On sait qu'il avait été chargé de décorer la façade de l'Entrepôt des Allemands (*Fondaco dei Tedeschi*) qui regarde le Grand
Canal; ces fresques ont entièrement péri. Il y a quelques toiles de
lui à Florence : une scène de l'*Enfance de Moïse* et un *Jugement
de Salomon*, aux Offices, puis son *Concert* du palais Pitti. A Venise,
les œuvres qu'avait de lui le palais Manfrin ont été dispersées. Il
reste, à l'Académie des Beaux-Arts (salle de l'Assomption), sa *Tempête apaisée par saint Marc*, et, dans la chapelle du Palais ducal,
sa *Descente du Christ aux Limbes*. Mais, son œuvre maîtresse, nous
la trouverons, chemin faisant, à Castelfranco, son pays natal[1].

Titien, chef de l'école après lui, hérite du « feu giorgionesque »,
et en porte l'éclat à un degré de perfection au delà duquel il n'y
avait plus de progrès à faire. Le Sénat lui avait confié le soin de terminer dans la salle du Grand Conseil une page commencée par Jean
Bellini, *Frédéric Barberousse faisant amende honorable aux pieds
du pape Alexandre III*. Cette peinture fut brûlée lors de l'incendie
qui éclata, en 1577, dans le Palais ducal et qui menaça même un
instant le tribunal des Dix[2]. Titien travailla ensuite au *Fondaco
dei Tedeschi* et fut même nommé courtier de cet entrepôt, office
conféré d'ordinaire au peintre le plus éminent de la ville.

1. Voyez ci-après, chapitre VIII.
2. On n'eut que le temps de sauver la fameuse *caisse blanche* qui renfermait les papiers
secrets du redoutable Conseil.

Honoré de la protection de tous les princes de l'Europe, à commencer par Charles-Quint et François Ier, ami de l'Arioste, qui le nomme dans son *Orlando furioso* (Roland furieux), chevalier et comte de l'Empire, comblé de faveurs et de pensions, recevant à sa table des cardinaux, des seigneurs, toutes les illustrations de son époque, cet artiste ne connut que la sérénité et la joie. Il mourut de la peste, à quatre-vingt-dix-neuf ans, « au moment, disait-il, où il commençait à comprendre ce que c'est que la peinture ».

Avec Paul Véronèse, qui, bien que beaucoup plus jeune, précède cependant Titien dans la tombe, le coloris vénitien a moins de force et de science ; en revanche, il a plus de variété, plus de charme, plus de délicatesse. Tout, en Véronèse, paraît recueilli. Il n'est pas, comme Titien, un raffiné, un familier des monarques et des princes ; il vit retiré et tout au travail.

On raconte qu'en 1573 il fut cité devant le tribunal de l'Inquisition pour une représentation de la Cène destinée au couvent des Saints-Jean-et-Paul. Le Saint-Office trouvait étrange qu'il y eût mis des reîtres portant des hallebardes, des gens saignant du nez, des bouffons jouant avec des perroquets, des apôtres se curant les dents avec des fourchettes. Condamné à retoucher sa toile, l'artiste refusa, disant que les peintres avaient le droit de prendre les mêmes libertés que les poètes et les fous, attendu qu'ils retraçaient des figures et non des idées ; et il alléguait l'exemple de ses maîtres, Michel-Ange entre autres. Il avait été, en effet, à Rome, quelques années auparavant, et il avait rapporté de la chapelle Sixtine particulièrement une impression qu'il ne craignait pas de confesser.

Ses toiles, à Venise, sont innombrables. Rien qu'au Palais ducal, que de magnifiques compositions de sa main : l'*Apothéose*, la *Prise de Smyrne*, l'*Enlèvement d'Europe*. N'oublions pas ses belles fresques de la villa Barbaro, que nous aurons occasion de contempler en passant[1].

Tout autre est Jacopo Robusti, dit le Tintoret, qui survit d'une vingtaine d'années aux trois artistes que je viens de nommer, et qui, comme eux, a travaillé à la décoration de la résidence des doges. Génie incorrect, mais fougueux, d'une originalité sauvage et bizarre,

1. Voyez ci-après, chapitre VIII.

il s'inspire surtout de Michel-Ange, dont il possède la forte science anatomique. Dans le clair-obscur, il est réputé sans rival. Il se plaisait aux grandes machines. Son tableau de la *Gloire du Paradis*, au Palais ducal, est la toile la plus vaste qu'il y ait au monde et ne contient pas moins de dix mille figures. Une salle entière, à la Scuola di San Rocco, est pleine de ses œuvres, nombreuses également à l'Académie, à Saint-Georges, à la Salute, à Saints-Jean-et-Paul.

Autour de cette constellation au quadruple rayonnement gravitent, comme satellites, un certain nombre d'artistes moins renommés, phalange d'imitateurs qui ont aussi, pour la plupart, laissé leurs traces sur les murs du palais des doges : les deux Palma, le Pordenone, Bonifazio, Paris Bordone, Canaletti. Avec le dernier nous atteignons presque la fin du XVIIIe siècle : à cette date, la décadence de la peinture vénitienne a déjà près de cent ans d'âge.

III

A quelle époque commença pour Venise cette splendeur architecturale, ce faste de décoration qui présuppose des richesses inouïes au service du goût le plus artistique? Certes, la bourgade insulaire que nous avons vu sortir si péniblement de la boue des lagunes n'eut pas tout de suite de somptueux dehors. Ici, comme partout, la magnificence fut d'abord l'apanage exclusif des temples et des édifices publics. Jusqu'au XIVe siècle, disent les chroniqueurs, les habitations privées sont mesquines, petites, toutes semblables entre elles. Le Grand Canal n'a pas encore cette bordure de palais en pierres d'Istrie qui devait en faire cent ans plus tard, selon le mot de Philippe de Commines, « la plus belle rue et la mieux maisonnée qu'il y ait ».

Une égalité absolue règne entre le pauvre et le riche, entre le *minuto* et le *grasso*, comme on disait à Florence : c'est la période de démocratie primitive. Mais à partir du XVe siècle on

entre à pleines voiles dans le luxe. L'aristocratie, n'ayant plus à
s'occuper du commerce, qui lui est interdit, s'adonne sans arrière-

PALAIS DU XIVᵉ SIÈCLE A VENISE.

pensée aux jouissances et aux fêtes de toute sorte. Par contre-coup,
le patriciat ayant renoncé au trafic, l'activité populaire prend un

élan subit dans cette voie. Puis, les enrichis du négoce aspirent à
leur tour à la noblesse, et le gouvernement, par besoin d'argent,
rouvre le Livre d'Or. Beaucoup de plébéiens opulents se voient
admis au Grand Conseil, lors des guerres de Chioggia et de Candie,
et le même fait devait se renouveler plus tard.

On cite à ce propos un sieur Lunardo de l'Agnella, marchand
d'avoine rue Mater Domini, qui, après avoir offert à la Seigneurie,
au moment le plus critique de la lutte contre Gênes, sa personne, un
domestique et la paye de cinquante rameurs pour un mois, mourut
de chagrin de n'avoir pas, en retour, été anobli. De simples ma-
nants faisaient des fortunes extraordinaires. C'était particulièrement des vallées brescianes et bergamasques qu'affluaient dans la
ville des lagunes les travailleurs de bonne volonté.

Au milieu du xvi⁰ siècle, par exemple, arriva de Brescia un certain Bontempelli, qui commença par louer une mercerie, à l'enseigne du *Calice*, au quartier San Salvadore. Ayant ainsi gagné de
l'argent, il fonda une banque, et bientôt il devint si riche qu'il se
fit le prêteur des princes et des rois. Un autre provincial, Joseph
Persico, venu de Bergame, débuta en qualité de domestique chez
un marchand de soieries de la rue San Lio. Longtemps on le vit,
le *bigolo* en main, s'en aller puiser l'eau aux citernes publiques ;
après quoi il ouvrit à son tour une boutique de draps d'or et de
soie, et là mania si bien l'aune qu'il put en fin de compte acheter
la noblesse, moyennant la somme de 100000 ducats.

Vers la fin du xvi⁰ siècle, le luxe, à Venise, est à son comble ; il
éclate à la fois dans les demeures, dans le costume et dans le train
de vie.

La cité des doges compte déjà une centaine de palais magnifiques : tels celui des Grimani à Santa Maria Formosa, celui des
Foscarini à la Madonna del Carmine, la résidence des Cornaro
à Saint-Luc. Tous sont aussi admirables au dedans qu'au dehors.
Aux arcs cintrés, aux colonnes en spirale qui soutiennent les ogives
des façades de marbre correspondent à l'intérieur les frises et
les moulures des plafonds, les pavements aux incrustations relui-
santes, les linteaux de porte aux ciselures délicates, les alcôves
aux cariatides dorées, et un ameublement si fastueux qu'il faudra
que des lois somptuaires interviennent pour régler cette orgie

COUR INTÉRIEURE DU PALAIS DA MULA (GRAND CANAL).

de magnificence. Les cours intérieures, ceintes de murs crénelés à l'arabe, sont ornées d'escaliers pittoresques et de puits
dont les margelles seules sont souvent des chefs-d'œuvre de sculpture. Plusieurs ont des parterres ravissants. Un jardin de César
Ziliolo, chancelier ducal, était célèbre par ses arbres précieux im-
portés d'Orient, et l'on admirait à la Giudecca les massifs de végétation des Gritti, des Dandolo, des Mocenigo, et autres encore.

Les maisons du peuple, moins luxueuses, ne manquaient pas non

SUR LES TOITS.

plus d'élégance. Presque toutes respiraient le bien-être et l'aisance.
C'étaient généralement des constructions à deux ou trois étages,
avec un balcon sur toute la façade, des balustres découpés à jour,
où parfois grimpait le cep de vigne, et des gouttières saillantes,
telles qu'on en voyait encore, il y a quelques années, avant la manie
du badigeonnage, sur le *campo* de Sainte-Marguerite. Sur les toits
régnait l'*altana* ou terrasse, et parfois, au pied de la bâtisse, se
trouvait un petit potager. Ajoutons que les gondoliers même appen-
daient volontiers aux murs les portraits des seigneurs de l'aviron
leurs aïeux.

De bonne heure aussi, les Vénitiens déployèrent un faste de table extrême ; de simples bourgeois dépensaient jusqu'à cinq cents ducats pour un banquet ordinaire. Les mets étaient à profusion, ainsi que les épices tirées du Levant ; grande abondance de fruits et d'herbages, apportés non seulement de la terre ferme, mais encore des potagers de la Giudecca et des autres îles verdoyantes de l'estuaire. On servait aussi beaucoup de gibier, faisans, perdrix, paons, sauvagines surtout, car les nobles étaient de grands chasseurs, et, en dehors des bois et pineraies qui s'élevaient alors le long des lagunes, il y avait les plaines du Trévisan, les campagnes de Padoue, de Vicence, et les côtes de l'Istrie, où le gibier abondait. Chaque district continental fournissait son mets de choix. Citerai-je la mortadelle de Crémone, les tripes de Trévise, les lamproies de Binasco, l'esturgeon de Ferrare, les saucisses de Modène, et l'oie des Romagnes ? On prétend que, dans le festin d'apparat qui fut donné au roi Henri III, les plats furent au nombre de douze cent soixante.

Regardez les mosaïques du vestibule de l'église Saint-Marc : des hommes et des femmes sont assis autour d'une table, quelques-uns sur un escabeau en fer à cheval, d'autres sur une sorte de *triclinium*. Sur la table figurent le *missorium*, large coupe de verre ou de cuivre, le couteau de forme oblongue et le pain rond. Que mangent les convives ? du poisson, des quartiers de chevreau et de sanglier. C'est encore la démocratie austère du début : le peuple prend et quitte son travail au son de la cloche dite *marangona*. A la troisième heure de nuit, chacun se retire chez soi, et une autre cloche, la cloche *rialtina* (du Rialto), tinte le couvre-feu. On s'habille alors simplement, à la façon byzantine, il est vrai, mais on a pris soin de retrancher du costume ce qu'il avait de trop efféminé.

Cette simplicité ne dure pas longtemps ; dès le XIIᵉ siècle l'accoutrement oriental fait place aux modes italiennes et françaises. Les mosaïques du baptistère et de la chapelle Saint-Isidore à Saint-Marc, ainsi que la couverture du retable, nous exhibent à l'œil ces vêtements nouveaux : manteaux doublés d'or, collets d'hermine, barrettes ornées de fourrures, manches étroites, chausses collantes, voilà pour les hommes ; robes à longue traîne, colliers de perles, corset court, résilles d'or descendant aux oreilles, voilà pour les femmes.

La femme vénitienne, disons-le en passant, fut d'abord très sévè-

rement gardée, dans les familles nobles du moins. La jeune fille,
au XVIe siècle encore, est tenue à l'écart du monde. Nul étranger

ESCALIER ET PUITS DANS UN CORTILE.

n'est admis dans le for intérieur. Point de visites; les fiancés même,
avant le mariage, peuvent à peine se voir et se parler. Là encore,

on reconnaît dans les mœurs l'influence de l'Orient. La femme ne
sort que pour aller à l'église voisine, et toujours la poitrine et
le visage enveloppés du voile blanc appelé *fazzuolo*. Il n'est fait
d'exception à cette loi rigoureuse que dans les circonstances extraordinaires, telles qu'entrée d'ambassadeurs, carrousels, mariages
de marque, alors que la population afflue tout entière au Canalasso
ou à la Piazza. Ces jours-là seulement, la porte du *rio* s'ouvre pour
la prisonnière du palais.

Cette vie essentiellement sédentaire de la femme vénitienne, même
au XVIe siècle, nous explique pourquoi les peintures de l'époque ne
nous montrent que des patriciennes en costume de gala, où il n'est
guère aisé de reconnaître la fille des lagunes telle qu'on la voit
aujourd'hui trotter par les ruelles, avec sa taille souple et ses boucles
de cheveux ruisselantes. Ces grandes dames, habillées de brocart
d'or, haussées sur de petites échasses, enfouies dans un attirail de
jupons gommés, de carcans, de guimpes raides, font l'effet de véritables poupées. Un autre point à noter, c'est que, contrairement à
la vérité, — car, à Venise, il n'y a que des brunes ou des blondes
roussâtres — presque toutes ont les cheveux or clair. C'est que, à
partir de 1550, l'usage prévalut, pour les femmes, non seulement de
se farder le visage, mais encore de se teindre la chevelure selon les
principes de l'art blondissant (*arte biondeggiante*). On usait pour
cela de différentes eaux et de recettes compliquées dont les chroniques locales nous rapportent soigneusement la composition. La
tête une fois peinte, on s'exposait, pour la faire sécher au soleil,
sur les terrasses des habitations.

Le luxe des femmes alla toujours croissant, et finit par amener
des rivalités funestes aux patrimoines des familles. Les *provéditeurs
aux pompes* eurent beau multiplier les ordonnances, aux XVIIe et
XVIIIe siècles c'était une véritable débauche dans toutes les classes
de la société. Dès qu'un enfant pouvait se tenir sur ses jambes, on
lui inculquait le goût des riches habillements.

IV

Qu'importait à la Seigneurie? Elle entendait que l'on s'amusât avant tout. Elle avait peur des visages graves qui semblaient trahir une pensée mystérieuse. Aussi ne cesse-t-elle d'exciter par tous les moyens le goût des fêtes et des parades naturel au peuple des lagunes. C'est là une tactique traditionnelle chez les chefs de la république. Aux temps héroïques de la seconde Venise on les voit encourager avec soin les réjouissances publiques de toute sorte, principalement celles qui étaient de nature à perpétuer, au profit du patriciat gouvernant, les divisions de la classe populaire.

Ces divertissements sont d'abord tout virils. De bonne heure, la nécessité de défendre l'estuaire et le littoral avait mis les exercices militaires en faveur. C'étaient des citoyens, et non des esclaves, qui ramaient sur les galères primitives. Le tir de l'arbalète était obligatoire pour tout jeune homme au-dessus de quinze ans. A certains jours le peuple se rassemblait sur la rive de Saint-Marc, et s'en allait, sur de longues barques dites *ganzaruoli*, s'exercer à San Nicolo del Lido.

Les arbalétriers, divisés en compagnies de douze hommes, constituaient une sorte de milice intérieure. Chaque navire de commerce était tenu d'avoir ses manieurs d'arc. Aussi, dans les batailles navales, les Vénitiens étaient-ils redoutés pour leur adresse à lancer dards et flèches. Comme dans l'antique Grèce, chaque fête devenait une occasion de luttes par lesquelles on tenait les corps et les âmes en éveil. Les divisions politiques elles-mêmes contribuaient à entretenir, je le répète, cette émulation salutaire. Témoin la rivalité bien connue des barcarols rouges ou *Castellani*, et des noirs ou *Nicolotti*, laquelle remonte, nous apprennent les chroniques, à la fondation même de la ville.

Quand les gens d'Héraclée et ceux d'Aquilée qui, dès le principe, nous l'avons vu, formaient deux factions ennemies, s'étaient réfugiés dans les lagunes, ils avaient choisi deux quartiers opposés. Les premiers avaient occupé l'île de Castello, à l'extrémité est de Venise. De là, au fur et à mesure que l'agglomération urbaine grossit, ils s'étendirent sur la rive des Esclavons, sur la place Saint-Marc et la première courbe du Grand Canal jusqu'au pont du Rialto. Les autres

SAN PIETRO DI CASTELLO.

avaient élu domicile dans l'île San Nicolo, à l'ouest du Rialto, et de là ils avaient rayonné sur toute la seconde moitié de la cité. Or, comme celle-ci était par le fait la région plébéienne, puisque le doge, les sénateurs et les patriciens les plus opulents habitaient le quartier oriental de la ville, les Nicolotti se trouvèrent former la faction démocratique de Venise, tandis que les Castellani en figurèrent le parti aristocratique.

On conçoit les jalousies et les querelles qui résultèrent de cet état de choses. Pour consoler l'orgueil des premiers, on leur permit d'élire parmi eux un doge spécial, dont la fonction était toute d'hon-

neur et qui portait le titre de *Gastaldo dei Nicolotti*. C'était un
gondolier connu pour son habileté : d'où cette parole de moquerie
que le Nicolotto jetait sans cesse au Castellano : « Toi, tu rames *pour*
le doge, et, moi, je rame *avec* le doge ».

Entre les deux factions populaires, les luttes étaient continuelles, et, dans chaque fête publique, chacune s'efforçait de triompher de l'autre. Tantôt, à la Saint-Simon par exemple, avait lieu sur
un de ces ponts sans parapet, comme il y en a tant sur les petits
canaux, la guerre dite « des poings ». Là, Castellani et Nicolotti se
disputaient le passage à coups de poing, en présence d'une foule
enthousiaste qui trépignait d'aise chaque fois qu'un groupe de combattants, cédant sous le choc des adversaires, tombait au beau milieu
de l'eau, en renvoyant en l'air de longs jets d'écume. Une de ces
passerelles, à San Barnaba, en conserve encore le nom de *ponte
de' pugni*.

D'autres fois, c'étaient les tours d'équilibre appelés les « forces
d'Hercule », hautes pyramides d'hommes aux attitudes variées, qui
se dressaient soit sur un échafaud supporté par des tonneaux, soit
sur deux barques plates (*chiatte*), selon que l'exercice olympique
se faisait sur terre ou sur mer. Il y avait aussi le jeu aérien de la
corde : des hommes, hissés et soutenus par un double câble, parais-
saient descendre au moyen d'ailes du sommet du Campanile de
Saint-Marc jusqu'à la fenêtre du Palais ducal où se tenait le doge,
pour lui offrir, messagers célestes, un bouquet de fleurs avec un
sonnet.

V

Mais la principale occasion de rivalité entre les partis, c'était la
regata ou course de gondoles, la fête vénitienne par excellence. Ce
sport nautique remontait, lui aussi, aux premiers temps de la république, et voici, dit-on, l'événement qui en avait été, dès le x⁰ siècle,
la cause occasionnelle.

Il était d'usage alors que l'État mariât chaque année douze belles jeunes filles de la classe pauvre avec douze garçons dûment appariés, et, pour ajouter à l'éclat de la cérémonie, on prêtait aux fiancées ce qu'on avait de mieux en bijoux et pierreries. Or, en 944, des pirates istriens, tentés par l'appât de cette double proie, vinrent s'embusquer près de l'église où se faisait la fête, et, quand les couples y furent rassemblés, fondirent dans le temple les armes à la main, et enlevèrent ces autres Sabines, sans que personne eût le temps de s'y opposer. Le doge Candiano III lança aussitôt à leur poursuite des barques montées par les époux et les parents des captives. La flottille vengeresse atteignit les ravisseurs tout au fond du golfe, et, à la suite d'un combat acharné, les belles épouses furent ramenées en triomphe avec leurs joyaux.

En mémoire de cette heureuse délivrance, le gouvernement décida que, chaque année, on célébrerait des courses sur la principale artère d'eau de la cité, et peu à peu la régate devint le grand divertissement national. Ce fut par ces tournois aquatiques que l'on fêta l'élection des doges, les victoires gagnées, les visites des personnages de marque, et, le cadre des lagunes s'y prêtant, on déploya de bonne heure dans ces jeux une mise en scène tout à fait prestigieuse. Aujourd'hui encore, en ces occasions, Venise ressuscite un moment telle qu'elle était au temps de sa splendeur.

Le trajet à fournir par les concurrents est d'une lieue environ. Les barques, alignées en rang (*riga*, d'où le mot *regata*), partent, au signal, de l'extrémité orientale du canal de Saint-Marc, c'est-à-dire de la pointe du Jardin public, longent le quai des Esclavons et le Môle, puis, entrant dans le Grand Canal, le suivent jusqu'au confluent du Cannareggio, pour revenir de là, en contournant un poteau fiché dans les flots, tantôt seulement jusqu'au pont du Rialto, tantôt jusqu'à la hauteur du palais Foscari, sis à l'entrée du *canaletto* qui s'enfonce à l'ouest, du côté de San Pantaleone. La ville entière assiste à la lutte, et tous les propriétaires riverains font assaut de luxe et de fantaisie dans la décoration de leurs demeures. On cite un patricien qui, en 1847, dépensa ainsi plusieurs centaines de mille francs.

Les embarcations qui prennent part à cette joute solennelle sont de toute forme et de toute livrée. A côté des antiques gondoles, telles

LE BUCENTAURE.

que nous les voyons représentées dans les œuvres des peintres du XVᵉ siècle, figurent des *caïks* turcs avec leurs rameurs à demi nus, de légères et minces *ballotine* à quatre ou à six avirons, puis de longs et grands *bissoni* à la proue aiguë, véritables serpents flottants surmontés d'une sorte de baldaquin en gaze d'or et d'argent, et manœuvrés par huit ou dix hommes. Ces derniers bateaux sont comme l'avant-garde de la flottille ; leur office est de précéder les jouteurs et de leur ouvrir un passage, en refoulant le long des deux rives les innombrables gondoles de curieux qui encombrent le Grand Canal.

Après la course vient la fête de nuit, une de ces fêtes de nuit vénitiennes qu'on ne pourra jamais imiter chez nous. Des feux de Bengale de toutes couleurs éclairent fantastiquement les palais et l'onde qui les reflète. Les balcons et les escaliers des maisons se couvrent de spectateurs chamarrés d'or et d'étoffes précieuses, et de toutes parts les orchestres se répondent, emplissant d'une ineffable harmonie les échos de marbre du Canalasso, dont l'eau disparaît sous la presse des gondoles.

Et cette fameuse fête de l'*Ascension* (*la Senza*), où se célébraient les fiançailles du doge et de l'Adriatique, qui n'en a entendu vanter les splendeurs ? Celle-là, aujourd'hui, n'existe plus ; mais le souvenir en revit encore dans ce navire de parade, orné à l'image de l'antique *Bucentaure*, que, lors du carnaval, on promène par allégorie sur les flots. L'énorme galère, toute couverte d'or et parée de taffetas cramoisi, ne comptait pas moins de dix bancs de rameurs. Le doge lui-même, qui y trônait, était tout vêtu de drap d'or cramoisi ; sa robe était si longue que deux écuyers l'aidaient à la porter.

Toutefois le spectacle le plus fêté dès le moyen âge avec les régates, c'étaient les tournois, — autre moyen d'éducation militaire, — qui se donnaient sur la piazza San Marco. La place entière, en cette occasion, était décorée d'une façon magique. Le doge occupait la loge qui domine la porte principale de la Basilique. Toutes les fenêtres et tous les balcons étaient couverts de drap d'or et de soie ; les combattants eux-mêmes étaient habillés de pourpre d'or, et les prix étaient des couronnes d'or garnies de pierres précieuses. « L'étranger, disait Pétrarque, qui assista en 1364 à l'une de ces fêtes, reste littéralement frappé de stupeur à la vue de tant de magnificence. »

Lors de l'élection du doge Thomas Mocenigo (1414), soixante mille personnes assistèrent sur la place à un tournoi de quatre cent soixante cavaliers donné par les seuls orfèvres et joailliers. Quelques années plus tard, quand un fils du doge Foscari épousa une Contarini, la place entière fut convertie en une arène, et des fêtes somptueuses y réunirent, dix jours durant, cinquante mille assistants. La nuit, pour qu'il n'y eût pas d'interruption dans les réjouissances, des milliers de flambeaux de cire blanche y brûlaient. La chronique ajoute que le nouvel époux en personne figura dans le tournoi sous l'armure de Godefroy de Bouillon et combattit victorieusement contre le marquis d'Este, venu de Ferrare pour relever le défi. François Sforza, qui n'était pas encore duc de Milan, se trouvait au nombre des spectateurs.

On n'était alors qu'en 1441. Ce fameux doge Francesco Foscari dont la vieillesse fut si tragique, avait été le dernier sénateur élu. Treize ans après, la création des Inquisiteurs achevait de constituer dans son unité effrayante le gouvernement aristocratique de Venise. Au point de vue politique et guerrier, la fortune de la république était encore dans sa période ascendante, et déjà les mœurs nationales commençaient à prendre ce tour léger et épicurien qui devait faire de la cité des lagunes la ville la plus licencieuse de l'Europe. Au siècle suivant, c'est-à-dire au plus fort de la lutte contre le Croissant, alors que se déploient au dehors tant d'efforts héroïques, Venise n'est plus, au dedans, qu'une sorte de « casino de mascarades ». Ce n'est plus seulement en de certains jours, et par occasion, que la place Saint-Marc et la Piazzetta retentissent du bruit tumultueux des fêtes : l'endroit est devenu un champ de foire permanent, comble de baladins, de faiseurs de tours, d'improvisateurs, de musiciens, qu'applaudit à outrance une foule en délire.

Les nobles, de leur côté, sont tout aux intrigues, aux festins, aux orgies. Et, à mesure que l'État va déclinant, cette fièvre de plaisir ne fait que s'accroître. Au xviiie siècle, la ville compte une vingtaine de théâtres, sans parler des arlequinades en plein vent. Quelques-uns ont été bâtis aux frais d'une famille : tel le théâtre Benedetto, dû aux deniers des seuls Grimani. Deux carnavals, alors, se partagent toute l'année : celui d'hiver, qui dure six mois et se clôt par la grande fête de l'Ascension, et celui d'été, qui commence le lendemain de Pâques par la promenade du *fresco* sur le Grand Canal.

Quelle avait été l'origine de ce fameux carnaval vénitien qui, sur sa réputation, attire encore nombre d'étrangers, bien qu'il ne soit plus qu'un morne et pâle reflet de l'ancien?

La première mention écrite s'en trouve en 1094, dans un acte du doge Faliero, qui montre que, dès le xi⁰ siècle, le peuple avait coutume de se divertir l'avant-veille et la veille du carême. En 1269 une prescription du Sénat consacre définitivement ces jours comme fêtes officielles. Alors se forment des compagnies analogues à cette *brigata spendereccia* (troupe folle) de Sienne dont Dante parle dans son *Enfer*; alors aussi entrent en usage le travestissement et ce masque vénitien que tout le monde devait finir par porter, et grâce auquel le peuple plus tard retrouva dans la fraternité de la licence une ombre de l'égalité perdue.

CHAPITRE IV

1

Le Canalasso ou Grand Canal est l'artère maîtresse de Venise,
et, à voir le mouvement qui l'anime à partir de l'heure où le soleil
se couche, on ne dirait guère que la reine des lagunes est depuis
longtemps une cité déchue. Là d'ailleurs sont les plus beaux palais
de la ville. Parcourons-le donc d'est en ouest, du Môle aux bouées
de Santa Chiara.

Voici d'abord, en face de cette Dogana di Mare que surmonte une
statue de la Fortune tournant sur sa boule dorée, les palais Ferro et
Giustiniani, qui, comme bien d'autres, ne sont plus que des hôtels ;
un peu plus loin, se présentent à nous : le palais Contarini Fasan,
avec sa façade à balcons effilés, et, successivement, le palais Corner,
le palais Lorédan, où est mort le duc de Raguse (maréchal Marmont),
le palais Cavalli, qui a un jardin le long du Canal ; puis, au delà du

pont de fer (*Ponte nuovo*) jeté au détour de la grande voie d'eau,
l'ex-résidence des Foscari, vétuste édifice, aujourd'hui propriété

LE PALAIS FERRO (GRAND HÔTEL).

municipale, qui pendant longtemps servit de caserne aux soldats
autrichiens.

Bâti dans ce style moitié sarrasin et moitié gothique dont le spécimen ne se trouve guère qu'à Venise, il a un aspect tout à fait imposant avec ses trois étages et sa façade à quarante-deux fenêtres décorées de colonnes et de colonnettes. Sa « porte de terre »

ATRIO DU PALAIS FOSCARI.

s'ouvre sur une vaste cour close par une grille de fer blasonnée et sculptée.

Si vous demandez à le visiter, on vous montrera, entre autres appartements, la chambre où le roi de France Henri III séjourna sept mois, quand, à la nouvelle de la mort de son frère Charles IX, il revint de Pologne à bride abattue, après avoir si cavalièrement planté là le peuple qui l'avait honoré de la couronne des Jagellons. On vous fera voir aussi la chambre à coucher du célèbre doge

LE PONT DU RIALTO.

Francesco Foscari dont les infortunes ont fourni un sujet d'opéra à Verdi.

Plus loin, à l'entrée d'un *rio* latéral, vous apercevez le palais Rezzonico, type charmant de la grande maison bourgeoise de Venise, avec sa cour, son escalier et ses pampres verts. Ensuite apparaissent les palais Pisani, Mocenigo, Grimani, Bernardo, Tiepolo et Manin; puis, passé le pont du Rialto, la Cà d'Oro ou Maison d'Or, un chef-d'œuvre du style ogival; le palais Vendramin, doté, lui aussi, d'un jardin, et tant d'autres demeures seigneuriales que je ne saurais dénombrer ici.

C'était aussi sur le Grand Canal que se trouvaient les caravansérails créés pour les étrangers, qui pouvaient y loger gratuitement et y emmagasiner leurs denrées; car en aucune ville les trafiquants n'étaient mieux accueillis que dans celle-ci; nulle part on n'offrait plus de facilités à l'échange.

Le premier en date de ces établissements est près du pont du Rialto, à droite : c'est l'ex-*Fondaco dei Tedeschi*, c'est-à-dire l'Entrepôt des Allemands, devenu actuellement la douane. Plus loin, à gauche, est l'ancien *Fondaco de' Turchi* (Entrepôt des Turcs), qui renferme à présent le musée Correr. Les Arméniens avaient également leur *fondak*, établi, dès le XIIIᵉ siècle, dans le palais que leur avait légué la famille Ziani, rue San Giuliano. Les Toscans, ces banquiers sans pareils, étaient aussi installés au Rialto; les Lucquois habitaient la via Bissa, toujours aux abords du Canalasso. Les Maures, eux, étaient plus au nord, près de la Madonna dell'Orto, où tout à l'heure nous retrouverons leurs traces; quant aux Grecs et aux Syriens, si nombreux à Venise, ils étaient logés partout dans la ville.

L'endroit le plus vivant de la cité, avec la place Saint-Marc et le Môle, c'est assurément le pont du Rialto. Longtemps ce pont fut l'unique moyen de communication entre les deux régions urbaines que sépare la courbe du Grand Canal. Encore ne fut-il d'abord qu'une passerelle de bateaux plats (*burchielle*), qu'on appelait pont de la Monnaie, à cause du denier (*quartarolo*) qu'on payait pour le franchir. Au XIIIᵉ siècle il fut remplacé par un pont de pilotis, qui se trouva coupé lors de la conspiration de Tiepolo et du combat qui s'ensuivit sur la place Saint-Marc. On se contenta de le restaurer tant bien que mal, de sorte qu'au milieu du XVᵉ siècle, un jour de réjouis-

sances publiques, la foule s'y étant pressée, pour voir la belle mar-
quise de Ferrare qui passait en gondole sur le Grand Canal, les
poutres cédèrent sous le pied des curieux, et deux cents personnes
furent tuées ou blessées.

Il fallut donc refaire le pont, qui, cette fois, fut plus large, et
garni sur chaque côté de boutiques. Des écluses y facilitaient le
passage des grosses barques. Un tableau de Carpaccio, à l'Académie
des Beaux-Arts, nous représente cette antique voie du Rialto, qui fut
enfin remplacée, en 1587, par le pont actuel.

Celui-ci, établi tout en pierres d'Istrie, coûta des sommes énormes,
et la construction en dura trois années. Pendant plus de vingt mois,
toutes les places de la ville furent encombrées de matériaux, que
taillait un peuple affairé de travailleurs. Douze mille pieux, enfoncés
à seize pieds de profondeur, formèrent le soutènement des culées,
et l'on calcula la voussure de l'arche de manière que les grandes
galères pussent passer dessous, leur mât abaissé. Ce pont, auquel on
accède par des marches, est divisé en trois voies parallèles, que sépare une double rangée de boutiques, à couverture de plomb, occupées par le menu commerce; aussi a-t-il l'air d'une rue suspendue.

En bas atterrissent les barques plates et les radeaux combles
de légumes venus des îles de la banlieue qui approvisionnent de
pastèques (*cocomeri*), de citrouilles (*zucche*) et de fruits divers le
marché aux herbes (*erberia*) installé à cette place. Là aussi aborde
la gent des marchands de poisson, ces premiers seigneurs de Venise
naissante. Bref, c'est un coin unique dans la ville. Aux alentours
règne une âcre odeur de friture mêlée à des parfums de choux qui
rappelle les senteurs ineffables qu'on respire à Rome dans le
Trastevere.

Et quel défilé de figures étranges sur les dalles de ce pont fantastique au-devant duquel se dressait jadis une grande colonne ornée
d'une mappemonde indiquant les routes innombrables parcourues
par le négoce de la fière cité! C'est là que l'on peut contempler à
l'aise tous les types de population féminine, depuis la vieille en
haillons et à la sandale éculée qui marchande honteusement quelque
mets innommé, jusqu'à l'accorte fillette qui s'en va d'étal en étal
lorgnant les verroteries de Murano ou les fichus aux couleurs
voyantes apportés de la terre ferme.

II

De cet *emporium* tumultueux et criard, il y a deux façons de regagner Saint-Marc : on peut prendre le chemin raccourci qui par la rue de la *Merceria* débouche droit sous la tour de l'Horloge, ou s'engager dans le réseau de ruelles et de canaux qui sillonne le quartier enclos par la dernière courbe du Canalasso. C'est ce dernier itinéraire qui sera le nôtre.

A part la *Merceria* (rue du Commerce), que Commines appelait la « grande artère de l'inclite cité », les voies de Venise ne sont, je l'ai dit, que d'étroits boyaux ou de simples passages, suffisant tout juste à séparer deux pâtés de constructions ou à ménager une sorte de quai au bord du *rio*. Presque toutes les maisons ont du côté de l'eau leur façade principale à perron, et souvent une seconde issue sur la *salizada* ou la *lista* qui est par derrière. Suivant que le canal ou la ruelle décrit plus ou moins de sinuosités, on peut, par l'un ou par l'autre, atteindre d'une manière plus ou moins directe tel ou tel point d'un quartier ou *sestiere*. De place en place d'ailleurs se rencontrent des stations de barcarols prêts à vous conduire pour quelques centimes d'une rive à une autre. Des raies blanches marquées sur les dalles de certaines rues indiquent en outre la direction à suivre pour gagner soit la place Saint-Marc, soit la gare du pont de Mestre.

Avec quel plaisir on va, musant de détour en détour, au travers de cet écheveau de voies, de venelles et de *canaletti*, dont se compose la ville des lagunes ! Presque toujours on n'aperçoit au-dessus de sa tête qu'un pan irrégulier de ciel bleu ; on frôle en quelque sorte du coude un haut rempart de murs et de boutiques, puis, au moment où l'on croit le mieux tenir le fil conducteur, on débouche inopinément, tantôt sur une *corte* solitaire qui vous oblige à rebrousser chemin, tantôt sur quelque carrefour biscornu où

aboutit tout un fouillis de ruelles, ou bien sur un *campiello* lumi-
neux que décore soit un campanile élancé, soit une jolie niche
de madone, soit une de ces citernes sculptées, d'autant plus nombreuses à Venise que chaque doge, à son avènement, était tenu
d'en construire une nouvelle à ses frais. Puis, de temps en temps,

ARRIVÉE D'UNE BARQUE LAITIÈRE.

par un pont à degrés, on enjambe un menu canal où les rayons
obliques du soleil allument mille pétillements d'étincelles.

Les églises surtout ne manquent pas ; il y en a plus de cent,
curieuses à voir, à un titre ou à l'autre. Voici, par exemple, dans
le quartier du Rialto où nous sommes, et à quelques pas du pont
seulement, San Salvatore, ou Saint-Sauveur, œuvre de Lombardo et
de Scamozzi. Un peu plus loin, tout à côté du théâtre Gallo, voici
San Luca ; puis, au delà de la place Saint-Ange, sur un autre

campo, qui est un des plus spacieux de la ville, Saint-Étienne, ou
San Stefano, édifice des XIIIe et XIVe siècles, où est la pierre tombale de Morosini le Péloponnésiaque.

A LA POISSONNERIE DU PONT DU RIALTO.

Franchissons le tortueux canal Bernardo, pour gagner le pont
Saint-Paternian, qu'avoisine la Fenice : près de la *Calle della vida*,

nous trouverons la Cour du Maltais (*Cortesa del Maltese*). Là, dans
un angle du palais Minelli, nous apparaît la *scala antica*, l'escalier
antique, comme on le nomme vulgairement, une des curiosités de
Venise. La tour en spirale qui le contient, imitation de celle de
Pise, est un édifice à sept étages encastré par un de ses flancs dans
le palais, et dont la circonférence extérieure se découpe en arcs et
en colonnettes. Cette cage de pierre sans pareille compte autant
d'arcades que de marches, c'est-à-dire cent douze, et soixante
piliers de soutènement. A chaque étage, une galerie communique
avec le palais.

A peu de distance de là, toujours dans la direction de l'est, nous
traversons encore deux places pittoresques, les *campi* Santa Maria
Zobenigo et San Maurizio ; puis, par la *salizada* San Mosè, où s'élève
l'église du même nom, dans laquelle est enterré Law, le fameux
financier du XVIII° siècle, nous nous retrouvons sur la place Saint-
Marc.

II

Voulez-vous maintenant que nous fassions le tour de la ville des
lagunes ? Regagnons le Môle, par la Piazzetta, que nous connaissons, et tournons à gauche vers le pont de la Paille. Cette passerelle
franchie, nous voici sur le quai des Esclavons, qui s'étend à perte
de vue, le long du canal Saint-Marc, et sans cesse regorge de bruit
et de monde. C'est, on s'en souvient, à l'extrémité est de sa courbe,
vers la pointe della Motta, que se développe le seul gros massif de
verdure qu'on rencontre à Venise.

Ce Giardino ou Jardin public est une création de Napoléon Ier,
qui le fit établir en 1807 sur les ruines de couvents et d'églises.
L'endroit est plein de charme, et donne au promeneur l'illusion de
la campagne. Au milieu de haies vives et de parterres fleuris s'élèvent des bouquets de platanes et de chênes qui se mirent fantastiquement dans la mer.

LA SCALA ANTICA.

C'est de ce frais observatoire qu'il fait bon de contempler l'horizon d'azur et le semis des grandes îles qui limitent l'estuaire vénitien. Un grand paquebot, envoyant au ciel ses torsades de fumée, débouche justement vers nous de la passe du Lido; là-bas une flottille de bateaux pêcheurs disparaît au contraire dans la brume bleuâtre; puis c'est tout, rien ne rompt plus la solitude de l'immense nappe liquide. Et, devant ce morne spectacle, votre pensée, remontant le cours des âges, évoque les *armadas* gigantesques qui cinglaient par cette même passe du Lido pour aller planter le lion de Saint-Marc sur chaque côte de la Méditerranée. Alors, en laissant à main droite l'île San Pietro di Castello (Saint-Pierre du Château), le dernier groupe urbain de ce côté, vous remontez au nord vers cet Arsenal où Venise autrefois forgeait ses victoires.

La voilà devant vous, énorme et passif, avec ses murailles bastionnées, ses bassins, ses fonderies, ses chantiers, l'enceinte fameuse dont je vous ai parlé. Les lions de marbre rapportés de l'Attique, il y a deux cents ans, continuent de faire sentinelle à sa porte; mais ils ne gardent plus qu'un musée.

Laissons à ses visions du passé cet enclos symbolique de la grande cité, et continuons d'explorer les ruelles sombres qui s'entre-croisent de ce côté de la ville entre Saint-Marc et le bassin de la lagune qui se déroule dans la direction de Murano.

Voici l'église des Saints-Jean-et-Paul, *San Zanipolo*, comme on dit dans le dialecte zézayant de Venise. C'est un échantillon remarquable de cette architecture ogivale italienne, gaie, aérée, lumineuse, exempte du sombre mysticisme qui se dégage de nos cathédrales gothiques. On en a fait une sorte de *campo santo*, rempli de mausolées de doges et de grands hommes. Là, sur une rangée de sépulcres, on peut noter, pas à pas, les métamorphoses subies de siècle en siècle par l'art vénitien.

C'est d'abord le monument funèbre du doge Michel Morosini, œuvre d'un goût aussi pur que sévère; puis vient celui de Marco Corner, dont le caractère décoratif fait déjà pressentir une transformation. Bientôt, en effet, dans le tombeau du doge Vendramin, mort à la fin du XVe siècle, s'accusent les hardiesses énergiques des sculpteurs de la Renaissance; la souplesse des formes corporelles s'y montre saisie sur le vif, et dans les détails éclate une richesse pleine de poésie. Un siècle plus tard, aux inspirations de l'âge héroïque, désormais fini, se substituent la pompe triomphale et l'emphase luxueuse qui sont dans les mœurs. Une sépulture devient, comme l'a dit un critique, une « machine d'opéra ». Tels sont ces mausolées où, au lieu de reposer paisible et serein sur sa couche de marbre, comme les grands morts de l'époque antérieure, le défunt cambre et rejette son buste en arrière, entre quatre noirs à la face grimaçante, ou se drape au milieu d'une alcôve décorée de mille détails mignards et d'allégories compliquées.

Si nous quittons ce panthéon clair-obscur, pour revenir sur le *campo* ensoleillé qui s'étend en face de l'église, nous nous trouverons devant la statue de Colleoni, le fameux capitaine bergamasque qui servit Venise au xve siècle. On sait que dans l'Italie de ce temps-là le métier des armes était laissé à des mercenaires. Les citadins, les hommes domiciliés, s'occupaient de s'enrichir par le commerce ou par les emplois. Seul le service maritime était en honneur, parce qu'il était fait par des nationaux. De là, le rôle de ces chefs de bande, les *condottieri*, comme on les appelait, qui se mettaient tour à tour à la solde d'une ville ou d'une autre. On raconte à ce propos l'anecdote suivante.

Le premier des Sforza, qui de son vrai nom s'appelait *Attendolo*, était en train de travailler la terre, quand vinrent à passer des recruteurs qui lui proposèrent de s'engager. Il hésitait, et, comme il était fort superstitieux ainsi que la plupart des hommes de son siècle, il voulut que le sort tranchât la question. « Je vais, dit-il, jeter ma pioche dans les branches de ce chêne ; si elle y reste prise, ce sera un signe que Dieu entend que je me fasse soldat. »

La pioche, lancée, demeura dans le branchage, et Attendolo s'enrôla. Une fois enrôlé, le paysan devint condottiere à son tour, puis général, et enfin chef d'État. C'est pourquoi, plus tard, son petit-fils disait à un de ses hôtes, dans le palais de Milan : « Vous voyez bien ces trésors, ces gardes, cette pompe princière : je dois tout cela à la branche du chêne qui retint en l'air la pioche de mon grand-père ! »

Comme toutes les républiques italiennes, Venise avait donc ses

QUAI DES ESCLAVONS.

stipendiaires, qui se battaient pour elle dans les guerres de terre
ferme. Carmagnola, Gattamelata et Colleoni furent les chefs les
plus renommés des compagnies mises à son service. Le dernier, tel
que le représente la statue du *campo* susnommé, est bien le type
du soudard de l'époque. Ce guerrier en cuirasse, au visage rude,
au corps trapu, bien campé sur son cheval de bataille, est visible-
ment fait d'après nature. On dit que ce fut Colleoni lui-même,
mort en 1475, qui voulut avoir sa statue à Venise, comme Gattamelata avait eu la sienne à Padoue. Il légua, dans cette vue, une
forte somme à la Seigneurie.

STATUE ÉQUESTRE DE COLLEONI.

C'était Donatello qui, trente années auparavant, avait fait la
statue de Gattamelata, la première qu'on fondit en Italie; ce fut
Andrea Verrochio, le maître de Léonard de Vinci, qui exécuta celle
de Colleoni. Il avait achevé le modèle du cheval, et s'apprêtait à le
couler, quand, par le crédit de quelques hauts personnages, le
Padouan Vellano se fit charger de la représentation de l'homme. A
cette nouvelle, Verrochio, furieux, brisa la tête de l'animal, et
repartit pour Florence sans mot dire. La Seigneurie, offensée de
ce sans-gêne, défendit à l'artiste de reparaître jamais sur le terri-

toire de la république, s'il ne voulait être décapité, lui aussi. A quoi Andrea répondit qu'il se garderait bien d'y paraître, sachant qu'il n'était pas possible à Messieurs de Venise, si puissants qu'ils fussent, de rendre une tête à un homme décapité, tandis que, lui, il pouvait toujours en refaire une à son cheval, et même une plus belle qu'auparavant.

Cette réponse fière et spirituelle à la fois ne déplut pas à la Seigneurie, qui rappela immédiatement Verrochio, et doubla même ses émoluments. Le sculpteur répara son modèle; par malheur, il prit froid en le fondant, et mourut avant d'avoir pu terminer son travail. Son dernier mot fut un mot d'artiste. Comme il était près d'expirer, on lui apporta un crucifix de bois grossièrement taillé. Verrochio, à cette vue, détourna la tête, et demanda en grâce que l'on remplaçât cet emblème chrétien par un autre ouvrage de la main même de Donatello; sinon, dit-il, il allait mourir en désespéré.

La statue équestre de Colleoni fut le premier monument de ce genre érigé à Venise; ce ne fut pas, tant s'en faut, le dernier. L'exemple donné par le capitaine bergamasque trouva des imitateurs empressés. Il n'y eut plus si mince soldat d'aventure qui ne prétendît être représenté chevauchant sur un socle ou sur un sépulcre.

Ce fut dès lors un débordement de monuments funéraires, où l'orgueil et la vanité se donnaient carrière à leur aise. A la même époque sévit également la manie des portraits; toute personne de condition relevée entendait avoir le sien de la main de quelque grand maître. C'est ce qui explique la quantité incroyable de portraits que l'on trouve à Venise, et comme quoi beaucoup de patriciens possèdent les images de cinq ou six générations d'aïeux. Il était, du reste, en usage d'imposer au peintre le plus éminent l'obligation de faire, pour la modique rétribution de huit écus, le portrait de chaque nouveau doge. C'est ainsi que Titien qui, nous l'avons dit, mourut centenaire, et qui vit par conséquent se succéder nombre de princes sérénissimes au palais de la Piazzetta, peignit entre autres les doges Lando, Donato et Trevisano.

IV

Reprenons maintenant notre course à travers les quartiers septentrionaux. Nous voici aux *Fondamenta nuove*, ou Quais neufs, qui se déroulent au delà du canal par lequel on gagne Murano. La navigation de l'estuaire, ne l'oublions pas, se fait sur un certain nombre de chenaux de profondeur variable dont la direction est marquée par des lignes de pieux dépassant d'un mètre au moins le niveau des plus fortes marées. Quelques-uns sont pourvus d'une lanterne, et jouent, par le fait, le rôle de petits phares.

Nous passons devant les Gesuiti, et nous arrivons à une large baie qu'on nomme Sacca della Misericordia. Au delà de cette échancrure carrée, s'offre à nous la Madonna dell'Orto, édifice des XIVᵉ et XVᵉ siècles récemment restauré. Le Tintoret y est enterré, et tout le temple est plein de ses œuvres. C'est sur le quai voisin, près du *Campo dei Mori*, que le grand artiste avait son habitation, reconnaissable à un saint coiffé d'un turban qui occupe une alvéole près de la porte. Ce *Campo dei Mori* était jadis, comme son nom l'indique, le quartier des Mores, très nombreux à Venise ; on y voit encore sur beaucoup de maisons des sculptures représentant des chameaux chargés de marchandises et des images costumées à la moresque.

Titien avait, lui aussi, sa *casa* dans cette région nord de Venise. C'était une toute petite demeure, située de la manière la plus poétique, en vue des lagunes, des îles Murano, Saint-Christophe, Saint-François du Désert, et de la chaîne bleuâtre des Alpes Juliennes. La maison natale de Charles Gozzi se trouvait dans le même *contrada*. Quant à celle de Goldoni, son rival, elle est bien plus au sud, près du pont dei Nomboli, dans le quartier qui s'étend entre le Champ de Mars et la dernière courbe du Canalasso : c'est une jolie habitation bourgeoise, avec un puits orné de têtes de lion et un escalier décoré de pampres verts. De même, la maison d'Alessandro Vittoria, ce décorateur de génie auquel sont dus les stucs du plafond de la Scala d'Oro et les sculptures des plus belles salles du Palais des doges, existe toujours dans la rue de la Piété ; le buste du maître en orne l'entrée.

Quant à Giorgione, il habitait, sur le Campo Silvestro, une *casa* dont la façade portait des peintures à fresque aujourd'hui effacées. Citons enfin, à titre de curiosité, dans le voisinage de l'église del Carmine, l'ex-habitation du More Othello, immortalisé par Shakespeare, et celle de Marco Polo, le fameux voyageur déjà nommé ci-dessus, qui accomplit au XIIIᵉ siècle, en compagnie de son père et de son oncle, deux gros négociants de Venise, l'odyssée la plus merveilleuse dont le moyen âge nous ait transmis le récit. Elle s'élève également, si je ne me trompe, du côté des *Fondamenta nuove*, non loin de Notre-Dame des Miracles.

Achevons de contourner le quartier nord-ouest de Venise et entrons dans le *sestiere* du *Cannareggio*, ainsi appelé des *canne* ou roseaux qui y croissaient primitivement. C'est, à coup sûr, un des plus curieux de la ville aquatique. Là se trouve l'ancienne juiverie, pays sauvage, s'il en fut, mais d'un pittoresque à souhait.

Si, à Venise, comme partout, les fils d'Israël s'étaient arrogé le monopole du change et le lucratif commerce de l'usure, à Venise aussi, comme partout, ils étaient l'objet de règlements spéciaux. On les avait d'abord relégués à Mestre, d'où le Sénat les rappela ensuite pour les parquer successivement dans la Giudecca, puis dans l'impasse ou *corte* des Galli, entre les rues San Girolamo et San Geremia.

Défense absolue à ces réprouvés d'acheter des immeubles, d'exercer aucune profession libérale, hormis la médecine, et de paraître en public sans le lambeau d'étoffe rouge au chapeau. Du coucher au lever du soleil il fallait que les portes du *ghetto* fussent closes, et, les jours de fête, la sortie en demeurait interdite. Deux barques armées gardaient les issues de mer de l'impasse. Non plus que l'hérétique, le juif ne pouvait reposer en terre sainte ; son lieu de sépulture était sur une morne plage du Lido.

Pourtant, malgré le régime d'exception imposé à cette tribu de parias, Venise était, on peut le dire, un des États les plus tolérants de l'Europe, et celui peut-être où il y avait le plus de douceur

COUR DE LA CASA GOLDONI.

dans les mœurs. Point de rigueurs ni de supplices inutiles. La torture cessa d'y être en usage près de cinquante ans avant qu'elle fût

abolie en France. L'Inquisition s'y était introduite; mais ses pou-

LE GHETTO.

voirs y étaient très bornés. Trois sénateurs assistaient aux assem-
blées de ce tribunal sacro-saint, et tout ce qui se faisait hors de leur

présence était nul de plein droit. Ces délégués de la Seigneurie pouvaient suspendre les délibérations commencées, empêcher l'exécution des sentences qu'ils jugeaient contraires aux lois ou aux intérêts de l'État, et s'opposer à la publication de toute bulle non approuvée par le Grand Conseil. Ils juraient d'ailleurs de ne rien cacher au Sénat de ce qui se passait dans le Saint-Office.

Aucun procès ne pouvait être évoqué à Rome ni ailleurs. On cite le cas d'un hérétique de Padoue, contre lequel le grand inquisiteur avait informé, et que celui-ci réclama pendant cinq années sans que le gouvernement vénitien consentît à le livrer. Finalement, on dut cesser la poursuite. Une autre fois, les inquisiteurs de Venise s'étant permis de faire appréhender quelques juifs convertis qu'ils soupçonnaient d'hérésie, les magistrats de la république firent arrêter à leur tour les familiers de l'Inquisition. Enfin, en 1518, comme le Saint-Office poursuivait à outrance des Brescians accusés de sorcellerie, le Conseil des Dix cassa la procédure, et renvoya les prévenus devant d'autres juges.

Sur la rive sud du Cannareggio, le plus large de tous les rios qui s'embranchent dans le Grand Canal, nous rencontrons l'église Saint-Job (San Giobbe), petit édifice de la Renaissance, assez nu d'extérieur, mais bien décoré en dedans par Paris Bordone et les Bellini; puis, entre ce temple et la gare du pont de Mestre, à laquelle nos circuits nous ont ramenés, le Jardin botanique, et enfin, près de la station même, à laquelle aboutit un pont de fer, encore une église, celle des Scalzi (Carmes déchaussés), avec des incrustations de marbres inouïes et une richesse de décoration insensée.

V

Toute cette région suburbaine est morne et solitaire au possible; l'herbe pointe à travers les pierres, et l'on éprouve une sorte de charme mélancolique à voguer en barque sur cette onde verdâtre, mélangée de limon et de détritus, d'abord jusqu'à l'île Sainte-Claire (Santa Chiara), puis, en passant devant le Champ de Mars, jusqu'à la pointe de Sainte-Marthe.

Là s'ouvre devant nous le vaste bassin de la Giudecca; mais, avant de nous y engager pour regagner le canal de Saint-Marc, jetons un regard par le lacis d'artères aquatiques qui découpe en tous sens le massif insulaire sis en deçà du quai des Radeaux (*fondamenta delle Zattere*). Voici San Sebastiano, où Veronèse a sa pierre tombale; à peu de distance vers l'est, Notre-Dame du Carmel, d'où, par la place Sainte-Marguerite, on arrive à l'église San Pantaleone, sous les voûtes de laquelle repose l'ex-reine de Chypre, la fameuse Catherine Cornaro, dépossédée et adoptée du même coup par la république de Saint-Marc.

Tout près de là encore, nous apercevons un vaste édifice à façade ogivale, c'est Santa Maria de' Frari, ou les Frari, comme on dit tout court. Les *frères* mineurs de Saint-François l'ont construite aux XIII° et XIV° siècles. Outre les mausolées de Titien et de Canova, elle renferme le monument du doge François Foscari, déjà mentionné, celui-là même qui tomba foudroyé de douleur, à l'âge de quatre-vingt-quatre ans (1457), en entendant la grosse cloche de Saint-Marc proclamer l'élection de son successeur Pascal Malipieri.

Deux autres églises, San Rocco et la Scuola de même nom, avoisinent immédiatement ce temple, un des plus remarquables de Venise. De là nous n'aurions plus qu'à traverser le *Campo* Saint-Paul dans la direction de Saint-Jean l'Aumônier (San Giovanni Elemosinario), pour nous retrouver au pont du Rialto, que nous connaissons. Chemin faisant, nous passerions encore plus d'un rio tortueux, étrangement éclairé, tel que le petit canal Bernardo, sans parler de maintes passerelles pittoresques, comme ce *ponte del Paradiso*, qui est, dans son genre, le joyau du quartier.

OSTERIA AL PARADISO

LOUIS SARGENT

PONTE DEL PARADISO.

TOMBEAU DE CANOVA, DANS L'ÉGLISE DES FRARI.

VI

Revenons à présent vers la Giudecca, ce magnifique port que l'on voudrait voir toujours plein de navires. Une voie d'eau six fois large comme le Grand Canal sépare ici le groupe général des îlots vénitiens de la Giudecca et de Saint-Georges, sortes de faubourgs maritimes de la ville. Sur la rive gauche du spacieux chenal se dresse l'église des Gesuati (Notre-Dame du Rosaire), avec sa pompeuse façade de gigantesques piliers composites et sa nef à colonnade corinthienne; de l'autre côté apparaît le Redentore, construit par Palladio à la suite de la peste de 1576, qui tua, entre autres victimes, Titien. Tout au bout de la passe est Saint-Georges Majeur, encore une œuvre de Palladio, faisant face à la Salute, de Longhena. Enfin, derrière Saint-Georges, se déroule le canal Orfano, de sinistre mémoire.

Nous ne sommes plus ici qu'à quelques coups de rame de la Piazzetta, et l'on s'en croirait à cent lieues. Il n'y a guère qu'un jour dans l'année où la grande nappe d'eau suburbaine par laquelle nous achevons notre tour de Venise s'emplit d'animation et de bruit : c'est lors de la fête de la *Zagra*. Ce jour-là, l'île de la Giudecca et le Rédempteur deviennent le but d'un pèlerinage doublé d'une foire gigantesque. La foule y est même telle, que l'on est forcé d'établir par-dessus le canal un pont temporaire reliant les Zattere à Punta Longa.

Après une journée ainsi employée à explorer, tour à tour en gondole ou à pied, l'écheveau de l'archipel vénitien, on croit qu'on vient de lire un de ces contes de fées où il n'est question que de châteaux magiques, enrichis de saphirs, d'émeraudes et de rubis. Au sortir de ces visions étincelantes on éprouve le besoin de fermer les yeux et de se recueillir. On a tant admiré de façades à portiques, à tourelles et à colonnades, les unes à demi perdues dans la pénombre d'une cour mystérieuse, les autres se mirant au grand

jour dans l'onde pailletée d'un canal, que tout cela forme dans le
cerveau une fantasmagorie architecturale, une espèce de pêle-
mêle babélique qu'il faut décomposer après coup.

MONUMENT DU GÉNÉRAL FARNÈSE (GESUATI).

Ce sont ces beautés éparses et de détail, plus encore que les
splendeurs officielles et les trésors d'art accumulés dans les
galeries publiques et privées, qui font l'attrait spécial de Venise.

L'ILE GIUDECCA.

Rien que les escaliers qu'on a contemplés vous laissent dans l'esprit une figuration d'étagements indicibles, où se superposent d'une manière bizarre les degrés de marbre et les cages turriformes, avec leurs fines arcatures à travers lesquelles on croit voir s'agiter, comme autant de revenants du passé, le peuple de statues et de bustes qu'y a sculpté le ciseau des maîtres. L'escalier antique du palais Minelli vous semble s'élancer de l'*atrio* embaumé du palais Grassi ; les galeries sarrasines du palais Foscari avec leurs fenêtres en forme de trèfle vous apparaissent au-dessus de la façade du palais Vendramin ou de la Cà d'Oro, et la splendide fontaine des Frari chante dans le *cortile* du palais Grimani.

Et que de portes curieuses, aux marteaux de bronze ouvragés, aux grilles de fer dentelées de mille façons, présentant ici des masques grotesques, là des galbes d'une majesté olympienne ! Il n'est pas jusqu'à de simples *case* bourgeoises qui ne nous aient charmé par leurs vestibules délicieux et originaux, leurs cours artistement pavées, où un jet d'eau murmure dans sa vasque. Des deux mille ruelles de la ville, je ne crois pas qu'il y en ait une seule qui ne possède au moins un édifice dont la décoration ne vous arrête au passage. Même dans les quartiers les plus pauvres et les plus retirés, on se heurte à des maisons toutes modestes qui se parent de vastes balcons à balustres, de croisées en ogive finement découpées, et dont les murs sont revêtus d'un festonnement de reliefs délicats.

CHAPITRE V

Ce que c'est que la *lagune* vénitienne ; son origine, ses limites, ses divisions. — Les cours d'eau affluents de l'estuaire, de l'Isonzo à l'Adige. — Historique de l'hydrographie de la région. — Le Pô et ses embranchements inférieurs. — En gondole sur la *laguna viva* ; les îlots du sud et la ligne des *lidi*. — A travers Chioggia, descriptions, types et mœurs. — Goldoni et la Rosalba. — Les *Pêcheurs* de Léopold Robert. — L'archipel du nord : San Michele, Murano, Burano, Torcello.

I

Avant de visiter les îles suburbaines de l'estuaire vénitien, il nous faut expliquer ici ce qu'est, à proprement dire, cet estuaire, et quel aspect tout particulier offre le littoral qui le borde.

Le terrain d'alluvion de la Vénétie se divise en deux parties bien distinctes : la première est la région subalpine, sillonnée d'un grand nombre de cours d'eau et de canaux, qui constitue ce qu'on nomme la *terre ferme*; la seconde est le bassin de mer, composé de marécages et de lagunes, que les Romains appelaient *Æstuarium venetum*.

Qu'est-ce que la *lagune*? Une espèce de flaque d'eau ou de lac (*lago*) épanchée sur un rivage plat, et d'où émergent, à marée basse, une quantité de bancs de sable ou de boue; car, contrairement à la Méditerranée, dont il n'est qu'une ramification, le golfe de l'Adriatique jouit d'un flux périodique, analogue à celui de

CARTE DES LAGUNES.

l'Océan, et dont les marins de ces parages ont su, de tous temps, habilement profiter pour naviguer dans les passes sous-côtières où pénètre le courant.

Comment se sont formées les lagunes? C'est ce que nous allons essayer de faire comprendre.

Tous les fleuves qui descendent des montagnes d'alentour ont le caractère de torrents, et tous aussi aboutissent à la mer presque au même endroit. L'Isonzo, le Tagliamento et la Livenza, qui sortent, on le sait, des Alpes Juliennes, la Piave, la Brenta et l'Adige, qui reçoivent la fonte des neiges tyroliennes, le Pô enfin, que grossit le double tribut des sommets alpestres et de l'Apennin, tout cet afflux d'ondes débouche vers l'angle nord-ouest du golfe, chargé des graviers et des détritus que chaque cours d'eau a entraînés en chemin et qu'il n'a pas eu le temps de déposer. Or, aux approches des embouchures, l'impétuosité de ces rivières s'amortit en même temps que leur pente diminue. Forcées de se répandre dans les campagnes, elles se divisent en une multitude de bras, qui laissent partout des amas de boue formant marécages. De plus, en arrivant à la mer, ces fleuves se heurtent à deux obstacles, les courants du large et les vents, qui, tendant également à les repousser, causent l'amoncellement sur le rivage même des matières limoneuses apportées par eux.

De là, l'exhaussement du fond de l'estuaire et la formation de bancs multiples à l'embouchure de chacun des cours d'eau. Certains de ces bancs, les moins élevés, ne sont que des espèces de plages sous-marines, visibles seulement à marée basse. D'autres, au contraire, sont de vrais îlots que les particularités de courants ou les attaques combinées des eaux ont isolés de la masse d'alluvions. C'est ainsi que l'Isonzo, le Tagliamento et les divers torrents du Frioul ont créé devant la côte septentrionale une vingtaine d'îles parfaitement dessinées, dont Grado est la principale. Plus bas, sous la Livenza, se sont formées les îles Caorle, Altino et autres. Plus au sud encore, le charroi des fleuves a donné naissance à une ligne de reliefs insulaires, les *lidi*, qui touche presque la terre ferme à ses extrémités nord et sud, et qui enclôt, comme une digue naturelle, un bassin dont la largeur maximum n'est que de douze kilomètres. C'est cette enceinte marine, au milieu de laquelle est Venise, que l'on désigne sous le nom de *lagunes*.

Les *lidi* vénitiens commencent au sud, en face de Brondolo, par le lido de Sotto Marina, et se continuent vers le nord avec les bancs de Pelestrina, Malamocco, San Erasmo et Cavallino, sur une longueur de quarante-six kilomètres, non comptés les intervalles des détroits, c'est-à-dire les passes ou *porti* qui trouent ces reliefs et font communiquer la lagune vénitienne avec la pleine mer. Ces

LAGUNE VIVE.

passes, plus ou moins profondes selon le caprice des eaux et le moment, — elles peuvent même s'obstruer complètement, puis se rouvrir[1], — sont au nombre de cinq : le *port* de Brondolo, celui de Chioggia, ceux de Malamocco, de San Nicolo (ou du Lido proprement dit) et de San Erasmo.

1. Exemple : le *porto Secco*, fermé en 1390.

Vers la terre ferme, la limite de la lagune est marquée par une ligne fixe, *linea di conterminazione*, que jalonnent dans toute son étendue cent vingt-cinq flèches ou épis en maçonnerie, appelés *capi saldi di conterminazione* (têtes solides de démarcation).

La lagune, dont la superficie totale est de cinq cent cinquante kilomètres carrés, se divise en *lagune vive* et en *lagune morte*. La première est cette partie de l'estuaire, la plus rapprochée de la pleine mer, où le flot se fait le mieux sentir et où sont les chenaux les plus profonds et les plus navigables. La seconde est celle qui s'étend du côté de la terre ferme, et de laquelle, même à marée haute, émergent de nombreuses intumescences de sable et de boue. Hormis le cas de tempête violente, le flux et le reflux n'y sont pas très sensibles; l'eau n'y est pas, à vrai dire, courante; elle délaye le sol en amas fangeux, qu'on désigne sous le nom de *barene*. L'ensemble offre un peu l'aspect des étangs salés; certains bancs sont recouverts d'une végétation palustre assez abondante.

La marée, qui entre par les *porti*, est l'unique élément vivifiant de la lagune; elle empêche l'ensablement des chenaux; elle emporte, en se retirant, une partie des matières en putréfaction accumulées au sein de l'estuaire; elle régularise les conditions sanitaires de ce bassin clos de tous les côtés. Sans elle, la lagune *vive* se changerait en lagune *morte*, et Venise serait une cité perdue.

La hauteur du flot, mesurée aux échelles, est d'un mètre en moyenne; mais elle peut aller jusqu'au double. Le 15 janvier 1867, elle atteignit 1^m,59 au-dessus du niveau ordinaire. La place Saint-Marc fut submergée au point qu'on pouvait y voguer en gondole; les deux tiers des citernes se corrompirent par le mélange des eaux douces et des eaux salées, et dans nombre de magasins et de boutiques il y eut des marchandises avariées.

Le sol des lagunes consiste en une couche de vase de 3 à 9 mètres d'épaisseur, reposant sur une puissante assise de cette marne argileuse dure que l'on appelle *caranto marina*. Il y a une trentaine d'années, en creusant, à Venise, un puits artésien, on fora jusqu'à une profondeur de 126 mètres, et là on rencontra une couche de tourbe formée de débris de végétaux encore existants sur la côte. De même, sur la terre ferme, où le sol se compose de grès, d'argile et de limon, on trouve volontiers, en fouillant, une quantité

de coquillages fossiles appartenant à des espèces actuellement vi-
vantes.

Il fut un temps où la lagune vénète s'étendait jusqu'aux monts Euganéens, près de Padoue. On voit ce qu'elle a perdu depuis lors par
le *colmatage* naturel du terrain. Peut-être aussi cette même lagune,
si les Vénitiens n'y avaient paré, serait-elle entièrement comblée
aujourd'hui, comme l'est celle d'Aquilée et de Grado. Mais, de tous
temps, les hommes de l'estuaire comprirent combien il leur importait
de conserver leur mer intérieure. De bonne heure, des magistrats
spéciaux furent chargés de s'occuper de cette question vitale. On
allait jusqu'à défendre de mettre en culture les *barene* ou petits
îlots élevés au-dessus du niveau des marées; on craignait, avec
raison, que l'avidité de l'exploiteur ne le portât à empiéter peu à
peu, au moyen d'asséchements, sur le domaine aquatique d'alentour.

Mais la grande affaire des ingénieurs et hydrauliciens de la république, ce fut la guerre aux fleuves côtiers, qui menaçaient sans
cesse d'envaser l'estuaire. Ici force nous est de jeter un coup d'œil
sur les divers cours d'eau et torrents qui affluent au golfe de
l'Adriatique par cette vaste plaine subalpine qu'on désigne sous le
nom de Haute Italie, bien que l'altitude du sol y soit moindre que
dans les autres provinces italiennes.

II

Le plus septentrional est l'Isonzo (ex-*Sontius*), qui, sur une partie
de son cours, long de 120 kilomètres environ, sépare la péninsule de l'Autriche. Il paraît n'avoir été d'abord qu'un affluent
du Natissone, autre rivière qui baignait jadis les murs d'Aquilée,
et que les navires pouvaient remonter assez loin. Par la suite, son
lit se déplaça peu à peu vers l'est, et il finit par aboutir à la mer,
en projetant au-devant de la baie de Monfalcone la presqu'île allu-

viale de Sdobba, par laquelle un certain nombre d'îlots ont été rattachés à la terre ferme. Un de ses affluents les plus importants est le Torre, qui, comme tous les torrents de la région, charrie une masse énorme de gravier et de limon, et rejoint l'Isonzo à Aquilée même.

Ensuite vient le Tagliamento (ex-*Tilaventus*), qui sort des monts dolomitiques non loin d'Ampezzo, et dont les apports boueux sont plus considérables encore. Resserré d'abord dans d'étroits défilés, il se dédommage amplement de cette contrainte dès qu'il entre sur le plat pays. Là, ses ondes torrentueuses ont déposé tout un champ de galets d'où elles se déversent capricieusement, tantôt à droite, tantôt à gauche, ravageant au loin les campagnes. Le pont par lequel le chemin de fer de Venise à Trieste franchit le cours d'eau près de Casarsa, n'a pas moins de trente-six arches.

Parfois même, après de fortes pluies, le lit du Tagliamento a plusieurs kilomètres de largeur, au grand effroi des gens de Codroipo, dont les maisons se trouvent à 9 mètres en contre-bas de l'impétueuse rivière.

La Livenza (ex-*Liquentia*), qui débouche dans la lagune près de Caorle, n'est pas une travailleuse moins active. Deux de ses affluents surtout, la Medina et le Sile, sont des dévastateurs redoutés. Leur delta de jonction, non loin de la ville de Pordenone, est un champ de pierres roulées, d'une trentaine de kilomètres de superficie.

Plus au sud coule la Piave (ex-*Plavis*), dont les alluvions, à son embouchure, empiètent incessamment sur les flots. L'Héraclée des Vénètes — aujourd'hui le bourg de Cittanova — est rentrée dans les terres, comme l'antique Aquilée. On a calculé qu'en deux mille ans le progrès des atterrissements côtiers a été de deux kilomètres environ.

La rivière elle-même a changé de lit, depuis les Romains. Issue des Alpes au nord d'Auronzo, elle traverse d'abord la sauvage région où se trouve le bourg natal de Titien, Piave di Cadore; puis, grossie bientôt de la Boita, qui la rejoint au-dessous de Longarone, elle file par une âpre gorge de la région dolomitique susnommée jusqu'au carrefour de Capo di Ponte[1]. De ce point elle

1. Chef-de-Pont. Il y a une station du même nom sur le chemin de fer de Caen à Cherbourg.

continuait autrefois à couler droit au sud vers Serravalle; mais,
vers le v° ou le vi° siècle, les éboulements d'une montagne voisine
ayant barré la vallée de ce côté, la Piave décrivit un détour à l'ouest,
dans la direction de Bellune et de Feltre.

Dans cette courbe elle rallia le Cordevole, torrent dont l'apport
liquide ajouta un tel volume à ses crues, que le Sénat de Venise
voulut un instant ramener la Piave dans son lit primitif.

Le voyageur qui parcourt aujourd'hui cette région n'a qu'à laisser

LE DÉFILÉ DU CORDEVOLE.

à sa main droite le pont de bois de Capo di Ponte, pour suivre
l'autre embranchement de la route qui descend des hauteurs de la
Cortina; il arrive bientôt à un petit lac ou, plutôt, à une série de
petits lacs charmants, sis au pied d'amas de décombres qui, avec le
temps, se sont recouverts de végétation et de hameaux : ces vertes
intumescences sont les fragments de la montagne écroulée il y a
douze ou treize siècles, et ces pittoresques bassins indiquent encore
l'ancien cours de la Piave.

Celle-ci, dans sa section terminale, a subi aussi des changements ; mais la correction y est l'œuvre de l'homme. C'était près d'Altinum qu'elle débouchait jadis dans la lagune. Comme elle menaçait de l'obstruer de ses limons, on lui a creusé en 1538 une vaste saignée, le *taglio di re*, dont le coût a été de 800 000 florins, et qui l'a conduite au point où elle aboutit aujourd'hui, c'est-à-dire à Porto di Cortellazzo.

Au-dessous de la Piave coule le Sile (ex-*Silis*), qu'il ne faut pas confondre avec le tributaire du même nom qui se jette, plus au nord, dans la Livenza. Le Sile prend sa source à 85 kilomètres de la mer, au milieu des humides prairies du Trévisan, et, à partir de Trévise, il est accessible aux embarcations de menu calibre.

Il se verse actuellement dans le golfe, partie au port de Piave Vecchia, partie dans le canal dit Businello. C'est à son embouchure que se trouvait la ville d'Altinum (aujourd'hui le village d'Altino), municipe romain florissant, nous dit Pline, sur la grande route d'Italie en Orient.

Deux autres torrents, le Zero et le Dese, issus des mêmes plaines trévisanes, traversent le *terraglio*, ancienne route de Trévise à Mestre, et se jettent ensemble, près d'Altino, dans la lagune supérieure où se trouve l'île Torcello.

La Brenta (*Medoacus major*) a aussi, de tous temps, causé de graves désordres dans le régime de l'estuaire. Issue de deux lacs voisins de la petite ville tyrolienne de Pergine, elle parcourt tout le val Sugana, contourne les Sette Comuni, et entre, à Bassano, sur le territoire de l'ancienne Vénétie.

Elle atteignait primitivement la mer à Fusina ; mais les Vénitiens, effrayés de la quantité de sable et de limon qu'elle déversait à son embouchure, l'ont, par deux canaux de dérivation, forcée de contourner du nord au sud la lagune tout entière, pour aller se jeter, avec divers cours d'eau du Padouan, dans le petit port de Brondolo, entre Chioggia et la bouche de l'Adige. Par malheur, le cours de la rivière ayant été ainsi allongé, son lit se trouva exhaussé d'autant, et à grand'peine put-on la maintenir par des digues latérales, que, dans notre siècle seulement, elle a rompues une vingtaine de fois.

La Brenta reçoit d'ailleurs, entre autres affluents, deux cours d'eau redoutables. Le premier est le torrent du Cismone, qui lui arrive à gauche, au sortir même du val Sugana, des hautes cimes qui dominent Primiero. Son union avec la Brenta semble l'effet d'un éboulement analogue à celui qui a confondu dans un même lit le Cordevole et la Piave. Le second tributaire est le Bacchiglione, la *petite Brenta*, pourrions-nous l'appeler, à l'exemple des Anciens, qui le désignaient sous le nom de *Medoacus minor*.

Cet affluent, dont le cours est presque aussi long que celui du fleuve où il se déverse, prend naissance dans le même massif tyrolien, et entre dans la plaine vénitienne entre Bassano et Schio. Dès 1314 Vicence le reçut par un canal de dérivation prolongé plus au sud jusqu'à Este, puis raccordé par une autre saignée (celle de Battaglia) à la ville de Padoue : de sorte que le Bacchiglione, au terme de cette promenade en demi-cercle imposée à une partie de ses ondes, rentrait en possession de tout son bien. Il est vrai que ce n'était pas pour longtemps, car, à partir de Padoue, la rivière se divise encore en deux bras : un rameau liquide sort de la ville par la porta Contarina, et va se jeter dans le Piovego ; un autre, sous le nom de canal Runcajette, puis de canal Pontelungo, forme le lit propre du Bacchiglione jusqu'à sa jonction avec la Brenta, tout près de l'embouchure de celle-ci.

Nous voici arrivés à l'Adige, l'*Athesis* des Romains, dont le cours, plus considérable que celui de tous les fleuves précités, n'a pas moins de 400 kilomètres de longueur. Elle naît, on le sait, sur le plateau de Mals, aux confins du Tyrol et de l'Engadine, traverse l'ancien pays des Vénostes, aujourd'hui le Wintschgau, passe à Trente, puis, laissant le lac de Garde à sa droite, infléchit, par une courbe à l'est, sur Vérone.

Au sortir de Vérone, où elle présente déjà une largeur de 112 mètres sur une profondeur de 3 ou 4 mètres, elle va peu à peu se rapprochant du Pô, pour suivre enfin une direction tout à fait parallèle à celle de ce dernier, et enfermer entre elle et lui une étroite et sinueuse région de marécages (Valli Grandi Veronesi, puis Polésine de Rovigo), qu'arrosent et découpent presque à l'infini une quantité de bras latéraux et de *tagli* de jonction des deux fleuves, tels que le Tartaro et le Fiesso.

Du temps des Romains, l'Adige coulait plus au nord, traversant, paraît-il, la ville d'Este, et allait se jeter dans l'Adriatique au port déjà nommé de Brondolo. Mais, à la fin du vi⁰ siècle, elle rompit ses digues à Cucca, et sa branche principale prit la direction qu'elle a aujourd'hui. Au x⁰ siècle, une nouvelle rupture donna naissance à un nouveau bras, qui alla percer la chaîne des dunes côtières à l'est d'Adria : c'est l'Adighetto, qui passe actuellement à Rovigo. Enfin, une troisième crevasse vint mêler ses eaux à celles du Pô par le lit appelé Canal Bianco ou Pò du Levant (*Po di Levante*).

III

Le Pô, en langue ligurienne *Bodencus*, c'est-à-dire *sans fond*[1], doit son non celtique de *Padus* aux nombreux pins (en celtique *padi*) dont ses bords étaient jadis revêtus. Ce ne fut que lors de leurs guerres avec les Gaulois dans la Haute Italie, que les Romains le connurent sous cette seconde dénomination. Auparavant il était pour eux le vieil *Eridan*, ou *fleuve d'Ambre*, célébré par les poë'es. La raison en était, comme nous l'avons dit[2], que les navires phéniciens avaient coutume de charger à son embouchure l'ambre apporté par terre des côtes de la Baltique aux rivages d'Adria.

Ce fleuve, que Strabon déclarait le plus grand de l'Europe après l'*Ister* ou Danube, — *fluviorum rex Eridanus*, dit aussi Virgile dans son *Énéide*, — prend sa source au mont Viso (l'ex-*Vesula*), à 1952 mètres d'altitude, et a un cours de plus de 500 kilomètres. Il partageait jadis la Gaule cisalpine en deux parties, la Transpadane et la Cispadane. Suivant Pline l'Ancien, postérieur de deux cents ans à Polybe, il était navigable à partir de Turin, et souvent parcouru dans sa section inférieure par les voyageurs qui prenaient cette voie d'eau à Plaisance, pour descendre de là, en quarante-huit heures, à Ravenne.

Aujourd'hui, en amont même de Turin, il semble déjà vouloir jus-

---

1. Dans Pline *Bodincus*; dans Polybe *Bodencos*.
2. Voyez ci-dessus, chapitre 1ᵉʳ.

tifier son ancien nom de *Bodencus*, car sa profondeur est de deux
ou trois mètres, et presque nulle part on n'y trouve de gué. A Turin
même, à l'altitude de 137 mètres, il est large de 160 mètres,
avec une pente de 0,48 pour 1000. Douze lieues plus loin, au confluent de la seconde Doire (la Dora Baltea), sa largeur atteint
250 mètres.

C'est à sa jonction avec le Tessin que commence, à vrai dire, son
cours inférieur. Plus en aval, grossi de l'Adda, il étale une nappe
de plus de 400 mètres, qui se double encore aux abords de Crémone, point où commence l'immense système de digues (*argini*)
protectrices des campagnes d'alentour.

De l'Oglio au Mincio, qui est son dernier affluent du nord, la
largeur de son bras principal est de 225 à 350 mètres, avec une
profondeur de 10 mètres à l'étiage, c'est-à-dire en janvier et en
août, et de 12 mètres à l'époque des crues, lesquelles se produisent
en mai et octobre.

Le pays que menacent ses débordements comprend actuellement
une étendue de 218 lieues carrées, et la longueur totale des levées
dépasse 1000 kilomètres.

La digue principale (*fioldo*) est plus haute que la plus haute crue
observée. Elle a une largeur de 8 mètres à son couronnement, ren-
forcé par un éperon simple ou double et revêtu en certains endroits
de fascines. Ces *fioldi* laissent par places au cours d'eau une marge
de 4 à 6 kilomètres, qui se restreint près des confluents, et que
protègent contre les crues ordinaires des digues basses ou *galene*,
analogues à celles qui défendent la Hollande des invasions de la
mer du Nord.

Pline nous dit que, de son temps, le Pô se jetait dans l'Adriatique,
entre Ravenne et Altinum, par sept embouchures qu'il appelle
les Sept Mers (*Septem Maria*), et il constate qu'on pouvait, sans
crainte des pirates, aller de l'une de ces villes à l'autre par les
lagunes et les canaux, creusés en partie de main d'homme, qui
occupaient cette partie de la côte. Ajoutons que ce même littoral
était tout entier couvert de villas et de bois, si bien que Martial, par exemple, n'hésite pas à le comparer au riant golfe de
Baiæ.

Des embouchures dont nous parle Pline, je citerai, entre autres, du sud au nord : le canal *Padusa*, aujourd'hui disparu[1], que Virgile mentionne dans son *Énéide*; il débouchait dans la mer à Ravenne ; — le *Vatrenus*, auparavant Bouche de l'Éridan, actuellement Po di Primaro, qui allait à ce *portus Vatreni* où, en l'an 44 de notre ère, l'empereur Claude, triomphant de la Bretagne, entra dans l'Adriatique sur un bâtiment gigantesque, qui était plutôt un palais qu'un vaisseau, *domo verius quam nave*; — le *Volanus*, aujourd'hui Po di Volano, qui, jusqu'au milieu du XIIIe siècle, fut la branche principale du delta. Ce n'est plus à présent qu'une simple coulée au milieu des marais.

Quant au bras appelé Po di Maestra, sis au-dessous du Po di Levante, son existence ne date que du XIIe siècle. Une digue de la rive droite creva alors en amont de Ferrare, et une branche fluviale se porta plus au nord vers l'Adige. Maintenant encore, c'est entre ce rameau et son émissaire méridional, le Po di Goro, qu'est le danger le plus grand de rupture.

Au sud du delta commun du Pô et de l'Adige courent encore un certain nombre de torrents indisciplinés, tels que la Secchia, le Tanaro, le Reno, qui arrosent les districts de Ferrare et de Modène, et qui, plus d'une fois, forçant leurs levées, ont couvert le pays de limon et de ruines. C'est aux alluvions du Reno par exemple qu'est dû en partie l'ensablement du Pô de Ferrare. En 1872, le Pô et ses affluents débordèrent à tel point, que tout l'espace entre Mirandola et Comacchio fut transformé en une vaste mer de 3000 kilomètres de superficie, d'où émergeaient, comme autant d'îlots, édifices et clochers.

IV

On voit, par ce qui précède, qu'il n'y a peut-être pas au monde une contrée où les eaux affluent avec plus d'abondance que sur ce

---

1. On l'appelait aussi *Messanicus* et *Fossa augusta* (ou *angusta*).

haut golfe de l'Adriatique. Les pluies n'y sont pas moins torren-
tielles, principalement à la partie nord. Des calculs faits il résulte
que si, à Salzbourg par exemple, il pleut déjà deux fois plus qu'à
Paris, et à Lugano trois fois plus, à Tolmezzo, sur le Tagliamento,
la différence atteint au quadruple.

Plus que toute autre mer d'ailleurs, le bassin extrême de l'Adriatique se prête à la formation rapide d'atterrissements et de deltas.
La profondeur des eaux, qui est de 900 à 1100 mètres au détroit
d'Otrante, va sans cesse diminuant du côté du nord-ouest. Tandis
qu'entre Nice et Gênes la tranche verticale d'onde marine est de
plus de 600 mètres, et, près de Gibraltar, mesure 2000 mètres,
devant Ancône elle n'est déjà plus que de 50 à 80 mètres; entre les
bouches du Pô et l'Istrie, elle n'excède nulle part 40 mètres; enfin,
entre Venise et Trieste, elle se réduit à 24 mètres au plus.

Pour en revenir à la protection de l'estuaire, les Vénitiens
eurent d'abord à combattre les envasements dus à la Brenta et au
torrent du Marzenego, autre cours d'eau que je n'ai pas nommé, et
qui prend sa source près de Castelfranco, à l'extrémité des plaines
trévisanes. Ils commencèrent, en 1310, par élever en travers de la
côte une digue, dont il reste encore des débris. Cet ouvrage fut le
premier embryon de ce système de défenses continues (*argini di
conterminazione*) qui furent successivement établies tout le long du
littoral des lagunes. Plus tard, une levée fut construite entre Fusina
et Bottenico.

Que résulta-t-il de ces travaux? C'est que le sol des districts
côtiers se trouva exposé à des crues désastreuses, et parfois même
inondé entièrement. Les digues se rompirent d'ailleurs plus d'une
fois sous l'effort des eaux; on les réparait; mais alors c'était la terre
ferme qui se voyait envahie par des marécages nés du manque
d'écoulement des matières aqueuses. L'inconvénient devint si grave
que le gouvernement dut, au XVe siècle, se décider à rouvrir les
digues, afin d'assurer l'assèchement du pays. Ce n'était que substi-
tuer encore un péril à l'autre. A peu de temps de là, deux épidémies
de fièvre s'étant, coup sur coup, déclarées à Venise, les habitants
en cherchèrent la cause dans les ondes vaseuses que les fleuves
alpestres venaient de nouveau verser à la mer, et ils réclamèrent,
ce qui fut accordé, la refermeture des levées.

Derechef alors, les districts de terre ferme se trouvèrent mis à
mal, si bien qu'on fit ce que j'ai dit plus haut : on creusa des canaux
de dérivation pour détourner, en les divisant, les apports liquides
des rivières, et reporter les diverses embouchures vers certains
points choisis des lagunes. Un instant même on agita le gigantesque
projet de recevoir tous les fleuves côtiers dans un grand canal de
circonvallation qui eût jeté la masse entière des eaux bien au-
dessous de l'estuaire.

V

Les *lidi*, qui forment à l'est la digue naturelle de l'estuaire
vénitien, se composent, je l'ai dit, d'une suite de langues de terre
sablonneuses entre lesquelles s'ouvrent des chenaux fortifiés par
où passent les navires.

Le plus voisin de la ville est le *Lido* proprement dit, ou lido de
Venise, banc absolument plat, coupé de petits canaux, avec de
menus vergers, quelques maisons, une église, et un certain nombre
de cultures maraîchères. On s'y rend du Môle, par la route d'eau
que suivait jadis, à la *Senza*, le fameux *Bucentaure*. De la plage où
l'on aborde, un chemin partant d'une guinguette file entre deux
rangées de jardins, dont l'aspect n'est pas trop luxuriant, et traverse l'île dans toute sa largeur, du fort Saint-André à San Nicolo.
L'été, on va prendre là des bains de mer, et tous les ans, au mois
de septembre, il s'y donne une fête foraine qui attire beaucoup de
monde. Le reste du temps, le silence et la solitude y règnent.

C'est de cette grève chère à lord Byron, qui y avait ses écuries et
aimait à y fournir des courses effrénées, qu'il faut contempler les
féeries merveilleuses de couleurs que présente, au soleil couchant,
la ville de Titien. Quels indescriptibles flamboiements projette
alors cet entassement de tours, d'églises et de palais qu'estompent
les ombres les plus bizarres ! Puis, quelle transition magique du

crépuscule rouge à la nuit brune, quand s'éteignent tout à coup les réfractions de l'astre mourant ! Les cimes dorées qui nageaient tout à l'heure dans une moite vapeur, apparaissent soudain immobilisées sous la pure coupole du firmament ; les unes s'y découpent en arêtes dures et tranchantes ; les autres y enfoncent mollement leurs masses indécises ; sur le tout monte une sorte de buée blanche, formée par le rayonnement des lumières au bord des canaux et au front des maisons et des édifices.

De l'autre côté du Lido, à l'est, l'impression n'est pas moins grandiose.

Là, c'est la vaste mer, avec ses tuméfactions et ses murmures. L'écume des vagues déferle contre la dune ; le sable, où de petits crabes galopent tout de travers, grésille sous vos pieds. Une barque dalmate avec sa voile rousse passe, comme un fantôme, à quelques mètres de la rive, cherchant la passe de San Nicolo. C'est l'heure du flux : la clameur des ondes va grandissant de minute en minute. Serait-ce une rafale de *bora*[1] qui se prépare? Pêcheurs, prenez garde à vous ! Ce n'est pas le moment de se risquer au large ; mieux vaut rentrer en dedans du rempart qui protège la ville sérénissime contre les colères du *vento da terra*.

En deçà du Lido, dans la lagune, est un semis d'îlots qui semblent flotter à la remorque de Venise, et qui, tous, sont curieux à des titres divers.

Si derechef on part du Môle en gondole, on laisse à droite le chenal de la Grazzia, qui se dirige au sud de la Giudecca, et l'on s'engage dans le canal Orfano, au travers de la *laguna viva*, dont l'onde nuancée d'un reflet d'opale clapote contre les pieux en bordure. Bientôt on atteint le petit archipel.

Voici d'abord, à main gauche, l'île San Cervolo, où se trouve un hôpital d'aliénés ; à sa suite vient San Lazzaro, avec son couvent, dont la vaste enceinte et le clocher oriental se détachent de loin au milieu des flots.

Cette *isola*, acquise par Venise au XIIᵉ siècle, ne fut d'abord qu'une maladrerie, affectée aux lépreux venant d'Orient. De là ce

---

1. Vent du nord-est, qui procède par coups d'aile saccadés et violents (*refoli*) et dure généralement trois, neuf ou onze jours. C'est le souffle le plus fréquent et le plus redouté des marins du golfe, avec le *scirocco*, ou vent du sud-ouest.

nom de Saint-Lazare, emprunté au patron des lépreux, et aussi
celui de *lazaret* appliqué aux établissements sanitaires où les ma-
lades font leur quarantaine. Plus tard, la lèpre ayant disparu des
régions levantines, l'île cessa d'être habitée, et n'offrit plus d'autres
vestiges de vie qu'une chapelle ruinée et une hutte de pêcheurs
cachée à l'ombre de bouquets d'arbres.

Tout à coup, au mois de mai 1715, arrivèrent à Venise douze

SAINT-PIERRE DU CHATEAU ET SAINTE-HÉLÈNE
VUE PRISE DU COUVENT DES ARMÉNIENS.

moines arméniens fuyant devant les Turcs, qui venaient d'envahir
en armes la Morée, d'où ils ne devaient plus se retirer. Ils avaient
pour chef un docteur ecclésiastique du nom de *Mekhitar* (Consola-
teur), qui avait longtemps voyagé en Asie. Celui-ci obtint du Sénat
la cession à perpétuité de l'île Saint-Lazare, et alors s'éleva sur
cette plage, demeurée déserte depuis cinq siècles, un cloître de
Mekhitaristes qui ne tarda pas d'acquérir le renom de maison
modèle.

On y peut encore aujourd'hui visiter une belle imprimerie d'où
sont sorties des traductions d'ouvrages célèbres en toutes langues,

ISOLA SAN CERVOLO ET ISOLA SAN LAZZARO.

et une bibliothèque qui est, par ses manuscrits, une des plus riches
qu'il y ait en Europe.

Du jardin de la communauté, ombragé d'épaisses vignes en berceau et d'un magnifique bouquet d'oliviers, on jouit d'une perspective admirable tant sur l'horizon lointain des montagnes que
sur Venise même, qui n'est qu'à trois quarts d'heure en gondole.

Un autre banc de terre, San Clemente, émerge de cette partie de
la lagune; puis on quitte le canal Orfano, pour entrer dans celui
de San Spirito, ainsi appelé de l'île du même nom, qui, si je ne me
trompe, est une poudrière. On côtoie, à l'extrémité de ce chenal,
l'îlot silencieux de Poveglia, dont la dune s'effrite lentement dans
les flots, et l'on arrive à Malamocco.

Jadis capitale des peuples vénètes, cette petite ville, qui compte
cinq mille habitants environ, est restée le port avancé de Venise.
La passe profonde qui s'ouvre en cet endroit des *lidi* est protégée
par une digue extérieure poussée à deux kilomètres en mer. Cet
ouvrage en pierres de taille, commencé en 1806, et terminé
seulement en 1840, ressemble à une sorte de bras gigantesque s'al-
longeant en dehors de l'estuaire pour montrer le chemin aux navires. Il a pour but de forcer les eaux, dans leurs mouvements
de flux et de reflux, à recreuser sans cesse le chenal qu'il limite,
chenal qui forme l'entrée principale du grand lac vénitien, celle
que prennent les bâtiments de fort tonnage.

Au delà de la passe de Malamocco s'allonge le littoral de Pelestrina, habité seulement par quelques pêcheurs dont la bourgade,
toute modeste, possède cependant une église assez belle, San Lorenzo.

Là commencent les *Murazzi*, massives murailles en pierres d'Istrie, qui s'étendent sur plus d'une lieue de longueur, et qui, encore,
ne sont pas achevées. Ce rempart protecteur des dunes, établi sur
pilotis, a jusqu'à quatorze mètres d'épaisseur, et dépasse de quatre
mètres le niveau de la mer. A son sommet est ménagé un étroit
chemin en parapet. Du côté de l'Adriatique, les parois dessinent des
gradins destinés à rompre l'effort du flot; vers la lagune, où l'onde
est paisible, la muraille tombe à pic. Des enrochements défendent
le pied de cette énorme digue, qui a remplacé au xviii⁰ siècle la
ligne de palafittes primitive, et dont la construction, dirigée par
l'ingénieur Zendrini, a exigé près de quarante années.

VI

C'est à l'extrémité sud des *Murazzi*, c'est-à-dire à vingt-deux kilomètres de Venise environ, qu'est située Chioggia, le troisième

LES *MURAZZI* ENTRE PELESTRINA ET CHIOGGIA.

havre de l'estuaire. La passe, défendue par deux forts qui se font
vis-à-vis, mesure ici 400 mètres de largeur. La marée afflue librement vers cette ouverture, qui va ensuite se rétrécissant jusqu'à
la ville même, où elle n'a plus que les dimensions d'un canal, dont
les deux quais en bordure sont reliés par un pont de marbre d'une
seule arche, le *ponte di Vigo*.

De même que Côme peut se comparer à une écrevisse dont la

PONT DE VIGO (OU DE GARIBALDI) A CHIOGGIA.

bouche serait représentée par le port situé au fond du lac, la double
pince par les faubourgs qui enserrent les deux rives, le corps, puis
la queue, par le reste de l'agglomération urbaine qui, de plus en
plus, s'étire vers le sud, de même Chioggia figure une sorte de
gros poisson de mer. L'épine dorsale est le vaste *campo* ou *stradone*
(grand'rue) long de 800 mètres, qui traverse de part en part la
cité; les rues secondaires qui se détachent à droite et à gauche
en sont les arêtes.

La ville est en outre divisée en deux parties inégales par le canal
qu'on nomme la *Vena*. Neuf ponts enjambent ce *rio* central. A sa
droite, en regardant le nord, est la petite île de Domenico avec des
chantiers.

Plus à l'est encore, un autre canal, large de près d'un kilomètre, sépare la grande Chioggia de la petite. La petite, c'est le
bourg de Sotto Marina, situé sur une langue de terre qui forme le
prolongement des *lidi*. Du côté opposé, c'est-à-dire à l'ouest, la
ville est unie à la terre ferme (plage de Brondolo) par un immense
pont de quarante-trois arches. Au-dessous de ce pont se trouve
l'embouchure de l'Adige.

Les Chioggiotes assurent volontiers que leur ville remonte au
temps d'Hector et de Priam. Ce serait, selon eux, un Troyen fugitif,
compagnon d'Anténor, qui l'aurait fondée, trois mille ans, peu
s'en faut, avant notre ère, et l'on vous en montre pour preuve le
lion rouge rampant, emblème de la cité insulaire, qui déjà figurait
dans les armes d'Ilion. Ce qu'il y a de certain, c'est que, grâce à son
importance stratégique, Chioggia a joué de bonne heure un grand
rôle dans les annales militaires de Venise. Cette communauté de
fortune lui a même plus d'une fois coûté cher. J'ai dit comment, au
XIVe siècle, elle eut à subir l'assaut des Génois, qui l'emportèrent
après une lutte meurtrière, aggravée encore d'une affreuse famine.
Le grand pont susnommé fut rompu, et Sotto Marina qui, à cette
époque, était une vraie ville, ayant son existence propre et à part,
fut du même coup entièrement détruite. Plus tard, ce fut aux
pirates uscoques, puis aux Turcs, que Chioggia eut affaire. En 1848
et 1849, sous les ordres du général Pepe, elle résista non moins
vaillamment aux vaisseaux de l'Autriche qui l'attaquaient; les
femmes elles-mêmes prirent les armes. En 1859 enfin, nombre de

Chioggiotes moururent sur les champs de bataille lombards pour la cause de l'indépendance italienne.

Le port de Chioggia est le meilleur qu'il y ait sur la côte ouest de l'Adriatique, après les havres de Brindisi et d'Ancône, et ses chantiers de constructions navales sont, avec ceux de Castellamare, les plus importants de toute l'Italie. Ils n'emploient pas moins de 4000 ouvriers. La ville elle-même est fort animée, à de certaines heures, et elle possède une *pescheria* (poissonnerie) aussi pittoresque au moins que celle de Venise.

Les habitants sont presque tous pêcheurs ou marins. Les flottilles chioggiotes ne vont pas seulement dans le Quarnero et sous les rivages de la Dalmatie, elles s'aventurent jusqu'aux côtes d'Égypte et d'Afrique, et rien n'est plus curieux que d'assister, à Pâques par exemple, à la rentrée des centaines de grandes barques qui reviennent de la pêche lointaine.

Au double point de vue historique et physique, Chioggia apparaît comme une autre Venise. Aussi bien que Rialto et Malamocco, elle fut, lors des invasions barbares, un des lieux de refuge des Vénètes; seulement, de ces trois îlots, le premier, qui était le mieux placé, a fait une fortune brillante et rapide, tandis que les autres sont restés de modestes centres de pêcheurs : ce qui n'empêche pas Chioggia de compter 23 000 habitants.

Rues, canaux et places, tout y rappelle la cité des doges. La cathédrale, brûlée au xviiᵉ siècle, puis reconstruite par Longhena, l'architecte de la Salute, renferme des œuvres d'art remarquables, entre autres une très belle chaire, un autel avec mosaïques, un baptistère en marbre de Carrare, et plusieurs tableaux de maîtres. En revanche, elle n'a plus ces peintures du Tintoret et du Bassano dont était, paraît-il, décoré l'ancien dôme. La ville possède du reste une dizaine d'autres églises : Saint-Martin, la Trinité, Saint-Dominique, Saint-Jean, Saint-François, etc. Pour l'hôtel de ville, il est tout moderne et sans caractère ; c'est même là un des gros chagrins des Chioggiotes, lesquels ne manquent pas de dire aux touristes comme quoi, à sa place, s'élevait autrefois un édifice du xiiiᵉ siècle digne de figurer à côté des plus beaux monuments de Venise. L'empereur Frédéric III y avait logé, en 1469, à son retour de Rome. Ses salles, grandioses et spacieuses, étaient des merveilles de déco-

ration ; un double escalier de marbre orné de statues y donnait
accès : bref, c'était quelque chose comme le Palais ducal de Chioggia, et, longtemps encore, la tradition en évoquera complaisamment
le souvenir.

PONT DE LA TORRE A CHIOGGIA.

En face de l'église San Francesco se trouve la *casa* où demeura
Goldoni. Cet auteur fit de fréquents séjours à Chioggia, et y remplit
même en sa jeunesse l'office de coadjuteur (substitut) du chancelier criminel adjoint au podestat chargé de gouverner l'île au nom

du gouvernement vénitien. Aussi put-il étudier à loisir cette population curieuse de pêcheurs et de matelots, ces types originaux de poissardes qui, d'un bout de l'année à l'autre, n'ont, comme il le dit dans ses *Mémoires*, d'autre salon et d'autre parloir que la voie publique.

Le résultat de ses observations fut sa fameuse pièce des *Chamaillis de Chioggia* (*Baruffe chiozziotte*) qui fut jouée en 1760 pour la clôture du carnaval. Gœthe, qui la vit représenter au théâtre San Luca, de Venise, en parle en ces termes :

« Les personnages sont tous des marins, habitants de l'île, avec leurs femmes, leurs sœurs et leurs filles. Les criailleries ordinaires de ces gens dans la joie ou la colère, leurs querelles, leurs vivacités, leur bonhomie, leurs pétillements d'esprit et de gaieté, leurs allures libres et triviales, tout est parfaitement rendu. Justement, j'avais été la veille à Chioggia ; les manières et le langage des gens du cru étaient encore présents à mes yeux et à mes oreilles, de sorte que cette imitation me fit un très grand plaisir. Mainte allusion sans doute m'échappa ; mais je suivis fort bien l'ensemble. »

Voici le canevas de la pièce :

Les femmes chioggiotes sont assises devant leurs portes, occupées à tricoter, à coudre, à tourner le fuseau comme à l'ordinaire. Un jeune homme passe, et salue gracieusement une d'entre elles. Là-dessus commencent les coups de langue. D'un mot à l'autre on s'anime ; des moqueries on passe aux reproches. Une voisine d'humeur vive lâche la vérité ; et les injures, les outrages, les grossièretés de pleuvoir. Les offenses positives ne manquent pas, de sorte que la justice est obligée d'intervenir.

Au second acte on se trouve au tribunal. Le greffier, en l'absence du podestat, qui, en sa qualité de noble, ne pouvait être drapé en scène, fait citer les femmes une à une. Or il se trouve qu'il a lui-même une inclination pour la première qui se présente. Enchanté de pouvoir l'entretenir tête à tête, au lieu de l'interroger, il lui déclare ses sentiments. Là-dessus, une autre femme, qui en tient de son côté pour le greffier, entre précipitamment, poussée par la jalousie.... Puis c'est le prétendu de la première femme qui survient à son tour, la tête échauffée. Tout le bataillon enjuponné le suit ; on s'accable de nouvelles invectives, et le diable est déchaîné

dans la salle de justice, comme il l'avait été auparavant sur la
place du port.

Au troisième acte, le badinage s'accentue encore, et tout aboutit,
tant bien que mal, à un dénouement bâclé à la hâte.

MARCHÉ AUX POISSONS A CHIOGGIA.

« Par un contraste heureux, ajoute Gœthe, au milieu de cette gent
remuante, bavarde et criarde, figure un vieux marin dont les
membres, et la langue notamment, se sont engourdis par la dure
existence qu'il a menée de tout temps. Il débute toujours par un
mouvement laborieux des lèvres, en s'aidant des pieds et des mains,

jusqu'à ce qu'il parvienne à balbutier sa pensée ; mais, comme il ne
peut jamais émettre que de courtes phrases, il s'est habitué à un
laconisme plein de sévérité, de sorte que tout ce qu'il dit paraît pro-
verbial, sentencieux, et contre-balance à merveille les emporte-
ments passionnés des autres personnages. Je n'ai jamais vu de joie
pareille à celle que le peuple chioggiote a manifestée en se reconnaissant ainsi peint dans son naturel. Les rires et les éclats de
gaieté ne cessaient pas, d'autant plus qu'acteurs et actrices imitaient
à ravir les intonations et les gestes du populaire mis en scène. »

Une autre demeure quasi historique, à Chioggia, c'est celle du
père de cette Rosalba Carriera, qui fut si fort en réputation, au
siècle dernier, pour ses charmantes peintures au pastel. Elle était
née elle-même, non pas à Chioggia, mais à Venise. Sa famille appartenait à cette bourgeoisie aisée qui avait le droit de remplir les
charges et emplois secondaires de la république.

D'abord simple *ricamatrice* (ouvrière brodeuse), elle usa sa première jeunesse à ce travail minutieux et patient qu'on appelle le
point de Venise ; puis, comme c'était l'époque où le tabac devenait
à la mode, elle se mit à orner des tabatières, sous la direction du
miniaturiste Pietro Libri. Elle aborda aussi un moment la peinture
à l'huile, et fit le portrait de l'électeur de Saxe Auguste III qui
devait devenir par la suite roi de Pologne. Mais son triomphe, ce
fut le pastel, genre qui passionna le xviiie siècle, comme la photo-
graphie devait passionner le xixe.

La Rosalba n'avait pas inventé le procédé ; il était connu depuis
longtemps. Nanteuil et Lebrun, sous Louis XIV, en avaient usé
avec succès ; mais elle sut en perfectionner l'emploi, elle mit au
jour les côtés chatoyants de cette coloration sèche et fixée en pâte
(*pasta*, d'où pastel), qui a l'avantage d'être toujours claire et facile
à retoucher.

Ce fut à partir de l'an 1700 — elle était née en 1672 — que sa
réputation commença de se répandre au dehors. La fameuse guerre
de la succession d'Espagne avait amené tout un flot d'étrangers dans
l'Italie du Nord. Venise, restée neutre au milieu des belligérants,
vit affluer chez elle les officiers des corps de Catinat, de Villeroi, de
Vendôme, aussi bien que ceux de l'armée d'Eugène de Savoie.
La Rosalba, à cette occasion, fut comblée de commandes ; chaque

CHIOGGIOTES.

visiteur voulait avoir sa miniature faite de la main de la grande artiste.

Aujourd'hui, non seulement les villes d'Italie, mais encore Paris, Dresde, Saint-Pétersbourg, sont pleines des œuvres de cette Vénitienne, dont la fin fut triste. Elle mourut en 1757, à l'âge de quatre-vingt-six ans, ayant perdu la raison et la vue.

Un autre artiste, un Suisse celui-là, dont Chioggia évoque aussi le

CHANTIERS A CHIOGGIA.

souvenir, c'est Léopold Robert, l'auteur des *Pêcheurs de l'Adriatique*.

Il s'était, on le sait, rendu à Venise pour le carnaval de 1832, afin d'y continuer sa série de tableaux des Saisons, qui déjà comprenait deux sujets : l'Été, ou les *Moissonneurs des Marais Pontins*, faits à Rome, et le Printemps, figuré par la *Fête de la Madonna dell'Arco*, peinte à Naples. Venise devait lui fournir sa représentation de l'Hiver, c'est-à-dire les *Pêcheurs*.

Il commença par se loger sur le Grand Canal, vis-à-vis même de la Salute, et, quant à son atelier, il l'installa un peu plus à l'ouest (rue Minelli, près de la Fenice), dans les vastes salles de ce palais Pisani, de la plate-forme supérieure duquel on découvre la ville et toute la lagune.

Trois centres d'observation l'attiraient surtout : la place Saint-Marc, le Ghetto et Chioggia.

Dès sa première visite aux *lidi* du Sud, il avait été frappé de l'allure originale des marins de ces rivages, et il avait résolu de prendre parmi eux les types du tableau qu'il projetait. L'enfantement de l'œuvre fut très laborieux. Enfin, de retouches successives sortit au bout de deux années la toile fameuse que la gravure a partout popularisée et reproduite.

La scène est à Chioggia, dans un des grands canaux de la ville. Une flottille s'apprête à partir pour la pêche au long cours. Le chef de l'expédition, un vieillard, adapte une branche de verdure au pavillon qu'il va mettre au grand mât de son bâtiment. Sur l'embarcation, des hommes s'occupent de hisser la vergue. La femme et la fille du vieillard regardent ces apprêts, hors de leur *casa*, dont on aperçoit l'enceinte garnie d'un cep de vigne dépouillé. Plus loin apparaît vaguement une petite madone. Les matelots des lagunes sont vêtus des cabans dont ils ont coutume de s'envelopper pour leurs courses d'hiver.

Le pilote interroge le ciel; il voudrait deviner quel temps on aura pour appareiller. A côté de lui, un vieux loup de mer a fini d'arranger les filets; un jeune gars les place sur une civière pour les transporter au navire. A l'arrière-plan, une grande barque, déjà, se met en route ; elle a une croix noire sur sa voile rougeâtre. Du rivage, deux femmes la regardent filer; l'une d'elles lève en l'air son enfant pour le montrer une dernière fois à son père.

Exposés d'abord à Venise, les *Pêcheurs* furent ensuite expédiés à Paris par le roulage. Ils venaient à peine d'y arriver qu'une sinistre nouvelle suivit cet envoi : le 20 mars 1835, Léopold Robert, pris d'un accès d'hypocondrie noire, s'était coupé la gorge avec un rasoir, dans son atelier de l'hôtel Pisani. Il n'était âgé que de quarante et un ans.

Ses obsèques eurent lieu sans pompe et sans bruit. Le corps, placé sur une gondole, fut conduit par Aurèle, frère de Léopold, et

une escorte de quelques amis à l'îlot solitaire de San Michele, au
fond de la lagune septentrionale. Une modeste pierre fut longtemps
l'unique tombeau du grand peintre décédé en plein triomphe, sans
avoir, hélas! terminé sa collection des Saisons, dont le quatrième

LE GRAND PONT A CHIOGGIA.

sujet, l'Automne, devait représenter les *Vendanges en Toscane*. De
nos jours seulement (novembre 1882), sur la morne grève où il dort
déjà depuis un demi-siècle, on lui a élevé une belle pyramide en
granit rose des Alpes de l'Oberland, où un médaillon de bronze
reproduit les traits de l'artiste.

VII

Puisque nous voici, à la suite d'un cercueil, amenés au groupe
d'îlots suburbains qui émergent du bassin supérieur de l'estuaire,
explorons la partie du lac vénitien opposée à celle que nous
venons de parcourir.

A San Michele, île de toutes parts enceinte de murailles, attient
San Cristoforo; toutes deux réunies forment le cimetière, le
Campo Santo de Venise. Une église, une chapelle et un cloître se
dressent sur cette langue de terre funèbre.

Un peu plus loin, à une demi-heure en gondole de la Piazzetta,
est la célèbre Murano, où naquit la peinture vénitienne, et où l'industrie du verre avait pris autrefois de si beaux développements.

Cette île a eu jusqu'à 30 000 habitants et seize églises. L'une
d'elles, San Donato, est une basilique byzantine où apparaît déjà
l'influence de l'art arabe. Une autre, Saint-Pierre-Martyr, est un
édifice de la fin du xv° siècle, qui possède des peintures de Jean
Bellini et de Véronèse. Il paraît que jadis Murano, de même que la
Giudecca et le Lido, était une sorte de jardin d'Armide. Les Italiens en contaient des merveilles, et un poète de Feltre, Castaldi, l'a
chantée lyriquement dans ses vers. Ses bosquets d'orangers, de jas-
mins et de grenadiers, dont les parfums embaumaient la lagune,
étaient, au xv° siècle, le rendez-vous préféré des amis d'Alde Manuce
et des *humanistes* qui y fuyaient les fracas de la ville. Les viveurs de
Venise allaient aussi y faire de fins soupers de nuit au son de la
musique.

Aujourd'hui l'îlot a encore ses *osterie* où les couples de nouveaux
mariés vont banqueter volontiers sous la treille; mais les poétiques
charmilles d'autrefois ont fait place à de vulgaires plants de légumes
qui défrayent l'approvisionnement quotidien du Rialto et des autres
marchés de Venise.

De même, des trois cents fabriques de verreries que l'île possédait au beau temps, il n'en reste plus maintenant qu'une quinzaine. Cette

RUE ET DÔME A CHIOGGIA.

élégante et fragile industrie y avait été apportée par les premiers colons de l'Archipel. C'est à Murano que se faisait la préparation de l'émail employé par les mosaïstes de l'âge primitif; c'est de ses ateliers que sortaient ces perles délicates et multicolores qui tinrent une place si importante dans les transactions de la cité des doges, puis ces gobelets, ces vases, ces coupes, ces vitraux, ces miroirs, œuvres sans cesse perfectionnées de véritables dynasties de fabricants, telles que cette famille des Beroviero dont le four était si renommé au xv° siècle [1].

Les verriers, en ce temps-là, étaient et méritaient d'être assimilés aux artistes. Le métier comprenait six branches de travailleurs : les *verieri*, les *fioleri*, les *fornasieri*, les ouvriers en cristaux et en perles, les miroitiers, et les *stazioneri* ou placeurs. Ni nuit ni jour, la besogne ne s'interrompait, tant que les usines étaient en activité, c'est-à-dire pendant quarante-quatre semaines. Au commencement du xvi° siècle, un Vénitien imagina de fabriquer de fausses perles soufflées : alors naquit une nouvelle branche, celle du souffleur (*soffialume*).

On ignore au juste qui a inventé ces fameuses glaces qui décoraient alors les appartements des princes et des rois ; on sait seulement qu'en 1507 les frères Gallo trouvèrent le moyen définitif de remplacer les plaques de métal poli qui avaient jusqu'alors servi de miroirs par des surfaces de verre garnies au revers d'une feuille d'étain. En 1605 enfin, les manufacturiers artistes de Murano réussirent à colorer les cristaux, sans en altérer la transparence.

Faut-il rappeler quelle jalouse surveillance le gouvernement vénitien exerçait sur cette industrie précieuse entre toutes. Ce même Sénat de la ville des lagunes qui défendait, sous peine de mort, de laisser sortir du territoire de la république le *Saint-Pierre Martyr* de Titien, avait prohibé, dès 1275, non seulement l'exportation du verre brut ainsi que des matières qui servaient à le composer, mais encore celle du verre cassé, de peur que l'étranger, en l'analysant, ne surprît le procédé des gens de Murano. Lorsque Louis XIV, au xvii° siècle, eut, à l'aide de ses émissaires secrets, réussi à embaucher un certain nombre de travailleurs vénitiens, le Conseil des Dix alla jusqu'à payer des agents pour tuer l'ouvrier déser-

---

1. Il y avait eu dès le xi° siècle des fabriques et des fours de verriers à Rialto ; mais en 1292 un décret du Grand Conseil ordonna que, pour parer au danger des incendies, déjà trop fréquents, cette industrie se transporterait à Murano.

L'ILE TORCELLO.

teur qui refuserait de rentrer[1]. Toutes ces précautions n'empê-
chèrent pas la fabrication française de faire peu à peu concurrence
à celle de Murano, et le mouvement d'émigration de s'accentuer
dans le cours des cent années qui suivirent.

Quand on a dépassé en gondole les verreries de Murano, on voit
se dérouler autour de soi un horizon d'une ampleur saisissante.
A droite on découvre le *lido* de Portelio, figurant sur les flots une
longue ligne bleuâtre; à gauche apparaît la terre ferme, semblable
à une ombre immense; puis, en avant, se détachent trois points
blancs dessinant ensemble un triangle: ce sont les clochers de
Mazorbo, de Burano et de Torcello, qui émergent peu à peu de
l'onde orangée.

Burano, sise à huit kilomètres de Venise, était autrefois sans
rivale pour la fabrication de la dentelle. Qui ne connaît ces admirables points (*ricami, burati*), les uns à réseau, les autres à festons,
à carreaux, ou coupés, avec leurs reliefs délicats, leurs broderies
pleines ou à jour, leurs dessins exquis et leurs fleurs fantastiques?
Cette industrie de Pénélope, particulièrement encouragée par la
dogaresse Dandolo Malipiero et par Morosina Morosini Grimani, fut
longtemps le monopole des femmes de l'île. Elle n'était pas, comme
celle des verriers, constituée en société: chaque *ricamatrice* travaillait chez elle, sans dépendre de personne. La religieuse, dans son
couvent, employait également ses loisirs à cette fine besogne.

On sait que le fameux point de Venise fut, lui aussi, imité en
France, après que Colbert eut fait venir tout exprès des ouvrières
des lagunes. Aujourd'hui même, l'école de dentelles de Burano,
bien que fort déchue de son ancienne splendeur, continue d'être
renommée en Europe. L'île compte encore cinq milliers d'habitants:
la population masculine s'y adonne à la pêche.

A deux kilomètres environ plus au nord est Torcello, où Attila,
dit-on, vint s'échouer, il y a plus de quatorze siècles. Riche et
populeuse, elle aussi, au temps où la famille Da Mula y habitait
son palais suburbain, elle n'est plus actuellement qu'un banc insalubre habité par de pauvres pêcheurs.

1. Voyez ci-dessus la note 2 de la page 63.

Cet îlot est pourtant, avec Chioggia, une des curiosités de l'Archipel, et l'amateur d'archéologie ne peut se dispenser de le visiter. Là, sur une *piazza* solitaire, s'élèvent deux édifices remarquables. C'est d'abord une cathédrale, bâtie en l'an 640, avec les matériaux provenant des ruines de la ville d'Altinum détruite par les Huns. Ce dôme, qui appartient à la période que les Italiens appellent romano-chrétienne, est donc le plus ancien morceau d'architecture qui existe sur tout le territoire vénète. C'est, en second lieu, le petit temple byzantin de Santa Fosca, d'un aspect tout à fait délicieux avec l'unique coupole qui le coiffe. Quant à des palais, Torcello n'en possède plus, hormis celui des Da Mula précité. Encore n'est-il plus qu'un refuge de *barcaruoli* et de pêcheurs.

On se croirait, dans ce morne îlot, à cent lieues du monde dit civilisé, n'étaient, à de certains jours, les groupes bruyants de promeneurs qui y viennent, en gondole, faire des pique-niques dans les *casini*. On est, en effet, ici, tout au fond de l'estuaire vénitien. Il n'y a plus, de ce côté de la lagune, qu'une dernière plage habitable : c'est le banc de Saint-François du Désert. Une ferme installée dans un vieux couvent, un carré de pré vert, un massif de cyprès où gazouillent les oiseaux : voilà l'*ultima Thule* de l'immense baie, dont la nappe inerte et grisâtre, avec son horizon de monts abrupts, vous cause toujours une douce impression de mélancolie et de recueillement.

CHAPITRE VI

Le long de la Vénétie maritime. — La côte dalmate. — Raguse, Spalato et Zara. — Dans le golfe du Quarnero. — Le port de Fiume et son histoire. — Venise et les pirates uscoques. — Aspects divers du littoral de l'Istrie. — L'arsenal de Pola. — Parenzo et Cittanuova. — Trieste, son origine et ses développements. — Site et caractère de la ville. — Le Lloyd autrichien.

I

Des divers territoires que Venise posséda en dehors des lagunes et de l'Italie, deux seulement, la Dalmatie et l'Istrie, demeurèrent jusqu'au bout possessions de Saint-Marc, et ont droit ici à une brève description.

La Dalmatie est cette étroite côte de l'Adriatique que le relief des Alpes Dinariques sépare, à l'est, de l'Herzégovine et qui touche, vers le sud, au Monténégro. Cette portion de l'ancienne Illyrie, qu'habitaient ces peuplades yapides et liburnes dont j'ai eu déjà occasion de parler, fit partie de la province romaine désignée sous le nom d'*Illyricum*. Plus tard, quand les Francs, vainqueurs des Lombards, eurent mis la main sur les principautés slaves qui avoisinaient de ce côté l'empire grec, les césars de Byzance conservèrent néanmoins le littoral et les îles de la Dalmatie,

Mais bientôt les déprédations exercées par les pirates narentins de la région amenèrent l'intervention des hommes de l'estuaire. Dès 836 Pietro Tradonico, le treizième doge, commença d'armer contre eux des galères[1], et s'empara de l'excellent port de Lissa; puis, en 998, on l'a vu, le pays devint possession vénitienne.

Aujourd'hui, toute cette rive dalmate, à partir de la ville de Cattaro, fondée, dit-on, par Denys de Syracuse, porte encore l'empreinte très visible de la griffe du lion de Saint-Marc. Pour mieux lutter contre les Turcs, qui d'ailleurs ne pouvaient pénétrer dans le pays que par des crêtes ardues de montagnes infranchissables à leur artillerie, la république avait ceint toutes les villes de murailles dominées par des forts, toujours existants. Chaque porte de terre ferme était ainsi une tête de pont d'autant plus facile à défendre que l'investissement d'une place ne pouvait jamais être complet, les Vénitiens ayant la mer pour assurer leur ravitaillement.

Si, des bouches de Cattaro, on remonte le littoral vers le nord, on ne tarde pas d'arriver à Raguse. Perchée sur un éperon de rivage qui rappelle un peu le rocher de Monaco, cette cité dalmate, à laquelle on accède par une route en corniche resserrée entre la montagne et la mer, est restée toute vénitienne, de caractère et d'aspect. Dès qu'on a contourné le redan extérieur de roches d'où s'élancent des cactus et des aloès, et franchi la poterne de la forteresse, on se trouve sur un *stradone* dallé qui traverse majestueusement toute la ville.

Une belle fontaine du xvie siècle vous accueille à l'entrée de cette artère, vraiment gaie et vivante. Les maisons, pleines d'élégance, ont ceci de caractéristique, qu'elles sont séparées les unes des autres par des ruelles de deux mètres de large environ, menant à de larges escaliers au-dessus desquels se profile la forteresse. On va ainsi jusqu'à la tour de Plocce, où s'amorce la route de terre ferme qui se dirige vers l'Herzégovine. Une *piazza dei Signori*, un dôme, un palais du gouvernement, une douane, qui est elle-même un palais, une tour pittoresque de l'Horloge, tout, y compris le style architec-

---

1. Ces pirates tiraient leur nom de la *Narenta*, un des cours d'eau de la Dalmatie.

tural des demeures à balcons, reporte la pensée vers l'époque où
les podestats dominaient sur ces côtes.

UNE RUE DE RAGUSE.

Sous Raguse même se creuse une jolie baie qui lui sert de port,
et tout de suite après commence cette traînée d'îles verdoyantes

qui se déroule jusqu'aux rives de l'Istrie : Breno, à la pointe de
laquelle s'élevait jadis la ville d'Epidaure, remplacée maintenant par
le bourg pêcheur que l'on nomme Ragusa Vecchia; Meleda, Lesina;
puis, plus au large, Curzola, la *Corcyra Melæna* des anciens, et
Lissa, célèbre par la bataille navale que se livrèrent en 1866 dans
ses eaux les flottes de l'Italie et de l'Autriche.

Un peu plus haut, à l'endroit où la côte dessine une inflexion vers

SPALATO.

l'ouest, voici Spalato, dont le nom slave est *Split*. Celle-là est la
perle des cités dalmates. Monuments, pavés, église et langage, tout
y est d'une vétusté sacro-sainte.

Ce fut là que Dioclétien, après qu'il eut renoncé au trône, se
retira dans un palais impérial dont il subsiste encore des débris.

Dans cette résidence se trouvait un temple de Jupiter, qui est
devenu la cathédrale de la ville. Le sphinx qui veille au-devant
de ce dôme date de la dix-huitième dynastie des Pharaons. Une
autre ruine antique, c'est l'aqueduc de 5000 toises de longueur
qui sillonne la belle vallée du Jadro, sorte de Tempé de la Dalmatie.

Spalato ne possède pas seulement, comme Raguse, une piazza dei Signori; elle a, de plus qu'elle, ses *Procuraties*, alignement de maisons avec arcades à l'instar de la cité des lagunes. Les rues y

ZARA: PLACE DE LA SEIGNEURIE.

sont d'ailleurs très étroites, à l'exception de l'espèce de *corso* qui s'étend le long du port, borné au sud-ouest par l'île Solta. Détail caractéristique : l'italien parlé par les vieilles familles bourgeoises de la ville est encore exactement celui qu'on parlait à Venise il y a deux siècles; c'est le dialecte des comédies de Goldoni. Mainte

famille noble prétend même remonter à une *gens* patricienne de
l'antique Rome.

De là jusqu'à Trau, le *Tragurium* des Romains (en slave *Traghir*),
la côte est couverte de ruines de châteaux, — les *sette castelli* vénitiens, — autour desquelles se groupent des villages. On passe
ensuite à Sebenico, et bientôt l'on atteint le port de Zara, chef-lieu
actuel de la Dalmatie, résidence d'un gouverneur général et siège
d'un archevêché.

Encore une ville entièrement italianisée, avec des maisons à
cortile, une place des Seigneurs dans le genre des *piazze* de Padoue
et de Vicence, une « porte de mer » encastrée dans des murailles
vénitiennes où apparaît en écusson le lion de Saint-Marc, une
« porte de terre ferme », œuvre de San Micheli, et un dôme lombard
du XIIIᵉ siècle.

II

Passé Zara, commence le fameux golfe du Quarnero, labyrinthe
d'îles comprenant tout l'espace qui s'étend entre la péninsule de
l'Istrie et le rivage croate. Les passes étroites qui sillonnent ce
dédale sont extrêmement redoutées des marins ; les vents et surtout
le *bora* y font rage, y produisant des tourbillons de mer que
Lucain, le poète de la *Pharsale*, compare au fameux gouffre de
Charybde.

C'est dans une anse méridionale de l'une des îles de cette baie,
celle de Lussin Piccolo (sise au-dessous de Cherso), que la flotte
d'Auguste attendit, tout un hiver, à l'ancre, que le terrible borée
eût cessé de souffler : attente charmante du reste, car, s'il est
au monde un coin de terre enchanteur, c'est bien cette île de Lussin
Piccolo, avec ses myrtes, ses lauriers, ses orangers et ses citron-
niers, qui la couronnent d'une verdure éternelle. Ajoutons que le
Quarnero tout entier, en dépit des périls qu'y court le matelot, offre
presque partout sur ses côtes le même aspect riant et fertile.

La reine du golfe, c'est cette ville de Fiume (l'ex-*Tersatica*) qui
s'étale tout au fond de l'échancrure, sous les pentes pittoresques du

FIUME ET LA FIUMERA.

Monte Maggiore, dont l'altitude est de 1400 mètres. Son origine
se perd dans le mythe. Phéniciens, Pélasges, Grecs, Étrusques et
Liburnes y avaient dominé tour à tour, lorsque les Romains, l'an
28 avant Jésus-Christ, l'incorporèrent au faisceau des provinces.

La ville actuelle, peuplée de 20 000 habitants, doit son nom au
torrent impétueux de la Fiumera, qui y débouche d'une fissure
des montagnes, en formant un superbe canal utilisé comme port
intérieur. Le havre qu'elle possède sur le golfe est lui-même un des
meilleurs de la côte, grâce à sa rade abritée du *bora*. De nombreux
navires chargés de bois s'alignent sur le quai établi le long du
canal.

Cinq cents ans de domination vénitienne ont imprimé à cette ville
de Fiume un caractère italien très tranché; néanmoins le fond
slave et madgyar domine dans les vieux quartiers, réseau étrange
de voies montantes et de ruelles tout en escalier, avec des *osterie*
noires où l'on boit de la bière. En fait de ruines romaines, elle ne
possède qu'un arc de triomphe, dit *arco romano*, encastré dans les
constructions d'une étroite rue descendant au *Corso*.

Le lecteur sait déjà que cette tortueuse baie du Quarnero était
devenue au XVIᵉ siècle le repaire d'une poignée de pirates qui,
pendant de longues années, y défièrent les efforts de trois grandes
puissances, Venise, la Porte et l'Empereur. Les *Uscoques*, dont le
nom en dalmate signifie « transfuges », étaient dans le principe des
Turcs fugitifs qui étaient venus chercher un asile entre l'Adriatique
et les monts qui la bordent. Au nombre de quelques centaines seulement, ils reçurent d'abord l'hospitalité dans la forteresse dalmate
de Clissa, sise sur une crète de rocher abrupt, près de Spalato. Le
seigneur de Clissa était alors un certain Pietro Crosichio, feudataire
de la cour de Hongrie, qui voulut user de ces *outlaws* pour les
besoins de sa propre ambition.

Ce fut sa perte. Sa ville fut prise, lui-même fut tué, et l'empereur Ferdinand d'Autriche assigna pour demeure aux Uscoques
la cité croate de Segna (en slave *Zeugg*), sur la côte orientale
du Quarnero. De ce port admirablement placé, la bande de pil-
lards se mit bientôt à terroriser la terre et la mer, fondant par
les montagnes sur les Turcs, et courant sus, avec leurs canots, à
tout ce qui s'aventurait dans le golfe.

Contre les déprédations de ces pirates, le sultan de Stamboul s'en
prit à Venise. Puisqu'elle s'arrogeait, à l'exclusion de tous, la
souveraineté de l'Adriatique, c'était à elle d'en faire la police. Venise
se rejeta d'abord sur Ferdinand, protecteur des Uscoques; celui-ci
se déclara impuissant. La Seigneurie alors lança des galères contre
les écumeurs de la baie. Tout Uscoque pris fut pendu aux vergues de
son bâtiment; plus d'un fut même traîné en cage sur la place
Saint-Marc.

Rien ne fit. Recrutée dans la lie de toutes les nations, la
troupe de routiers allait grossissant, et l'antre de Segna inquiétait
toute l'Europe. Le roi de France lui-même voyait son pavillon
insulté; nul navire de commerce n'osait plus franchir sans escorte
les parages infestés par ces malandrins, et les galères marchandes
de Venise ne cinglaient plus vers l'Orient qu'en convoi.

Un jour pourtant, le pacha de Bosnie prit l'offensive et marcha
sur Segna. Or Segna était place croate, et la Croatie appartenait à
l'Autriche. Celle-ci fut donc forcée de se défendre, et le pacha fut
battu. Mais le pacha dépendait du sultan; celui-ci dut donc le sou-
tenir à son tour : de là une guerre de douze années, à la faveur de
laquelle les Uscoques, s'abritant sous l'étendard de l'empereur, se
répandirent hors de leur repaire, tout le long de l'Istrie et de la
Dalmatie, si bien que leur protecteur, débordé, se vit, à la fin, contraint de sévir. Quelques chefs furent pendus sur la place de Segna,
et l'on désarma la population. Néanmoins les terribles pirates ne
tardèrent pas à reprendre leur ville, et tout fut à recommencer
(1603).

Dans cette seconde phase de leur existence, les Uscoques ne sont
pas plus de six cents, ce qui ne les empêche pas de tenir tête à des
flottes et à des armées entières, et d'attaquer jusqu'à la puissante
Pola.

Poussée à bout, l'Autriche se retourne de nouveau contre
eux, s'empare de tous leurs navires, et les envoie à Fiume en
donnant l'ordre de les brûler. Que font les Uscoques? Ils tombent
sur Fiume, reprennent leur bien, et emmènent de plus, enchaînés
à la remorque, quatre-vingts bâtiments fiuméens.

Ce fut alors que Venise construisit une flotte spéciale, chargée de les traquer sans merci. La lutte n'alla pas sans péripéties.

On raconte qu'une fois, Cristoforo Veniero, capitaine vénitien, étant entré avec une galère dans un port de l'île de Pago, les Uscoques vinrent l'y enlever de nuit avec son navire, le massacrèrent ainsi que tous ses officiers, puis, arrivés à terre, firent bouillir son cœur

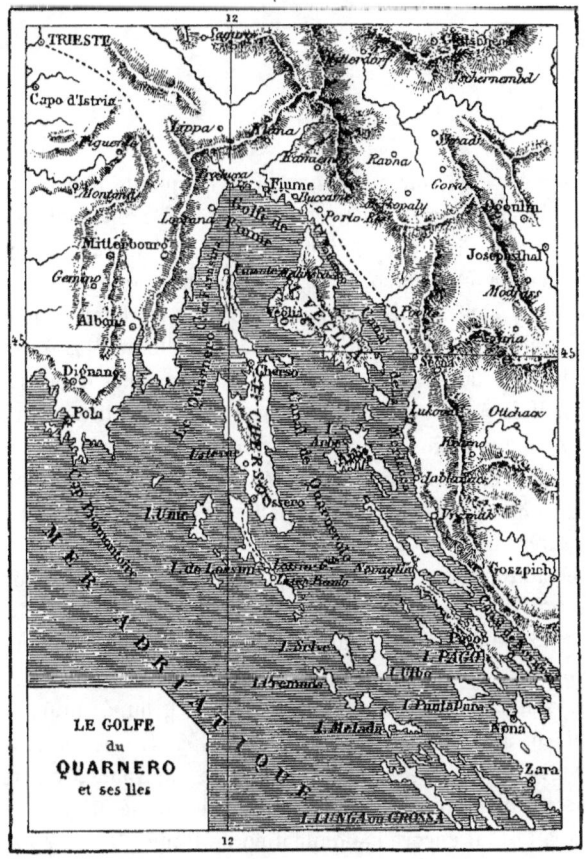

et le mangèrent. Mais le plus gros inconvénient de cette *guerilla* navale, c'était le péril continu que courait Venise de se trouver en lutte avec l'empereur d'Allemagne lui-même, dont les droits de suzeraineté aussi bien que les intérêts commerciaux étaient sans cesse engagés dans la querelle. Enfin l'intervention de la France

amena un accord en vertu duquel la dispersion des Uscoques s'accomplit (traité de Madrid de 1617). Ce qui restait de la bande
redoutée fut envoyé du côté de Carlstadt, au fin fond des Alpes
Juliennes, et l'Adriatique, purgée, respira [1].

III

De Fiume à Pola, sur une distance de cinquante lieues environ,
la côte de la presqu'île istrienne présente à l'œil deux sections
bien distinctes. Celle qui dessine le fond de l'échancrure, derrière
les îles Veglia et Cherso, est généralement riante et fertile; les
bourgades y sont relativement nombreuses; les falaises n'ont pas
trop d'escarpements, et les pentes mêmes du Monte Maggiore, bien
qu'offrant des déclivités assez raides, sont revêtues d'une superbe
verdure. Mais, à mesure qu'on s'avance vers Pola, le littoral apparaît
moins peuplé et moins cultivé; les roches y deviennent également
plus sauvages et plus hautes; bref, le rivage tout entier montre cet
aspect triste et pierreux qui est malheureusement le caractère de
l'Istrie intérieure.

Située au fond d'une baie semée d'îlots, par delà le promontoire
aigu (*punta di Promontore*) qui termine la péninsule vers le sud,
Pola est le grand chantier et arsenal de la marine autrichienne dans
ces hauts parages de l'Adriatique. C'est comme plusieurs cités
en une seule. Il y a le quartier antique, groupé autour d'une
vaste place, à la fois marché, promenade, centre de réunion, qui
n'est autre que l'ex-*Forum*. Un temple de Diane, un temple
d'Auguste, un amphithéâtre, un arc de triomphe et trois vieilles
portes y attestent encore la domination de Rome. Il y a, en second
lieu, le quartier vénitien, avec ses maisons caractéristiques des

1. On dit que les colonies agricoles du district de *Roveria*, situé aux environs de
Dignano (à 13 kilomètres nord de Pola), sont peuplées de descendants des Uscoques.
On ajoute du reste qu'avant l'établissement du chemin de fer qui relie aujourd'hui Pola
à Trieste, ces arrière-neveux des hommes de Segna détroussaient en conscience les
malles-poste impériales.

POLA : PLACE DU FORUM

xv⁰, xvi⁰ et xvii⁰ siècles; puis la ville moderne, avec ses grandes constructions en bordure tout le long des quais, et enfin le quartier militaire et naval, avec ses casernes, ses magasins, ses ateliers et ses chantiers de carénage, disséminés un peu partout, sur les îles et sur la terre ferme.

Remontons-nous de Pola vers Trieste, l'aspect du pays change encore une fois. Cette rive occidentale de l'Istrie est la face souriante de la péninsule. Elle est pittoresque, sans être sauvage; peu de

ILES CHERSO ET VEGLIA.

falaises et beaucoup de baies; sur les pentes des collines, de nombreuses villas. Les rivières y découpent des vallons gracieux, et chaque petite ville a son havre commode. Bref, l'ensemble du site est plein d'attrait et de douceur.

Des localités qui bordent la côte, je ne citerai que Parenzo et Cittanuova. La première est une petite cité fortifiée, de 4000 habitants environ, agréable, propre, aisée, avec un dôme du vi⁰ siècle, une place de la Seigneurie, de jolis palais à balcons byzantins où se détache en sculpture le lion vénitien, et de délicieuses cours à arcades ornées des puits artistiques qu'on connaît. La ville a aussi quelques ruines romaines, et une certaine *piazza Marfori* (*forum Martis*) y marque l'emplacement des anciens Comices. A ses portes, sur le rivage, s'aperçoivent d'immenses chantiers de bois. C'est principalement à Venise que vont tous ces madriers de Parenzo ; on les y transporte sur de larges bateaux que le touriste peut voir stationnés dans le vaste canal de la Giudecca, le long du quai delle Zattere. En face de la ville, à un quart d'heure de trajet en canot,

VUE DE PARENZO.

est la petite île de San Nicolo, où se dresse encore un lion de Saint-Marc.

Cittanuova, jadis *Noventium*, le havre le plus important de la côte, s'élève sur la rive nord de la baie où se jette le fleuve Quieto, célèbre dans la légende des Colchiens. Une tradition prétend, en effet, que le navire *Argo*, après être passé de l'Ister dans la Save, fut transporté par terre, au moyen de rouleaux, jusqu'au *Porto Quieto* précité, d'où on le lança dans l'Adriatique. Une autre version affirme au contraire que ce vaisseau fantastique atteignit la mer au fleuve Timavus, tout au fond du golfe de Trieste, où nous voici, nous aussi, parvenus.

IV

Si l'on examine sur la carte le système orographique qui s'interpose entre le bassin du Danube et celui de l'Adriatique, on remarque qu'il se compose de trois chaînes juxtaposées. La première sépare les eaux de l'ancien Ister de celles de la *Drau* ou Drave. La seconde se dresse entre la Drave et la Save (*Sau*); la troisième enfin, la plus méridionale, est celle qui enserre la baie de Trieste, et dont les contreforts se prolongent jusqu'au golfe du Quarnero.

Là, comme sur tout le mur elliptique des Alpes, les versants les plus abrupts sont au sud. Les Alpes Juliennes plongent leurs assises jusque dans les flots de l'Adriatique. Nulle échancrure naturelle n'en disjoint les escarpements. Aussi a-t-il fallu les puissantes innovations du génie moderne pour établir à travers ce rempart une route régulière et facile, propre à ouvrir les débouchés du Danube à l'immense trafic de Trieste, et à faire de cette dernière ville le marché principal de toute la région jusqu'à Buda-Pesth.

Trieste, fondée par les Thraces, dit l'histoire, par les Argonautes, dit la légende, fut occupée par les Romains en l'an 177 avant l'ère chrétienne. Elle s'appelait alors *Tergestum*. Bâtie sur une colline, à quelque distance de la mer, la place primitive avait pour mission de contenir les remuantes peuplades qui menaçaient de ce côté la Haute Italie.

Le peu qui en subsiste est compris dans l'écheveau de ruelles grimpantes qui va aujourd'hui vers le *castello*.

Pendant tout le moyen âge, Trieste est à la merci de sa puissante voisine des lagunes. De bonne heure, Venise surveille d'un œil

jaloux ce petit port qu'elle voit naître en face d'elle, et dont elle
semble pressentir la grandeur. Non seulement elle s'en est emparée
et le gouverne par des podestats, mais elle entrave autant qu'elle
peut le développement de son commerce. Elle lui défend de créer
des salines, détruit au fur et à mesure celles qu'il forme, et lui

Gravé par Erhard.

impose, à plusieurs reprises, un tribut humiliant. Les matelots
triestains n'ont pas même le droit de naviguer dans le golfe sans
une patente qu'ils sont obligés d'aller chercher au port vénitien de
Capo d'Istria; sinon, leurs marchandises sont saisies, leurs barques
brûlées, et les équipages traînés aux galères.

En 1382, pour se soustraire à ce vasselage, Trieste se donne à

TRIESTE.

l'archiduc Léopold, et, par cette soumission volontaire, inaugure
ses relations avec la maison d'Autriche. Elle n'en conserve pas
moins, dans cette nouvelle phase de son existence, cette forte vie
municipale que les Vénitiens n'avaient pu entamer. Sous la suzeraineté allemande elle demeure en réalité une ville libre, gérant ses
affaires comme il lui convient.

L'Autriche, du moins, sut faire rapidement la prospérité commerciale de Trieste. Dès le commencement du xviiie siècle on se
préoccupe sérieusement à Vienne des moyens de détourner vers le
nord de la péninsule istrienne le trafic des denrées qu'on tirait du
Levant par la mer Noire et par le Danube. La grande difficulté était,
on l'a vu, de faire franchir à ces marchandises, pour les distribuer
dans les provinces de l'empire, la muraille sourcilleuse des Alpes
Juliennes.

Une « compagnie orientale » formée en Autriche offrit des sommes
considérables pour la création d'une voie de transit ; cinq régiments
devaient être employés à ce gigantesque travail. L'empereur
Charles VI vint lui-même à Trieste afin de se rendre compte par ses
yeux de l'état des choses. Le port n'était alors qu'une sorte de
plage, resserrée entre le pied des monts et la pointe Saint-André ; la
ville avait 5000 habitants environ.

Charles VI commença par décider la construction d'un nouveau
havre et l'ouverture de deux routes, l'une allant à Vienne par Gratz
en Styrie, l'autre se dirigeant au sud sur Fiume et Carlstadt ; puis,
en 1710, il décréta la franchise du port. Sa fille Marie-Thérèse
continua l'œuvre d'agrandissement, érigea la citadelle (*castello*), et
créa le quartier qu'on appela, de son nom, *Citta Teresa*. Bref, à la
fin du xviiie siècle, la ville comptait déjà plus de 30 000 âmes, et sa
marine plus de 800 navires.

Le traité de Campo Formio (1797), en attribuant à l'Autriche la
plupart des dépouilles de Venise sur la côte de l'Adriatique, acheva
de fonder la grandeur maritime de l'ex-Tergeste. A l'époque impé-
riale, il est vrai, la cité istrienne se voit étouffée par le *blocus
continental* ; c'est au point qu'en 1813 elle n'a plus que quatre-
vingt-huit navires au long cours ; mais, après la chute de Napoléon,
elle reprend allègrement son essor ; et d'année en année ses progrès sont tels, qu'aujourd'hui l'humble bourgade illyrienne s'est

transformée en une grande cité, peuplée de plus de 100 000 habitants.

Trieste est donc une ville toute moderne. Elle est en outre,
comme toute l'Istrie, essentiellement cosmopolite par son trafic
et ses intérêts, à la fois allemande, italienne, grecque, levantine :
un vaste caravansérail où se mêlent toutes les races et tous les
dialectes.

Le port, qui n'a pas moins de 1590 mètres d'ouverture, n'est
pas, tant s'en faut, à l'abri du *bora* ; mais on a remédié le
mieux possible à cet inconvénient naturel par l'établissement de
môles perpendiculaires aux quais, lesquels servent eux-mêmes de
quais avancés, et dont les musoirs brisent la force des lames. Au
milieu du port s'ouvre le Grand Canal, par lequel les plus gros
navires vont s'amarrer au cœur même de la ville. Le phare,
situé sur la pointe extrême du môle Sainte-Thérèse, date de
l'année 1834.

Presque toutes les constructions de Trieste ont nécessairement
un air de jeunesse en rapport avec sa récente fortune. En dehors
des quartiers primitifs, tout est spacieux, symétrique, tiré au cor-
deau. Les rues sont propres et pavées en dalles de calcaire jurassique.
Le point le plus animé est la *piazza della Borsa* (place de la Bourse),
située au sud du Grand Canal. Tout près de là, en face du Théâtre,
se trouve le *Tergesteo*, palais gigantesque bâti en 1840 et centre
du commerce levantin. Des galeries vitrées, où se presse conti-
nuellement une foule affairée, traversent ce vaste édifice quadrangulaire, qui renferme le fameux *Lloyd* autrichien.

Le Lloyd, c'est l'âme de Trieste. Il fut fondé en 1836, sur le
modèle de l'institution anglaise du même genre, et sous la direction
du baron de Bruck, qui fut ensuite ministre des finances de l'empire. Le 16 mai de l'année suivante, il envoya sur Constantinople
un premier vapeur, construit dans les chantiers de Londres. Après
avoir relié d'une façon régulière à Trieste les côtes de l'Istrie et de la
Dalmatie, ses bateaux desservirent la Romagne, l'Albanie et l'Épire.
Bientôt l'archipel Salonique, tous les grands ports de l'Asie Mineure,
de la Syrie et de l'Égypte sollicitèrent leur admission dans le réseau
naissant. Enfin le Lloyd pénétra en maître dans la Propontide et
dans la mer Noire ; puis, dès que l'isthme de Suez fut percé, on le

TRIESTE : PLACE DE LA BOURSE.

vit s'élancer sur les eaux de la mer Rouge jusqu'au lointain détroit de la Sonde[1].

En même temps, des flottes de chalands remorqués par les vapeurs de la grande compagnie remontaient le Pô et entraient dans le lac Majeur. Aujourd'hui le capital du Lloyd, qui n'était originairement que d'un million de florins, se trouve plus que décuplé. Près de 100 paquebots transportent annuellement 400 000 voyageurs et plus. Je ne parle pas de l'immense quantité de ballots qui vont ainsi des bouches du Cattaro à celles du Nil et à Trébizonde. *Avanti!* en avant! telle est la devise de la société, laquelle dit également : « Quand le Lloyd cesse d'avancer, il rétrograde ».

Aussi le port de Trieste, surtout depuis que les événements de 1866 l'ont débarrassé des entraves de la Confédération germanique pour le rendre à une sorte de neutralité politique, semble-t-il appelé à une prospérité presque sans limite. Tout ce qu'a perdu Venise, c'est lui qui en a eu le profit. La pauvre crique rocailleuse où abordaient, il y a deux siècles, quelques barques chargées de poisson et de légumes, atteint actuellement un mouvement maritime qui en fait un des grands entrepôts de l'Europe. Le port, du reste, peut s'agrandir indéfiniment, au fur et à mesure des exigences du trafic, grâce au système précité de digues transversales, si commode pour l'amarrage et le déchargement des navires. Au besoin, la belle anse, toute voisine, de Muggia fournirait aussi, à l'aide d'un môle, l'emplacement d'un havre nouveau.

Quant à l'art proprement dit, il tient peu de place dans cette cité de négoce et d'affaires. Le musée d'Antiquités, situé près du Château et de la Cathédrale, est surtout intéressant par le tombeau de Winckelmann, assassiné en 1768, à Trieste, uniquement pour l'amour de l'art, par l'Italien Archangeli.

1. Ce nom de *Lloyd* était originairement celui d'un Anglais qui tenait la *restauration* de la Bourse à Londres, et dont l'établissement servait de lieu de réunion à une société de commerce. Celle-ci eut bientôt ses représentants sur tous les points du globe, si bien que les nouvelles venues de l'étranger furent affichées dans le *Lloyd*, comme on disait, et publiées dans une feuille, le *Lloyd's List*, fondée dès l'an 1800.

CHAPITRE VII

Dans la Vénétie de terre ferme. — De Trieste à l'embouchure de l'Isonzo. — L'ancienne
Aquilée et la nouvelle. — Excursion à l'île de Grado. — La muraille des Alpes Car-
niques et Juliennes ; vieilles chaussées et chemins de fer. — A travers le Frioul ;
Udine et Campo Formio. — La marche Trévisane. — Castelfranco et la villa Masère.
— La haute vallée de la Brenta et les défilés des Sept-Communes. — Genre de vie et
paysages régionaux. — Azolo le colporteur.

I

Nous allons maintenant pénétrer dans le Frioul, c'est-à-dire dans
la Vénétie de terre ferme, par le railway en forme de demi-cercle
qui relie la Carniole à la ville des lagunes.

Immédiatement au sortir de Trieste nous apparaît sur son promontoire une résidence à laquelle les événements politiques ont
donné une triste célébrité. C'est ce beau château de Miramar qui
servit de lieu de villégiature à ce malheureux Maximilien dont
l'éphémère royauté transatlantique s'évanouit si tragiquement à
Queretaro. De puissantes digues en pierres d'Istrie protègent contre
les morsures des flots les créneaux de ce castel pensif, bâti au bord
même de la mer, et ombragé de luxuriantes avenues auxquelles
mènent des cascades de degrés.

De là jusqu'à Nabresina, point d'où se détache le chemin de fer

CHATEAU DE MIRAMAR.

du Semmering qui conduit à Vienne par Laibach et Gratz, on parcourt la *Riviera* de Trieste. C'est sur ce littoral enchanteur d'où l'on domine l'Adriatique d'une hauteur de 150 mètres, que les riches citoyens d'Aquilée avaient jadis leurs maisons de campagne. Aujourd'hui encore, chaque coup de pioche fait jaillir de ce sol tout romain des vases antiques, des monnaies, des mosaïques, des débris de statues. On traverse ensuite une sombre tranchée calcaire au sortir de laquelle on entend le bruit du marteau sur la pierre ; on est en effet au milieu de carrières : c'est de cette grande *cava romana* que furent extraits les matériaux qui servirent aux constructions d'Aquilée.

Un peu plus loin encore, dans la direction de Monfalcone, surgit l'antique église de Saint-Jean, construite en partie au moyen de blocs pris à un temple de Sérapis. Là se réunissent les trois torrents qui forment ce fleuve Timavo, illustré, je l'ai dit, par le mythe de Jason. La vue est de plus en plus belle sur le golfe, ainsi que sur la plaine qu'arrose l'Isonzo. A gauche, tout à l'arrière-plan, se détache le clocher d'Aquilée.

Nous sommes toujours en terre autrichienne. Voici Goritz, où mourut Charles X, agréable ville de 17000 âmes, avec un vieux castel ruiné du commencement du XVIᵉ siècle, utilisé aujourd'hui comme caserne. Un lion sculpté sur une de ses portes rappelle que Venise domina un moment sur cette rive gauche de l'ex-*Sontius*, devenue une station d'hivernage en vogue. Mais, avant de pénétrer au cœur de Frioul, obliquons par Ronchi au sud-ouest, vers cette vieille cité d'Aquilée, dont nous avons tant de fois cité le nom.

Aquileja, ou *Aglar*, fut fondée par les Romains, l'an 182 avant Jésus-Christ, à titre de colonie militaire chargée de maintenir dans l'obéissance les peuplades du nord-est de la péninsule. On choisit pour site la plaine située entre le Sontius et le Natiso (aujourd'hui Natisone), à soixante stades environ de la côte, et l'on commença par y installer 3000 fantassins latins, avec un nombre proportionné de centurions et de cavaliers, auxquels, dit Tite Live, fut bientôt adjoint un noyau de 1500 familles : de là son nom primitif de *Colonia latina*. Quant à sa seconde appellation, elle lui vint d'un vol d'aigles de bon augure (aigle, en latin, se dit *aquila*), qu'on y avait observé.

Au temps d'Auguste, c'était déjà une cité importante et renommée pour son excellent climat. L'impératrice Livie, qui y séjourna, attribuait sa longévité à l'air tonique de la région et à l'usage du vin de Fucinum, produit par les poétiques coteaux où s'élève le château actuel de Duino. Quelques siècles plus tard, à l'époque d'Ausone, Aquilée comptait plusieurs centaines de mille âmes, et c'était, après Dyrrachium (Durazzo), la plus grande place commerciale de l'Adriatique, le nœud stratégique où aboutissait la route principale d'Italie en Orient, c'est-à-dire la *via Æmilia* prolongée.

Ce furent les Huns qui la ruinèrent. On raconte qu'Attila, après avoir échoué tout d'abord contre elle, allait se retirer, lorsqu'il vit une cigogne, qui nichait dans une des tours de la ville, s'enfuir en toute hâte avec ses petits. Ce présage le décida à renouveler l'attaque, qui fut faite de tous les côtés à la fois, et qui fut couronnée de succès. La riche cité, clef de la Haute Italie, fut livrée à une subversion totale; il y eut des atrocités sans nom; 40 000 habitants et plus furent égorgés par les vainqueurs (452).

Depuis longtemps le christianisme s'y était implanté; c'était, dit-on, Marc l'Évangéliste qui était venu le premier l'y prêcher. Son successeur, Hermagoras, y subit le martyre en l'an 69; cinq siècles après (575), le modeste évêché du début était devenu le siège d'un puissant prince ecclésiastique qui portait le nom de patriarche, et prenait immédiatement rang après le pape. Ce patriarcat devait durer douze siècles (de 755 à 1751), et l'on sait que ses belliqueux titulaires causèrent plus d'un ennui à Venise.

Aquilée n'est plus aujourd'hui qu'une bourgade de 1000 habitants à peine, sise au milieu d'une plaine insalubre et triste, non loin du canal delle Mee, dont les bras multiples atteignent la mer entre Grado et Porto Buso. Sa cathédrale est un temple romain du xiie siècle, bâti sur une crypte du quatrième. Du haut de son clocher on suit de l'œil la ligne ferrée de Trieste à Udine. Quant au palais des anciens patriarches, il n'en subsiste que quelques colonnes.

D'Aquilée à l'île de Grado, située plus au sud, le trajet se fait moitié en voiture et moitié en barque. On gagne d'abord Belligna, localité où s'élevait autrefois un temple d'Apollon-Bélénus, puis le village de Belvedere, où les Romains eurent un arsenal. Là commencent les lagunes, dont la traversée demande deux heures à peu près.

Rien de plus curieux que les changements subis, au cours des siècles, par ce coin de littoral. Les lagunes autrefois s'avançaient beaucoup moins vers la mer; à une lieue au-dessous d'Aquilée se trouvait une zone de dunes qu'une nappe d'eau séparait de la terre ferme. Parallèlement à elle courait une rangée d'îlots bas, bien peuplés, bien habités, où il y avait même des chantiers. Le port de commerce d'Aquilée était à l'embouchure du Natisone (extrémité ouest de la lagune), là où débouche dans l'Adriatique le petit ruisseau frontière de l'Aussa.

Les forêts abondaient dans ces îles, et les chroniqueurs du moyen âge racontent que le doge de Venise et le patriarche y venaient chasser le cerf et le sanglier, au grand déplaisir des habitants. Aujourd'hui ce relief insulaire a presque entièrement disparu, et l'ancienne flore arborescente a cédé la place à d'humbles roseaux. Seul le banc de Grado a conservé un noyau d'habitants, 3000 environ; mais la ville, jadis si prospère, qui était comme l'avant-port d'Aquilée, n'est plus qu'une simple bourgade de pêche. Elle n'a gardé de sa splendeur passée que sa cathédrale Sainte-Euphémie et des restes de murs garnis de tours qu'avait construits le doge Urseolo.

II

Les Alpes de l'est, longues de 430 kilomètres environ, comprennent, on l'a vu, deux chaînes successives : les Alpes Carniques, qui se développent des sources de la Drave à celles de la Save, et les Alpes Juliennes, qui contournent le golfe de Trieste et vont expirer sur le Quarnero. Dès le temps des Romains, plusieurs voies stratégiques franchissaient cette muraille. Deux routes, partant d'Aquilée, conduisaient dans le *Noricum* : l'une, la plus occidentale, passait à *Julium Carnicum* (aujourd'hui Zuglio), franchissait le

Monte Croce (Alpes Carniques), et par la Pleckenalpe (altitude,
1257 mètres) descendait dans la vallée de la Drave, pour gagner,
plus à l'ouest, le Pusterthal. A partir de là, son tracé était celui du
chemin de fer actuel de Villach : elle passait par Lienz (*Lontium*)
et le col de Toblach, et rejoignait en aval de Sterzing la chaussée
du Brenner qui, sous le nom de *via Claudia Augusta*, conduisait de
Vérone à Augsbourg.

Un autre chemin, touchant à Pontebba, escaladait, à l'intersec-
tion des Alpes Carniques et des Alpes Juliennes, le col très peu élevé
de Tarvis (783 mètres), qui est libre de neige de mai en septembre,
et gagnait, au nord de Klagenfurth, la localité appelée *Virunum*.

Une troisième voie, après avoir traversé le *Sontius* (Isonzo), puis
suivi le cours de son affluent le *Frigidus* (le Vippach actuel), franchissait la chaîne Julienne à l'Ocra (520 mètres), c'est-à-dire, comme
Strabon le fait remarquer, au point le plus bas de tout le mur
alpestre[1]. Elle gagnait ensuite la station de *Longaticum* (aujour-
d'hui Loitsch), et par *Nauportus* (Oberlaibach) atteignait Laibach,
à 76 milles romains d'Aquilée. C'est encore à peu près le tracé du
chemin de fer du Semmering.

Enfin une quatrième route allait d'Aquilée à *Tartasica*, c'est-à-dire
à Fiume, en traversant la péninsule Istrienne, et en franchissant le
rempart des Alpes par un col dont l'altitude n'était que de quelques
centaines de mètres.

Aujourd'hui, de Vienne en Italie, le chemin le plus court est le
nouveau railway qui, des bords de la Drave, atteint Pontebba[2].
C'est aussi par cet itinéraire, en partant des contreforts mêmes des
monts, que nous allons entrer sur le territoire frioulan.

Située sur le Fella, affluent du Tagliamento, Pontebba marque le
point frontière de trois races très distinctes : l'italienne, l'allemande et la slave. Ce n'est que beaucoup plus bas, passé Gemona et
San Daniele, c'est-à-dire à partir d'Ospedaletto (en allemand *Spita-
lett*), endroit où les horizons s'élargissent, qu'on pénètre proprement dans le Frioul. Le chef-lieu de cette province, conquise au
xve siècle par Venise sur le susdit patriarche d'Aquilée, est, on le

1. C'est la crête de montagne qu'on nomme à présent *Birnbauer Wald*.
2. Il abrège de 137 kilomètres le trajet de Vienne à Rome et permet d'éviter le cir-
cuit par Trieste.

sait, la petite ville d'Udine, sise sur le railway même de Trieste, au bord de la rivière de la Torre.

A une douzaine de kilomètres plus au sud se trouve le village de Campo Formio où fut signé en 1797 le traité par lequel Bonaparte livrait non seulement le Frioul, mais Venise elle-même, à l'Autriche. Une cathédrale, quelques palais, un hôtel de ville du même style que le *Palazzo ducale* de la Piazzetta, enfin un château du XVIᵉ siècle, transformé en maison de correction, telles sont les curiosités d'Udine. Ajoutons qu'au centre de la ville se dresse une éminence du haut de laquelle Attila eut le plaisir de voir brûler de loin l'ancienne Aquilée.

Au delà de Codroipo, à Casarsa, le chemin de fer franchit le Tagliamento, dont le cours partageait l'ancien Frioul en deux moitiés à peu près égales [1]; il gagne ensuite Pordenone (en allemand Portenau), petite ville de 10000 habitants, patrie du peintre Giovanni Antonio Licinio, dit le *Pordenone*, ce rival ombrageux de Titien, qui ne peignait, paraît-il, que l'épée au côté, afin de parer à toutes les surprises. Un peu plus loin est Conegliano, où le général Moncey trouva titre de duc; après quoi l'on arrive à Trévise, chef-lieu de cette Marche trévisane conquise par Venise au XIVᵉ siècle, et restée célèbre dans les fastes de la république de Saint-Marc par la vie joyeuse qu'on y menait. Là nous quittons le railway des lagunes pour obliquer à gauche dans la direction des *Sette Comuni* et nous arrêter à Castelfranco.

III

Castelfranco, que nous annoncent de loin deux tours pittoresques, a l'honneur, je l'ai déjà dit, de renfermer l'œuvre capitale du Gior-

---

1. Une charmante promenade, c'est la suivante: descendre de wagon à Casarsa, aller en voiture jusqu'à Portogruaro, et de là jusqu'à Venise, par les lagunes, sur le petit vapeur de la *Societa veneta lagunare*, qui aborde au quai des Esclavons.

gione. D'immenses murailles entourent la vieille ville. On y entre
par une porte massive où trône, comme de juste, le lion vénitien,
et, au travers d'un *campo* circulaire, on atteint l'église où sont les
peintures.

Celles-ci consistent en une madone à l'enfant, avec deux saints

LE LION DE VENISE.

à ses pieds. La vierge, dont le front est voilé, a dans le visage une
expression de grâce infinie; le petit Jésus est merveilleusement
proportionné de formes, et, quant au saint vers lequel il se penche
en souriant, c'est un jeune guerrier en cuirasse, représentant,
dit-on, le fils même du capitaine Tuzio Constanzi, qui était en ce
temps-là gouverneur de Castelfranco. Quelques figurines animent
en outre le fond du tableau, qui offre, en deçà des montagnes et
de la mer, un groupe de maisons dans un site touffu : le tout

admirable de coloris et baigné de cette lumière dorée particulière
à l'école vénitienne.

Voulez-vous, à côté de cette toile du Giorgione, contempler une
fresque du Véronèse : vous n'avez qu'à prendre à droite de Castelfranco la chaussée, assez mal établie, disons-le, qui s'infléchit vers
les pentes des Alpes Carniques, dans la direction du bourg d'Asolo.
Au fur et à mesure qu'on s'avance au nord, le paysage devient de
plus en plus gracieux ; de toutes parts à mi-côte apparaissent des
hameaux, des tours, des maisons de campagne, des couvents. Cette
marche subalpine est un des districts où les riches vénitiens du
XVIᵉ siècle avaient leurs fastueuses villas de terre ferme, et où ils
venaient dans la belle saison respirer l'air tonique des montagnes et
se soustraire aux piqûres des moustiques qui abondent sur le
littoral des lagunes.

On laisse un peu à gauche Asolo et, bientôt, au revers d'un coteau
qui domine le chemin, on aperçoit une petite église à coupole,
puis plus haut, sur une terrasse décorée de parterres symétriques,
un édifice à un seul étage regardant au loin la plaine lumineuse :
c'est la villa Barbaro ou Masère.

Cette résidence d'été était déjà renommée par sa magnificence
intérieure aux temps glorieux de la république. Construite par
Palladio pour le patricien Marc-Antoine Barbaro, elle fut décorée
par Vittoria, le fameux *stucciste* qui avait fini par devenir à Venise
comme l'arbitre souverain des beaux-arts, et qui, les grands maîtres
une fois disparus, représenta presque à lui seul la Renaissance
dans la ville des Doges.

La villa, très simple d'extérieur, est tout simplement, au dedans,
une merveille. Murs, coupoles et plafonds y présentent une richesse
d'ornementation dont il est impossible de se faire une idée. La fantaisie puissante de l'artiste y a créé tout un monde composite, semi-
humain et semi-céleste, où aux divinités de l'Olympe mythologique
et classique se mêlent les types idéalisés de la société vénitienne
d'alors, avec des effets d'optique et des illusions de perspective
tenant du prodige.

Au centre de la villa s'avance un corps étroit de bâtiment cou-
ronné d'un fronton ; de chaque côté, en retraite, un portique. Derrière l'édifice est une cour un peu en contre-haut, flanquée de deux

pavillons d'angle : là se dessine dans la colline même un hémicycle
contenant une grotte avec des statues et un jet d'eau. C'est le coin
toujours frais et toujours murmurant de cette habitation de grand
seigneur.

IV

Un des districts les plus étranges qu'il y ait sur ce versant sud
des Alpes, c'est l'écheveau de montagnes et de défilés qui s'étend
de Castelfranco à Trente, et qu'on appelle les *Sette Comuni* (les
Sept-Communes). Situé entre l'Italie et le Tyrol, il n'est ni tyrolien
ni italien. Grâce à son isolement, il a formé de longue main, sous
le protectorat de Venise, une sorte d'État neutre et quasi libre,
ayant son langage, ses mœurs, ses institutions à part.

Les habitants de cette mystérieuse république de pâtres et de
chasseurs ont fort exercé la curiosité des savants. Les uns ont voulu
voir en eux des descendants de ces Cimbres que Marius écrasa
autrefois près de Vérone ; d'autres les ont pris pour des rejetons
des Thuringiens que Clovis battit, en 496, aux environs de Cologne,
et qui se seraient réfugiés en Italie, où le roi des Goths Théodoric
leur aurait accordé la permission de s'établir dans la Rhétie welche ;
d'autres encore font remonter la peuplade à une colonie de Danois
ou de Huns.

Ce qu'il y a de certain, c'est que les gens des Sette Comuni
usent d'un idiome allemand archaïque, extrêmement difficile à
comprendre, quelque chose comme la langue des *Nibelungen* qu'on
entendrait parler couramment. Maint autre élément, dont on n'a pu
découvrir la provenance, se mêle à ce langage tout particulier ; mais
le fond en est, à n'en pas douter, le vieux dialecte souabe.

En dépit de leur origine allemande, les habitants de ces hautes
vallées, loin d'avoir été sur le sol italien les champions de la puissance germanique, ont été, au contraire, chargés par Venise de
défendre sa frontière du nord-ouest. Ils s'acquittèrent en con-

science de cette tâche ; de là l'épithète de *très fidèles* que la république des lagunes leur donnait. Même en passant sous le joug de l'Autriche, ces montagnards ont gardé une partie de leurs immunités ; ils continuent de s'administrer à leur guise, votent leurs impôts, élisent leur police et leurs curés au scrutin secret.

L'ensemble de la population, répartie sur une trentaine de lieues carrées, se monte au chiffre de 40 000 âmes, y compris les gens de treize villages dits les *Tredeci*, qui sont enclavés dans le même massif de montagnes à l'est de l'Adige, et qui jouirent toujours de franchises pareilles, quoique formant une confédération à part.

CITTADELLA.

Le fleuve torrentueux de la Brenta traverse du nord-ouest au sud-est cette solitaire et âpre région, où, par une nécessité de la nature, les deux tiers du sol restent incultes. Aussi les *très fidèles* sont-ils en même temps les *très pauvres*. Plus d'un pâtre, pendant l'hiver, ne s'y nourrit guère que de lichens pilés et bouillis.

Cittadella, aux murailles flanquées de tours, forme au sud, vers Castelfranco, le vestibule d'entrée du pays. Située sur la rive gauche de la Brentella, cette petite ville a l'avantage de se trouver au carrefour de croisement des quatre chaussées qui se dirigent aux quatre points cardinaux, vers Trente au nord, Trévise à l'est, Vicence à l'ouest, et Padoue au sud.

Un peu plus haut, entre Carpenedo et Valstagna, la Brenta, prise

entre les roches, n'est déjà plus qu'un torrent blanc d'écume qui se
brise contre des parois à pic et bondit au fond de gouffres mugis-
sants. Le voyageur, stupéfait, n'aperçoit de toutes parts que de
hautes pyramides calcaires, aux reflets fauves ou bleuâtres, que
sillonnent, comme des veines, des couches de basalte. De misé-
rables hameaux s'accrochent çà et là aux pentes rocheuses, sur
lesquelles se détache tantôt un lambeau de forêt, tantôt un maigre
pâturage, où broute, au-dessus des précipices, un petit troupeau de
moutons ou de chèvres. On ne rencontre pas ici, comme en Suisse
ou dans le Tyrol proprement dit, ces contreforts de collines herbues ou cultivées qui rompent si doucement à l'œil l'âpreté
farouche des aspects. Tout est glabre et osseux ; chaque pyramide
touche la voisine par sa base, que ronge un torrent ou que sillonnent les spires d'un sentier taillé dans le roc vif.

Au centre à peu près de ces défilés est une autre petite ville,
Bassano, patrie de Da Ponte, dit le *Bassan*, et de quelques autres
artistes remarquables. Son site est le plus ravissant du monde.
Elle s'appuie à un avant-mont tout couvert de ceps, de châtaigniers
et de noyers, en arrière duquel s'élancent des cimes bleu clair
et violettes, qu'interrompent des masses de roches blanches. De
jolies maisons aux toits déprimés, des villas, des châteaux, des
églises essaiment sur le fond ondulé de la vallée. Comme Feltre,
comme Montebello, comme Trévise, Bassano, rappelons-le en passant, a fourni un titre éphémère de duc à un des maréchaux de
l'empire.

A deux heures à l'est se trouve Possagno, patrie de Canova ; puis,
en continuant de remonter la Brenta, on arrive au chef-lieu du
pays, Asiago. Là les montagnes s'écartent un peu et se couvrent,
par places, de belles forêts de sapins. Dans les intervalles se montrent quelques vallées de bonne culture. Nous sommes ici dans le
district relativement riche et nourricier des Sette Comuni, celui
qu'on appelle la « région d'en bas », parce qu'il n'est qu'à un mil-
lier de mètres au-dessus de l'Adriatique. C'est en cet endroit que la
population se présente sous son aspect le plus avenant et tout
ensemble le plus typique. On voit que la race participe à la fois du
Midi et du Nord. Les hommes sont presque tous de haute taille,
avec un visage ovale, des yeux bleus, un ensemble de traits doux et

VALSTAGNA.

prononcé à la fois. Leur costume ressemble beaucoup à celui des montagnards du Trentin. Les femmes se coiffent volontiers du haut chapeau d'homme à bords retroussés en usage chez les *contadine* du pays padouan et aussi chez ces paysannes du Frioul dont les porteuses d'eau nommées *bigolante* représentent à Venise un échantillon.

De même que les Tyroliens et les gens de l'Œtzthal particulière-

HUTTES DANS LA VALLÉE DE LA BRENTA.

ment, les habitants des Sept-Communes sont pétris de superstitions. Ils croient à la « femme sauvage », aux « esprits de la forêt », hostiles aux chasseurs à certaines époques de l'année, comme les montagnards de Sœlden et de la vallée de l'Ache croient aux « bienheureuses demoiselles » filles du vieux Murzoll, le grand mont glacé de la région, et ennemies jurées des traqueurs de chamois. Ils croient, en outre, à des lutins qui renversent malicieusement les marmites, brisent à plaisir écuelles et outils, à des nains qui se métamorphosent en oiseaux pour piller l'orge et l'avoine, en souris ou en rats pour grignoter le lard et le fromage, en grêlons meurtriers pour détruire les récoltes, en cailloux même pour faire trébucher à l'improviste le grimpeur d'Alpes.

Les légendes locales placent sur la cime du mont Portole une sorte de « paradis des bêtes », vallon caché derrière un rempart de

SEPT-COMMUNES : BASSANO.

rochers abrupts, où vivent et s'ébattent en liberté, hors de la portée du chasseur, comme dans le « palais de Cristal » des « bienheureuses demoiselles », des troupes privilégiées de chamois, d'urus, de bouquetins et de licornes.

Si l'on continue de s'enfoncer dans le défilé de la Brenta, le paysage va de nouveau se resserrant de plus en plus, et enfin l'on

LA FORTERESSE [COVELO.

atteint le territoire du Trentin. C'est là justement, dans le val
Sugana, que se trouvent les sites les plus sauvages de la région
limitrophe de l'Adige. Quels aspects singuliers, par exemple, que
ceux qu'on rencontre près de Primolano, bourgade sise au point
d'embranchement de la route de Feltre ! Quel chaos effrayant que
ce défilé du Cordevole, avec le pont qui y traverse le torrent !

Mais l'endroit le plus curieux de tout le pays, c'est la gorge
revêche où se dresse le fort Covelo. Qu'on se figure un rocher de
150 mètres environ d'élévation dont la face antérieure, tout à pic,
semble polie artificiellement de la base au sommet. Dans une caverne
naturelle, creusée à mi-hauteur à peu près de l'immense muraille,
se trouve encastrée une citadelle, célèbre au moyen âge et bien
des fois assiégée, quoiqu'elle fût réputée imprenable et que la garnison elle-même ne s'y hissât qu'au moyen d'une corde à ceinture
dévidée par une roue dentée. Depuis l'invention des boulets et des
bombes, ce *castello* n'est plus qu'un curieux joujou; mais, il y a
quelques siècles, on y pouvait longtemps défier les attaques du
dehors, pourvu que les obscurs et profonds corridors pratiqués
dans la roche où nichent les casemates et la petite chapelle fussent
suffisamment garnis de vivres et de munitions. L'eau même n'y
faisait pas défaut, car à l'intérieur jaillit une source dont l'onde est
reçue dans des réservoirs de pierre.

Le genre de vie, dans les Sette Comuni, est à peu près celui des
pâtres de la Suisse et des montagnards du Tyrol. L'indigence y est
d'autant plus grande que l'hiver est plus long et plus rigoureux ; or
longueur et rigueur y manquent rarement à l'hiver. Tout ce fouillis
de monts offre comme une image du chaos ; c'est un coin de terre
qui, à une époque antéhistorique, a dû être bouleversé de fond en
comble par de terribles convulsions. De hautes cimes tabulaires ou
pyramidales se sont fendues de la tête aux pieds, et se sont éboulées
sur les vallées en les obstruant de leurs débris. Qui s'est trouvé, tout
d'abord, mis à mal par ces cataclysmes ? Les torrents. Mais les torrents ne se laissent pas longtemps arrêter. Après avoir tâté le flanc
du mont, ils en découvrent les fissures, s'y précipitent, les élargissent d'autorité, ou bien ils perforent peu à peu l'obstacle qui leur
barre le passage, quitte à prendre une autre route par la suite. Plus
d'un chemin souterrain, fréquenté aujourd'hui par les hommes

dans les Sept-Communes, a été ainsi frayé par les eaux grondantes
et furieuses.

L'étranger qui parcourt cette région romantique ne voit guère
que la face pastorale et riante de l'existence des gens qui l'habitent.
Il ne soupçonne pas au prix de quel labeur le montagnard féconde
tant bien que mal son sol ingrat et pauvre en humus; il ne sait pas
quels prodiges de vigilance et d'audace il accomplit, d'un bout de
l'année à l'autre, pour en exploiter, d'une façon quelconque, les
moindres parcelles utilisables. Parfois, dans le creux d'un vallon,
le voyageur s'arrête stupéfait : il vient d'apercevoir, au flanc d'une
montagne, des troupeaux voyageant suspendus dans l'espace,
comme des garnisaires du fort Covelo. C'est la gent ruminante du
pays qui fait son émigration estivale des pâtis desséchés d'en bas
aux herbages frais des hauts plateaux, mis à découvert par la
fonte des neiges. Moutons et chèvres sont hissés le long des parois
à pic à l'aide de cordages, et l'homme lui-même, pour gagner ce
domaine des pâtis supérieurs, n'a d'autre ressource que des échelles
perpendiculairement accrochées dans les interstices du rocher. Il
n'est pas rare non plus que deux des quatre éléments, la terre et
l'eau, voyagent de la même façon, car le paysan des Sept-Communes,
ingénieux à étendre son maigre bien, dédouble volontiers son champ
fertile de la plaine au profit de sa lande haut perchée, en transférant
de l'un à l'autre, au moyen de tuyaux ou par panerées, le trop-plein
d'irrigations ou d'humus.

Voici, pour finir, une anecdote caractéristique au point de vue
des mœurs de la contrée.

Un colporteur du nom d'Azolo, ayant appris que sa femme Mélane
le trompait avec un berger appelé Giacomo, imagina la ruse qui
suit. Prétextant un voyage de quelques jours, il partit un matin
avec son ballot; seulement, à peine sorti du village, il fit un détour,
et revint se cacher à peu de distance de son chalet, dans une fente
de rocher masquée de broussailles d'où il pouvait voir, sans être
vu, tout ce qui se passait.

Vers le soir, sa femme sortit du jardin attenant au logis; un
homme s'approcha d'elle, et lui parla à voix basse; puis tous deux
se séparèrent. Quand la nuit fut tombée, Azolo sortit de son creux
de rocher, et rampa comme un serpent parmi la bruyère pour

LA PORTE RUSTERI, A FELTRE.

se rapprocher le plus possible du chalet. Là il attendit. Au bout
de quelques heures il aperçut une ombre qui s'avançait en frôlant
les murs et en épiant à droite et à gauche. C'était Giacomo, qui,
arrivé à l'huis de la maison, le trouva ouvert, le poussa, et entra.

Azolo attendit encore; il avait mûrement médité sa vengeance.
Enfin, au milieu de la nuit, quand tout le village fut bien endormi,
il amoncela sans bruit des bourrées de bois sec devant la porte et
sous la fenêtre du chalet, construit, comme beaucoup de ces habitations, en bois lamellé de sapin encore revêtu de son épiderme
résineux. Le tas fait, il alluma en-dessous des étoupes qu'il avait
imbibées du contenu de sa gourde d'eau-de-vie, et derechef il
attendit.

Ce ne fut pas long. La flamme s'éleva en pétillant, et, en un clin
d'œil, enveloppa le chalet. Alors Azolo, de plus en plus avisé, saisit
une énorme poutre, l'appuya contre le volet clos de la croisée, et
s'en servit comme d'un arc-boutant pour l'empêcher de s'ouvrir.
Il barricada de même la porte à l'extérieur; puis, s'asseyant à
quelques pas de là, il attendit, pour la quatrième fois de la journée,
en regardant l'incendie.

Bientôt des cris de femme affolée, auxquels se mêlaient les im-
précations et les hurlements d'une voix mâle, retentirent à l'intérieur du logis. Puis on fit effort pour ébranler en dedans le volet,
qui tenait bon. Les habitants du village, réveillés par le bruit et la
lueur, accoururent. Une fois accourus, ils voulurent éteindre.

Azolo les arrêta.

« Laissez, dit-il, Giacomo et Mélane sont là. »

On comprit, on laissa, on applaudit même. Que dis-je? on vint
en aide à Azolo. Quand, après des efforts terribles, le pâtre cou-
pable, ayant brisé le volet à demi consumé, parut à la fenêtre en
portant Mélane et fit mine de s'élancer au dehors, tout le hameau,
armé de pioches, de fourches et de fléaux, repoussa le groupe
humain dans les flammes, où on le vit se tordre et s'abîmer.

Du val Sugana une route mène, je l'ai dit, à Feltre et à Bellune,
les deux villes les plus importantes de ce district alpestre de la
Vénétie.

Feltre, située à une certaine distance de la Piave, rivière qui est

le grand véhicule des bois du pays vers l'Adriatique, a des murs
crénelés, avec une porte curieuse, la *porta Rusteri*, et compte
7000 habitants environ.

Bellune, plus considérable du double, occupe, sur la Piave même,
une colline d'où l'on domine au loin la contrée. Outre une cathédrale, œuvre du Vicentin Palladio, elle possède un hôtel de ville
remarquable et un palais épiscopal qui existait déjà du temps de
l'empereur Frédéric Barberousse.

CHAPITRE VIII

Que nous reste-t-il à voir de l'ancienne Vénétie de terre ferme ? Quelques villes déjà aperçues au vol dans notre trajet de Milan à Mestre, ou mentionnées à propos des annales de la sérénissime république, puis cette section extrême de l'estuaire qui s'étend des bouches du Pô à Ravenne : après quoi, une fois encore, nous reprendrons le chemin de la place Saint-Marc, pour y assister, comme on assiste à un mélancolique coucher de soleil, aux derniers jours de la reine des lagunes.

Vicence. — Sise au pied nord de la chaîne volcanique que l'on appelle les monts Berici, sur le confluent de deux rivières, le Bacchiglione et le Retrone, Vicence est une cité de 50 000 âmes, ramassée un peu à l'étroit, mais de l'aspect le plus imposant avec ses beaux et

nombreux palais. Elle doit sa splendeur monumentale à un de ses
enfants, le fameux Palladio, qui eut la gloire de faire école au
xvi° siècle, même après les Alberti, les Bramante, les San Micheli.

Né en 1518, Palladio fut d'abord sculpteur; puis, au retour
d'un voyage à Rome, il se tourna vers l'architecture. Il fut un des
artistes qui présentèrent un plan pour la construction de l'église
Saint-Pierre. Vicence a de lui de magnifiques édifices aussi purs de
goût que variés d'invention, qui sont cependant en simples briques
recouvertes de stuc.

Comme dans toutes les villes vénitiennes, le point central est la
piazza dei Signori, décorée de deux colonnes, emblème de l'autorité suzeraine, et d'un campanile (tour de l'Horloge) de 82 mètres de
hauteur. Là se font vis-à-vis deux des grandes œuvres de Palladio,
le palais municipal et la *loggia del Delegato*. Les autres curiosités locales sont : le Dôme, le Musée Civique, ancien palais Chieri-
cati (place Victor-Emmanuel), le Vieux Séminaire, le palais Trissino,
le théâtre Olympique, le beau pont du Retrone, construit par San
Micheli, et enfin, sur une riante colline, à deux kilomètres de la
ville, le bâtiment de la *Rotonda*, que Gœthe a pris soin de décrire
en détail.

Vérone. — Fondée par les *Euganei*, quatre ou cinq siècles avant
notre ère, occupée ensuite par les Cénomans, municipe romain
sous le nom d'*Augusta*, résidence d'Odoacre et de Théodoric,
capitale du royaume carolingien d'Italie, république, tour à tour
indépendante et esclave, passant des mains d'Ezzelino à celles des
Scaliger et des Visconti, pour se donner finalement à Venise et,
comme elle, devenir la proie de l'Autriche, Vérone peut se vanter
d'avoir eu, plus qu'aucune autre cité italienne, une existence
féconde en vicissitudes. Aussi est-elle comme une sorte de musée
historique où tous les siècles ont marqué leur empreinte.

De l'époque romaine il lui reste sa colossale Arène à quarante-
cinq rangs de gradins, où 50 000 spectateurs trouvaient place.
Cet amphithéâtre, situé sur la place Victor-Emmanuel, passe
pour avoir été érigé sous le règne de l'empereur Trajan. Maffei,
l'historien véronais, raconte que, lorsque les Barbares menacèrent
la ville, les habitants, faisant flèche de tout bois, prirent les pierres

LA PLACE DES SEIGNEURS, A VICENCE.

de ce monument pour construire des murs de défense. Plus tard,
pendant les discordes civiles, l'Arène fut transformée en une citadelle où se retranchèrent tour à tour les partis. Plus tard encore,
dans cette même enceinte où un geste de la matrone romaine avait
disposé de la vie du gladiateur terrassé, on exécuta, sans recours
cette fois, les criminels condamnés à mort. Puis les rôdeurs s'y
logèrent. Enfin, au xvi⁰ siècle, un remords prit aux Véronais :
l'enlèvement des pierres fut interdit ; les gens domiciliés dans les
arcades furent soumis à une surveillance rigoureuse, et on leva des
taxes publiques pour réparer les offenses trop longtemps faites au
vénérable édifice.

Naguère, à l'intérieur de l'Arène il y avait un théâtre de marion-
nettes ; forgerons, fripiers et marchands de ferraille ont pris en
outre possession de ses spacieux vomitoires. Où rugissait le lion de
Numidie retentit à présent le coup de marteau cadencé de l'artisan.

Les autres antiquités romaines de la ville sont la porte Borsari,
qui s'élève au milieu du Corso, et dont la construction remonte,
pense-t-on, aux Antonins ; puis l'Arco de' Leoni, érigé au temps de
Vespasien.

Sur la *piazza Dante* ou *dei Signori* on se retrouve, au contraire,
en plein moyen âge. Là se dresse le palais du Conseil (*palazzo del
Consiglio*), ancienne résidence des Scaliger, dont les tombeaux sont
tout à côté, dans l'église Santa Maria l'Antica. Les portiques de cette
loggia sont décorés des statues de cinq hommes illustres que les
Véronais revendiquent comme leurs : Pline le Jeune, Cornélius
Népos, Vitruve, Macer le poète et Catulle. Rien ne prouve, soit dit
en passant, que les trois premiers soient nés à Vérone. Au milieu
de la place s'élève la statue de Dante Alighieri, lequel, au cours de
son exil, fit une assez longue halte auprès des Scaliger.

Ces Scaliger (*della Scala*), qui furent un moment la plus puissante
famille de la péninsule, descendaient d'un simple marchand. Le
plus célèbre de la dynastie fut Can Grande II, celui-là même qui fit
de sa cour l'asile des poètes et des savants, et qui fut publiquement
assassiné par son frère, Can Signorio, sous une arcade qui en
garde le nom de *Volto barbaro* (voûte barbare). C'est ainsi que
finissaient la plupart des règnes dans les principautés italiennes
de ce temps-là.

Un des points les plus vivants de Vérone, c'est la place aux Herbes (*piazza delle Erbe*), qui était autrefois le forum de la république. Elle a pour décoration, d'abord la Maison aux Marchands (*Casa dei Mercanti*), édifice du xiv⁰ siècle, orné d'une belle statue de la Vierge, puis une grande tour construite par Can Signorio, une fontaine surmontée d'une statue, personnification de la ville, et le pilier vénitien, veuf de son lion de bronze. Au fond de la place, enfin, est le palais des Maffei.

Cinquante églises dressent leurs clochers dans la vaste enceinte flanquée de tours et de bastions. La cathédrale, *Santa Maria Matricolare*, a été construite avec les débris d'un ancien temple de Minerve. Elle a un porche du xii⁰ siècle dont les colonnes sont supportées par des griffons, mode d'ornementation symbolique alors en faveur au delà des monts. Derrière ces colonnes se voient les statues des paladins Olivier et Roland qui combattirent et moururent à Roncevaux, et celle de la reine Berthe, mère de Charlemagne.

Sainte-Anastasie, qui date des xiii⁰ et xiv⁰ siècles, est aussi un édifice remarquable, avec la nichée de cônes de toute taille qui en environnent le clocher principal, avec sa voûte ogivale décorée d'arabesques peintes, ses beaux bas-reliefs en terre cuite et ses deux bénitiers massifs soutenus par de grotesques figures. A l'église attient une annexe curieuse, chef-d'œuvre de San Micheli : c'est la chapelle Pellegrini, bâtie, comme l'Arène elle-même, en *bronzino* des environs de la ville, et ornée de sculptures pleines d'originalité et de grâce, qui représentent des scènes du Nouveau Testament.

Citons encore : Sainte-Euphémie, dont le portail est du xv⁰ siècle ; la basilique de Saint-Zénon, fondée par Pépin, fils de Charlemagne, et qui, de toutes les églises de Vérone, est peut-être celle qui a le plus grand air, avec l'ampleur simple de ses proportions et la finesse de ses détails sculpturaux ; San Fermo Maggiore, très intéressant également tant par ses peintures que par son plafond en bois de noyer, d'une exécution originale, formant une voûte composée de plusieurs arcatures qui vont se surétageant ; enfin San Giorgio in Braida, situé sur la rive gauche de l'Adige, au coude septentrional du fleuve, entre les ponts Garibaldi et della Pietra ; cette dernière église a une coupole de San Micheli et un tableau de Paul Véronèse qui est un chef-d'œuvre, le *Martyre de Saint-Georges*.

Si, de ce point extrême de la ville, au lieu de repasser sur la rive droite, nous revenons directement au sud, par les rues Saint-Georges

VÉRONE : LA PIAZZA DELLE ERBE.

et Sainte-Claire, au travers du faubourg qu'on nomme Véronette, nous arrivons au palais Giusti, dont les jardins en terrasse sont un prodige de l'art et de la nature réunis. C'est du haut de ce ravis-

sant Eden, aux méandres ombragés de cyprès centenaires auxquels s'entremêlent des oliviers, des myrtes, des lauriers-roses, et
que peuplent des centaines de statues antiques et modernes, qu'il
faut contempler le panorama de la ville et de ses environs. La voici
tout entière sous vos yeux, la vieille cité des Scaliger, avec ses tours
aux formes multiples, ses maisons aux façades peintes à fresque,
son Vieux Château, ses ponts à créneaux, son fouillis de rues et de
places, sans oublier ce curieux cimetière qui, tout à l'extrémité de
Véronette, dessine son aire mélancolique encadrée de portiques à
colonnes au fond desquels les morts nichent comme dans les
antiques *columbaria*.

Reportez maintenant vos regards par delà les bastions qui enserrent la ville : là-bas, au sud-est, vous apercevez les collines Euga-
néennes, dont je vous reparlerai ci-après, et au pied desquelles
repose la cendre de Pétrarque. Plus à droite se dessine au loin la
fine chaîne des Apennins; en deçà de ce relief apparaissent et la
coupole de Saint-André à Mantoue, et le château de Villafranca,
dont la tour semble fouiller le ciel bleu. Retournez-vous : vous
revoyez, au bord du lac de Garde, les contreforts avancés des grandes
Alpes.

Est-ce à dire que nous partirons de Vérone sans avoir, comme
tout ami de Shakspeare, jeté un regard au tombeau de Juliette,
l'immortelle fiancée de Roméo? « La guerre civile des patriciens
véronais s'est éteinte, écrivait, au sortir de Vérone, un romancier
de notre temps; la puissance des Scaliger s'est de même évan-
ouie : mais les amours des deux pauvres enfants vivent encore
dans toutes les mémoires, et elles y resteront tant que vivra la
poésie. Avec ce privilège du génie qui devine les caractères et les
mœurs sur un mot, sur un trait fugitif, Shakspeare, sans avoir
vu l'Italie, a su donner à ses personnages les idées et le ton du
pays. Ce besoin d'expansion, cette éloquence un peu diffuse, ces
concetti, cette emphase, ces élans pathétiques de douleur, de ten-
dresse ou de colère, tout cela semble pris sur nature. L'amour qui
enflamme à première vue Roméo et Juliette a bien le caractère de
la passion méridionale ; c'est par les yeux que le feu prend en Italie.
Quant à Mercutio, malgré son langage éminemment shakspearien,
il est peut-être le plus vrai de tous. Soit par hasard, soit avec con-

VUE DE VÉRONE.

naissance de cause, le poëte a fait de lui non seulement un Italien, mais encore un enfant de Vérone. Il ne faut pas oublier que l'air de ce pays a je ne sais quoi de subtil qui exalte le cerveau. Les gens

L'ÉGLISE SAINTE-ANASTASIE, A VÉRONE.

éveillés, les originaux, les rimeurs et les langues bien pendues sont plus nombreux à Vérone qu'en aucun lieu du monde. »

Cette dernière observation est tout ce qu'il y a de plus exact. Il suffit, pour s'en convaincre, de flâner quelques instants parmi la

foule bariolée de la *piazza delle Erbe*. On sent qu'on est au milieu
d'une population d'évaporés, d'ingénieux « enlumineurs » d'idées
et de sentiments, comme disait Montaigne. Tout le monde ici a
l'esprit *giocondo*. Le plus illustre des Maffei, Scipion, avait lui-même

VÉRONE : LA MAISON DE JULIETTE.

un bon grain de cette agréable préciosité : témoin la thèse qu'il
soutint publiquement en 1702 sur le « sentiment », dans l'Académie
de Vérone, en présence des dames de la ville siégeant comme doc-
teurs. Ladite thèse, qui était un fragment d'un *Voyage dans la lune*,
que le poète laissa du reste en projet, ne contenait pas moins de
« cent conclusions », qui descendaient « du genre aux espèces », de

la « cause aux effets », avec définitions, divisions, axiomes, corollaires : le tout déduit dans les termes rigoureux de l'École, le comble du *gingillo*, ou le « fin du fin », comme on disait chez nous dans les ruelles du xviie siècle.

Si vous voulez voir maintenant le monument funèbre de la *Giulietta* à Vérone, ou du moins le sarcophage qu'on montre comme tel, prenez la rue Pallone qui, de la place Bra, descend à l'Adige, et là, entre la rue des Capucins et le fleuve, vous trouverez, dans un jardin qui fut autrefois le cimetière d'un couvent de Franciscains, un tombeau en granit rouge, sans couvercle. Le couvercle a disparu depuis longtemps, et nul ne sait plus où il est. La pierre, au rebord de laquelle appendent quelques couronnes jaunies, est considérablement ébréchée, car plus d'une main étrangère en a brisé un morceau pour s'en faire une relique. Chateaubriand ne dit-il pas que Marie-Louise, devenue archiduchesse de Parme, s'était fait confectionner un collier et des bracelets avec des fragments de ce monument funéraire?

Le tombeau est en forme d'auge : il a du reste servi un moment d'abreuvoir aux bestiaux et de baquet aux laveuses de salade.

Il y a enfin, dans la rue Saint-Sébastien, voisine de la place aux Herbes, une maison qu'on fait voir au touriste comme ayant été la demeure des Capulets, ces ennemis irréconciliables des Montaigus. C'est un haut bâtiment à fenêtres cintrées, et triste d'aspect, qui, si je ne me trompe, n'est plus actuellement qu'une *osteria*.

II

Brescia. — Une haute coupole, dominée dans le fond par un château fort, annonce de loin, au voyageur venant de Peschiera et de Vérone, cette ville lombarde sise au pied d'un rameau des Alpes Rhétiques, entre la rivière Mella et le canal de jonction de la Chiese et de l'Oglio. Les Vénitiens s'en emparèrent en l'an 1426, puis la perdirent, pour la reprendre bientôt, au commencement du xvie siècle.

Quand Venise fut devenue autrichienne, Brescia suivit la triste fortune des autres cités de la Lombardie, jusqu'au jour où la paix de
Villafranca (juillet 1859) la rendit au royaume d'Italie naissant.

Le premier effet qu'elle produit à l'œil a, je dois le dire, quelque
chose d'assez triste ; mais cette impression se dissipe dès qu'on a
pénétré dans la ville. A chaque pas on s'arrête avec intérêt devant
quelque édifice remarquable.

Brescia possède deux cathédrales côte à côte. L'une, la nouvelle,
est un temple de marbre, plein d'harmonie et de majesté, dont
la coupole ne le cède en grandeur qu'aux dômes de Saint-Pierre
de Rome et de Sainte-Marie des Fleurs de Florence ; l'autre, la
Rotonda ou *Duomo Vecchio*, est un noble et sévère monument, au-
dessous duquel se trouve par surcroît une basilique souterraine dite
de Saint-Philastre, d'une antiquité encore plus vénérable.

Que d'autres églises encore, Sainte-Marie des Miracles, Saints-Celse
et Nazaire, Saint-Clément, Saint-Barnabé, Sainte-Afra, sont des
merveilles d'art et de décoration ! Dans toutes vous trouverez des
peintures de Titien, de Véronèse, de Palma le Vieux, de Jean Bellini ; et, à côté de ces maîtres de l'école vénitienne, vous apparaîtra
un autre artiste, Brescian de naissance, qui sut faire école dans
sa patrie même : c'est Alessandro Bonvicino, dit le *Moretto*. Il y a de
lui au Vieux Dôme, à San Giuseppe et à Saint-Nazaire, des tableaux
d'une perfection achevée et d'un sentiment tout à fait admirable.

Dans l'ordre de l'architecture profane, Brescia s'enorgueillit de
sa *Loggia* (palais municipal), magnifique édifice à la façade finement
sculptée, où s'épanouissent toutes les grâces de la Renaissance. Elle
n'est pas moins fière de son *Broletto*, ancien palais de la république, dont la construction remonte aux environs de l'an 1200.
Elle a aussi ses ruines romaines : un aqueduc du temps de Tibère
qui alimente encore les nombreuses fontaines de la ville, et un
temple de Vespasien, transformé en musée, qui contient notamment
un des plus précieux restes de statue que nous ait légués l'art
antique : la fameuse *Victoire ailée* qu'on a retrouvée il y a un
demi-siècle.

Ajoutons que Brescia a été de tout temps ce qu'elle est restée :
un centre de commerce et d'industrie. Aux beaux jours de la puissance vénitienne, elle était par excellence la cité des tisserands et

des armuriers. Présentement encore, sa banlieue est couverte
d'usines hydrauliques sans cesse en mouvement. Comme jadis, on
y file la soie, on y fore des canons de fusil, on y fabrique des meules,
des marteaux, des pilons, et les papeteries brescianes continuent
de faire concurrence aux papeteries renommées du Frioul.

Bergame. — Bien que célèbre surtout, à cette heure, par sa grande
foire annuelle du mois d'août, qui se tient en une sorte de *fondak*
établi tout exprès dans les quartiers bas et renfermant plus de six
cents boutiques, Bergame a, nonobstant, d'autres titres à notre
attention et à nos respects.

D'abord, c'est une cité très ancienne, qui fut étrusque avant d'être
romaine, et dont Jules César faisait quelque cas. Attila la mit,
comme tant d'autres, à feu et à sang ; puis, comme tant d'autres
aussi, elle se releva peu à peu de ses ruines, et bientôt on la vit
s'ériger en commune et se gouverner à l'aide de consuls. On peut
même ajouter qu'elle joua fort glorieusement son rôle dans la ligue
lombarde du XIᵉ siècle. Plus tard cependant, lasse des discordes de
ses grandes familles divisées en Guelfes et en Gibelins, elle crut
bien faire en se plaçant sous l'égide protectrice d'un prince. La maison d'Este, les Torriani, les Visconti, les Scaliger, furent censés la
protéger tour à tour ; la vérité est que tous la troublèrent et l'ensanglantèrent à qui le mieux, en la mêlant aux querelles armées
qu'ils avaient avec leurs voisins et rivaux. Bref, elle finit par tomber
au pouvoir de Venise (1428), qui la garda jusqu'à ce qu'elle-même
fût tombée au pouvoir de l'Autriche.

Bergame est la patrie d'*Arlequin.* Ce fameux personnage comique
de la comédie italienne descend lui-même de l'ancien bouffe latin
(*sannio*), qui paraissait en public le visage barbouillé de suie et avec
un vêtement composé de petites pièces multicolores (*centunculus*).

Le nom moderne de l'acteur bergamasque, ami du plaisir et de
la bonne chère, vient sans doute du mot *lecchino*, qui veut dire
gourmand. On raconte qu'un jour des enfants de la ville lombarde
se cotisèrent pour habiller un de leurs camarades qui n'avait pas de
quoi se vêtir, et que chacun d'eux apporta dans cette vue un lambeau d'étoffe de couleur différente : de là l'habit bariolé d'Arlequin.
Que l'anecdote soit vraie ou fausse, toujours est-il que le *masque* en

question représenta au théâtre italien le type de l'habitant de Bergame, comme *Pantalon*, auquel nous reviendrons, représenta le
bourgeois de Venise, comme le *Docteur* fut la personnification du
Bolonais, et *Scapin* celle du Napolitain.

Son caractère est, on le sait, un mélange d'esprit, de naïveté,
d'ignorance et de grâce ; c'est un grand enfant, qui a des lueurs de
raison et d'intelligence. Ses méprises et ses maladresses, au lieu de
montrer en lui un balourd, ont, au contraire, quelque chose de
piquant. Il est plein de souplesse et d'agilité dans son jeu, qu'une
certaine apparence de grossièreté ne sert qu'à rendre plus plaisant.
Son rôle est celui d'un valet patient, fidèle et crédule, qui aime
avant tout les bons morceaux et ne les attrape que rarement. Toujours dans l'embarras et le malheur, il se console encore plus vite
qu'il ne s'est affligé, et son chagrin n'est pas moins amusant que sa
joie.

Son accent à dessein zézayant et traînard reproduisait sur la
scène italienne la prononciation propre aux gens de la province de
Bergame en même temps qu'une particularité du langage vénitien.

Vers l'an 1650, le type passa d'Italie en France ; néanmoins il
n'eut chez nous qu'une vogue de courte durée. Les graves événements de la fin du XVIIIᵉ siècle détrônèrent momentanément la pantomime et l'arlequinade, et, lorsque le genre reparut, ce fut pour
s'incarner dans un autre type, non moins fameux, celui de Pierrot,
qui, à cette heure, semble, lui aussi, dépossédé de sa royauté
scénique.

Bergame a encore donné le jour au condottiere Colleoni, dont le
mausolée se trouve dans une chapelle annexée à l'église Sainte-
Marie Majeure. Dans cette dernière église est enterré Donizetti le
compositeur, un autre fils glorieux de la province de Bergame.
Ajoutons, puisque nous voici amenés à parler de musique, que les
orgues bergamasques sont très renommées au delà des monts. On
cite notamment celles de Sant'Alessandro in Croce, qui ont trois
claviers. Le clavier supérieur sert pour le grand jeu ; le second pour
un orgue d'*écho* placé dans le précédent ; le troisième fait parler un
autre grand orgue. Le mouvement est imprimé aux soupapes par
des ressorts et leviers qui passent sous terre et dont le développement n'a pas moins de trente mètres.

III

Ferrare. — La plus triste et la plus morte de toutes les cités italiennes ; dans son enceinte, de plus de trois lieues de tour, il y aurait place pour 200 000 âmes, et Ferrare n'a que 50 000 habitants. Avec ses grandes rues, ses grandes places, ses grands souvenirs, elle garde néanmoins comme un air de souveraine déchue et respire une sorte de magnificence de cour.

Elle fut le premier morceau de terre ferme que Venise convoita. Appelé à intervenir dans les querelles domestiques de la maison d'Este, le lion de Saint-Marc crut l'occasion bonne pour mettre la griffe sur une place qui lui assurait la maîtrise du Pô et de faciles communications avec le nord de l'Italie. La ville fut donc emportée d'assaut, et, en même temps, quelque peu incendiée. Le difficile était de la garder. Peu soucieuse du protectorat vénitien, Ferrare venait de se donner au pape. Les hommes des lagunes, qui la tenaient, attendirent que le pape essayât de la reprendre, ce que celui-ci se mit en devoir de faire. Il commença, comme de juste, par excommunier la sérénissime république ; puis il prêcha contre elle une croisade. Le trésor des indulgences fut ouvert à qui se dévouerait pour la cause du souverain pontife, ni plus ni moins que s'il se fût agi de recouvrer les Lieux-Saints sur les Infidèles.

C'était en 1309. Un appel du chef de la chrétienté ne restait pas, en ce temps-là, sans écho. Un cardinal vint se mettre en personne à la tête des troupes d'exécution, parmi lesquelles figurait un fort contingent de cavalerie florentine. Dans l'intervalle, le nonce du saint-père avait dû quitter Venise, lapidé par le peuple ; la question ne pouvait plus être tranchée que par la force.

Elle fut tranchée en faveur des croisés. Les Vénitiens se firent battre à Francolino, entre les deux bras divergents du Pô, et Ferrare fut perdue pour eux. Ils ne devaient jamais la ressaisir.

L'anathème cependant produisit son effet. Le pape avait écrit de tous côtés, aux rois de France, d'Aragon, d'Angleterre, de Sicile; chacun d'eux avait reçu l'ordre d'exécuter la bulle dans toute sa rigueur. Et l'ordre fut suivi à la lettre; partout les biens des excommuniés furent frappés de confiscation, leurs marchandises furent saisies dans les foires, leurs vaisseaux arrêtés dans les ports. Gênes surtout, la grande ennemie, se montra implacable. Elle alla jusqu'à égorger chez elle ceux des interdits qui s'y rencontraient. « Ce fut un grand bonheur pour nous, dit l'historien vénitien Marino, que les Sarrasins ne fussent point baptisés; sans quoi ils nous eussent traités de même façon. »

Isolée du reste du monde, Venise était comme une plage empestée au milieu de la mer; nul ne pouvait en sortir, aucune voile amie n'osait y entrer. C'était une quarantaine absolue. Ajoutons que cela se passait sous le doge Gradenigo, et que ce fut même l'irritation née de cet état de choses qui amena, quelque temps après, cette fameuse conjuration de Tiepolo dont j'ai déjà eu occasion de parler.

La famille d'Este régna pendant quatre siècles à Ferrare, et on sait de quelles cruautés, de quelles turpitudes publiques et privées, se compose l'histoire de cette lignée de princes. Des fils qui étranglent leurs pères, et réciproquement; des oncles qui décapitent leurs neveux, de peur que leurs neveux ne les préviennent, et qui font, par la même occasion, tenailler leurs nièces avec des fers rouges; un marché officiel d'esclaves approvisionné par les pirates; une enfilade ininterrompue de conspirations aggravées de pestes et de famines, un cardinal encore imberbe qui fait arracher en sa présence les yeux à son frère; des hécatombes continues de victimes, prologue et épilogue de chaque règne : tel est le fond des annales ferraraises sous les membres de la *casa Estense*. Un d'eux, Alphonse Iᵉʳ (1505-1534) fut le mari en quatrièmes noces de la fameuse Lucrèce Borgia, fille du pape Alexandre VI. Presque tous eurent des titres multiples à rejoindre dans l'*Enfer* de Dante leur aïeul, le marquis Obizzon. Enfin, en 1597, quand Alphonse II fut mort sans enfant, le Ferrarais, en sa qualité de fief pontifical, fit retour aux États de l'Église, qui, sauf quelques interruptions, le conservèrent jusqu'en 1860.

Il n'y a qu'un moment dans l'histoire où la cour des susdits princes d'Este apparaît entourée d'une auréole d'art et de poésie : c'est au

FERRARE : LE PALAIS DUCAL.

temps de l'Arioste et du Tasse. Il est vrai que l'auteur du *Roland furieux* n'eut pas toujours à se louer de son protecteur, qui, en l'an 1517 par exemple, quand la gloire du grand poète était dans son plein, ne trouva rien de mieux à lui offrir que le gouvernement d'une région de l'Apennin infestée par des troupes de brigands. Il est encore plus vrai que le Tasse fut emprisonné par le duc Alphonse II. On montre encore, dans l'hospice Sainte-Anne, le caveau où le chantre de la *Jérusalem délivrée* demeura enfermé sept années, de 1579 à 1586.

Les principaux monuments de Ferrare sont : la cathédrale, à la façade de laquelle, par une ironie singulière de l'art, est sculpté je ne sais plus quel prince d'Este allant en pèlerinage à Rome solliciter le pardon de ses péchés; — le Palais ducal, édifice massif et quadrangulaire, qu'isolent de toutes parts des fossés pleins d'eau, et dont l'aspect s'harmonise bien avec les sombres souvenirs du lieu; — le *palazzo dei Diamanti*, ainsi nommé de ses revêtements de marbres taillés à facettes; on y a établi la *Pinacothèque* ou galerie de tableaux; — enfin l'Université (*Studio pubblico*), où l'on n'enseigne plus que la médecine et le droit.

IV

Comacchio. — Tout près de Ferrare, le petit Pô ou Poatello, le plus méridional des bras inférieurs, se partage en deux courants : le premier, nommé, on s'en souvient, Po di Volano, se dirige, avec mille sinuosités, vers le point le plus proche de l'Adriatique; le second, Po di Primaro, infléchit au contraire au sud, pour recevoir les eaux du Reno, qu'il emporte avec les siennes à la mer. C'est entre ces deux branches fluviales, éloignées l'une de l'autre de 25 kilomètres, que s'étend, du côté de l'Adriatique, la grande lagune de Comacchio, au pourtour de 150 kilomètres.

Ce vaste bassin, qu'une ligne de *lidi* sépare de la mer, est néanmoins relié à celle-ci par un canal, qu'on nomme tantôt canal *Palotta* parce qu'il fut établi en 1361 par un cardinal de ce nom, légat du pape à Ferrare, tantôt canal de *Magnavacca*, ou de la Grande Vache, ou petit port situé à son embouchure.

Là, à une lieue un quart de la mer, se trouve une sorte de Venise minuscule, bâtie sur treize îlots reliés par des ponts, comprenant ensemble un espace de 1250 mètres de longueur sur 200 de largeur environ : c'est la petite ville de Comacchio, peuplée de 8500 habitants.

Jadis cette cité insulaire n'avait avec le monde extérieur d'autre communication que la voie d'eau ; depuis 1821 une chaussée carrossable la joint d'une part à Magnavacca et, de l'autre, à Ferrare, éloignée de 45 kilomètres au nord-ouest.

Grâce à la ceinture de marécages qui l'isolent du continent, les invasions barbares, loin de faire du tort à Comacchio, assurèrent au contraire sa fortune ; car, de même que Venise, elle servit de lieu de refuge aux habitants de la région voisine. Aussi, au IXᵉ siècle, était-elle déjà une localité qui promettait de devenir importante.

Cette prospérité la perdit. Les gens du Rialto en prirent ombrage. Une lutte s'engagea entre les deux cités sœurs, et finalement les Vénètes des lagunes ruinèrent leur rival d'outre-Pô. C'était en 940 : Comacchio depuis lors ne s'est pas relevée. En revanche la petite ville a passé par maintes vicissitudes politiques.

Vers la fin du Xᵉ siècle elle s'affranchit et se met en république. Deux cents ans plus tard, elle se voit de nouveau soumise à Ravenne ; puis, en 1299, elle tombe au pouvoir des ducs de Ferrare, qui la gardent trois siècles. Après l'extinction de la maison d'Este, en 1597, une bulle du pape Clément VIII la déclare, ainsi que Ferrare, réunie aux États de l'Église. De 1805 à 1811 nous la retrouvons enclavée dans le département français du Pô inférieur. La paix de Vienne la rend aux souverains pontifes, et le congrès suivant accorde à l'Autriche le droit d'y tenir garnison permanente.

Aujourd'hui Comacchio est une sous-préfecture de la province italienne de Ferrare. Bénéficiant des progrès du siècle, elle possède un bureau de poste et de télégraphe, un hôpital et plusieurs institutions de bienfaisance. Son monument le plus remarquable est une grosse cathédrale, bâtie au XIIIᵉ siècle sur les assises d'un dôme an-

PORTEUSE D'EAU A VENISE.

térieur. Quant à son commerce, il réside tout entier dans la pêche de la lagune.

Dès les temps les plus reculés, cette pêche fut une source importante de trafic ; mais elle ne fut organisée et réglée qu'au xiv° siècle par les ducs de Ferrare. Grâce à l'établissement d'une grande digue coupant la lagune, le produit de celle-ci put être alors affermé pour la somme de 62 000 *scudi* romains[1]. Ce rendement alla ensuite en diminuant, car nous voyons en 1749 un sieur Lepri, de Milan, louer la pêche 11 000 *scudi* seulement ; puis des aménagements bien conçus rendirent son ancien essor au trafic, qui, à la fin du xviii° siècle, rapportait plus de 400 000 francs.

En 1825 cependant, à la suite d'un hiver extraordinairement rigoureux, qui causa une grande mortalité parmi les poissons, le revenu de la lagune tomba au-dessous de 100 000 francs, et il ne s'est guère relevé depuis lors, puisqu'en 1872 par exemple la commune affermait ses *valli* à une société pour le prix de 123 000 francs.

On donne en général le nom de *valli*[2] à d'immenses réservoirs, compris dans la lagune même, où l'on se livre en grand, et d'après les règles, à l'élève du poisson. Les plus riches sont clos à l'aide de levées de terre ou d'estacades treillissées de joncs.

Autrefois la lagune de Comacchio se prolongeait plus au sud par une autre lagune, celle de Padusa, qui entourait de ses canaux la ville de Ravenne, aujourd'hui située en terre ferme. Cette seconde lagune est comblée depuis longtemps ; mais les espaces non encore asséchés de celle de Comacchio continuent d'occuper une étendue de 30 000 hectares environ.

Cette lagune est partagée en cinq grands compartiments ou quartiers (*quartieri*), et chaque quartier est subdivisé par des digues en des *campi* ou *valli* de grandeur inégale. Le campo Mezzaro, par exemple, mesure 17 000 hectares, la Fossa di Porto 2700, et le campo Sabbionchi n'a qu'une superficie de 132 hectares.

Tous ces *valli* sont reliés par des canaux à écluses avec le canal Palotta et, par lui, avec l'Adriatique ; chacun d'eux est muni d'un *lavoriero*, ou laboratoire-station pour la pêche.

Le contenu liquide des réservoirs varie de volume avec les

1. Le *scudo* (ou écu) romain vaut 5 fr. 37 cent.
2. Du latin *vallum*, « rempart ».

saisons; très considérable à la fin de l'hiver, il diminue fort dans les mois d'été; parfois la surface en gèle entièrement. En général, l'eau y est claire, sauf après une forte tempête. Les vents les plus redoutés pour la pêche sont le *bora*, l'*ostro* (souffle du sud) et le *libeccio* ou *garbino* (souffle du sud-ouest). Le premier règne surtout l'hiver, et les deux autres dominent en été.

L'*ostro*, par son haleine brûlante, cause en certains endroits de là lagune un état de décomposition des matières végétales connu sous le nom de *marciore*[1], et que l'on redoute extrêmement. Là où ce phénomène se produit, les poissons périssent, à l'exception des anguilles, qui conservent la force de s'enfouir dans la vase. Le vent d'est, ou *levante*, est également dommageable à sa façon, par l'énorme évaporation d'eau qu'il amène. S'il coïncide avec les fortes chaleurs de l'été, il détermine à la longue dans la nappe liquide un accroissement de salure qui peut tuer le poisson. Quant au vent du nord, ou *tramontana*, très froid et très violent de sa nature, il agite avec une telle force toutes les tranches de la coupe lacustre, que les plantes du fond se trouvent arrachées, et alors les bêtes, n'ayant plus d'abri, restent exposées à la gelée; c'est même la cause principale de leur mortalité en hiver.

Cette flore aquatique de la lagune est, disons-le, d'une richesse merveilleuse. Le sol de la cavité est tout couvert de plantes saumâtres, telles que le chiendent marin, les pincettes de mer, les zostères, appartenant à la famille des naïades; ajoutez-y des algues, de grosses conferves crêpues, de larges vauchéries à la belle couleur verte et frisées comme la chicorée, qui sont l'asile favori et aussi la nourriture habituelle de beaucoup de poissons. Il y croît également des fucus verts, longs parfois de plus d'un mètre, puis le saxifrage marin aux fleurs d'or étoilées, l'absinthe bleuâtre (*artemisia*), sans compter des utriculaires, sortes de grandes herbes vert foncé et clavelées qui se détachent, l'été, du fond du bassin et flottent sur l'eau en longues traînées : si bien que les pierres en bordure, les pieux et palis, la base des maisons, la coque même des navires jusqu'à la ligne de flottaison, en demeurent treillissés de rubans verdâtres. Quant au roseau, dit *cannella* (l'*arundo phragmites* de Linné), il tapisse de

---

1. *Marcire* (latin *marcescere*), pourrir, se gâter. Le français a de même le substantif, « marcescence », et l'adjectif « marcescent ».

ses hampes luxuriantes toutes les rives des lagunes, des canaux et des embouchures du Pô, au point d'y former quelquefois des fourrés de trois mètres de haut.

Parlons maintenant de la faune qui peuple la cavité.

Considérée dans ses espèces inférieures, elle va s'appauvrissant peu à peu, au fur et à mesure qu'on s'éloigne de la mer. On rencontre néanmoins encore dans la lagune de Comacchio quelques représentants du genre éponge, certains polypes et quelques radiés. Les mollusques sont en grande abondance. Sur le chêne-marin par exemple (*fucus vesiculosus*) vit l'ampoule ou goutte d'eau, animal gris blanc, mince comme du papier; en sa compagnie se trouvent la tarière, puis le cœur, puis la vénus aux rayures jaunes et brunes, que les pêcheurs régionaux appellent *cappe*, et enfin le plectognathe bien connu.

Parmi les crustacés, dont le nombre est considérable, je me contenterai de citer la crevette grise, dont se repaît le peuple des anguilles (les Vénitiens la nomment *schila*, et les gens de Comacchio *squilla*), puis son très estimé frère le salicot (ou salicoque), qui devient rosé à la cuisson, et qu'on nomme ici écrevisse d'eau salée (*gambero d'acqua salza*). A cause de la crête aiguë de son coronal, les pêcheurs ne peuvent l'empoigner que par derrière et le fourrent la tête la première dans leur sac.

Enfin, nous voici aux poissons, les plus intéressants de beaucoup parmi les hôtes de la cavité. Il y a d'abord la dorade, très appréciée déjà des Romains, et qui fait un des ornements des marchés de Venise et de Trieste, où, par parenthèse, elle coûte assez cher, attendu qu'elle est fort sensible au froid. A côté d'elle figurent la sole (*sogliola*), la loche de mer à large tête ou *gobio* (à Venise *gô*), fort recherchée aussi de tout temps, car Martial nous dit que les riches Vénètes avaient coutume de commencer leur repas par ce plat; puis les mulets de mer (*mugil*), avec leurs nageoires dorsales séparées, leur bouche angulaire et oblique, et leurs petits yeux. Tel est par exemple le têtu (*cefalo*), espèce qu'on rencontre toujours par troupes dans les lagunes. Une barque vient-elle à passer, toute la file saute en masse hors de l'eau, et le bruit que font ces bêtes en retombant ressemble, disent les pêcheurs, à une crépitation de fusillade.

Mais les représentants par excellence de la faune lagunaire, ce sont les anguilles.

V

On connaît les migrations périodiques de ces animaux, dont les mœurs singulières et quasi mystérieuses firent de bonne heure l'étonnement des Grecs. Tandis que les autres poissons voyageurs, tels que les saumons, abandonnent l'eau salée pour l'eau douce quand le moment vient de déposer leur frai, les troupes d'anguilles, au contraire, comme l'avait déjà remarqué Aristote, redescendent les fleuves en automne pour s'en aller frayer dans la mer. Quelques mois après, c'est-à-dire au commencement de l'année, la jeune couvée quitte l'Océan pour prendre le chemin des rivières, les remonter parfois à plusieurs centaines de lieues de distance, et s'installer à l'aise dans quelque cours d'eau, un lac, un étang, ou un simple marais.

C'est par bandes composées de millions d'individus que ces bêtes apparaissent aux bouches du Rhin, de l'Elbe ou du Rhône. Là elles se partagent en deux colonnes, qui longent chacune une rive du fleuve et ressemblent de loin à un ruban sombre. A chaque affluent il se détache du gros de l'armée un certain nombre d'*alevins*, qui filent par cette artère nouvelle et vont coloniser les eaux d'alentour. A l'embouchure du Rhône, la *montée*, comme on dit, se fait en masse si compacte qu'on peut *écoper* les bêtes au passage, à l'aide de simples seaux ou de cribles. On y a vu des convois de cette sorte durer quinze jours sans interruption.

Se rencontre-t-il en route un rapide ou une chute, les anguilles, ne pouvant franchir l'obstacle d'un bond, s'appliquent à le tourner. Elles grimpent, s'il le faut, aux rochers. Pareils à de petits reptiles, ces jeunes animaux, dont la longueur est d'un doigt à peine, enroulent leurs corps polis à la mousse humide du mur latéral. Beaucoup périssent dans cet héroïque effort d'escalade, ou retombent en arrière dans l'onde mugissante; mais beaucoup aussi

BARQUE DE PÊCHE.

exécutent avec succès la manœuvre, et reprennent leur course en
amont de l'obstacle.

La chute même de Schaffhouse, que le saumon du Rhin ne peut escalader, n'arrête pas les anguilles, car on a constaté la présence de ces bêtes dans le Bodensec ou lac de Constance.

La *montata* (montée) commence en Italie à la fin de janvier, et c'est sur elle que repose l'organisation essentielle de la pêche dans la lagune de Comacchio.

Dès le mois suivant on avise aux opérations destinées à diriger et à retenir les alevins dans la coupe. Voici, pour satisfaire la curiosité du lecteur, en quoi consistent ces opérations, dont je tiens le détail de la bouche d'un chef de *lavoriero*.

Le 2 février, on ouvre toutes les écluses des canaux qui font communiquer la lagune avec le *taglio* Palotta; on ouvre même en plusieurs endroits les digues qui la séparent, au sud, du Reno, et, au nord, du Po di Volano. Seulement, afin d'éviter que les gros poissons de la cavité ne s'échappent par ces brèches multiples, on tend sur chaque ouverture des filets aux mailles suffisamment larges pour que les alevins puissent s'y faufiler.

Le passage demeure ainsi libre jusqu'à la fin du mois d'avril, terme de la migration. Pendant tout ce temps les travailleurs des stations, les *lavanti*, restent en surveillance près des écluses et des brèches. La *montata* est protégée et favorisée par diverses mesures : défense de la troubler en aucune façon ; défense surtout de placer sur aucun point de son parcours des filets à réseau étroit.

On compte sur la lagune une vingtaine de stations ou *lavorieri*, entre autres celles de Caldirolo, de Paissolo, de Lepri, de Gaguino, bâties soit sur des îlots naturels du lac, soit sur des élargissements artificiels des digues du canal Palotta. Quant aux embarcations de transport, elles sont de trois sortes. Il y a d'abord les *barconi*, canots larges et plats, qui servent à véhiculer dans les établissements de marinage le poisson pris aux *lavorieri*; puis les *battelli*, qui sont affectés au service des personnes. Ces dernières barques sont munies de vergues et d'un gouvernail; elles sont également plates, et sans quille, de sorte qu'on peut, sans grand effort, les tirer sur les digues vaseuses des *valli*. Enfin il y a les barques *anguillières* proprement dites, pour le transport du poisson que l'on expédie à l'état frais. Celles-ci, closes par en haut, sont en forme de boîtes, avec un troisième pont solidement jointé, qui, comme les cloisons latérales, est percé de petites fentes pour que l'eau puisse y pénétrer librement. Les plus grandes sont appelées *marotte*; les autres *marottelle*.

Le personnel de la lagune comprend environ cinq cents hommes, répartis en trois détachements : l'un est chargé de la conservation, le second s'occupe de l'exploitation ; le troisième, de la police et de la surveillance. A la tête se trouve une administration, avec un chef-directeur. Mais reprenons le fil des opérations commencées.

Vers la fin de septembre on rouvre les écluses fermées depuis le mois d'avril. Le contenu liquide des *valli* reste, comme on dit, à l'étiage; parfois même le niveau en est plus bas que celui de l'Adria-tique : d'où il résulte que les flots de la mer s'épanchent par le canal Palotta et ses embranchements à travers le pays jusque dans la lagune. Cette montée des eaux marines coïncide avec le départ des anguilles, qui, devenues adultes, s'occupent, à leur tour, de regagner l'Océan. C'est la *calata*, ou descente, comme on appelle cette seconde migration, et c'est elle qui occasionne la grande pêche. Une chose contribue à hâter la mise en marche des *bisatti* (anguilles faites) : c'est que, par suite de l'évaporation estivale, la salure de l'onde lagunaire a augmenté dans une proportion désa-gréable pour elles; cette salure dépasse sensiblement celle des eaux marines, de sorte que les bêtes recherchent avidement le flot plus doux qui leur arrive de la façon que j'ai dit, et se portent avec empressement au-devant de lui.

Un autre fait à noter, c'est que, pour accomplir en masse leur nouvel exode, les anguilles choisissent toujours de préférence un ciel couvert, une nuit sans lune, avec pluie et rafale. Plus les élé-ments sont déchaînés, plus les colonnes voyageuses se trouvent aises. Aussi, au rebours de ce qui se passe ailleurs, les pêcheurs des *valli* appellent-ils de tous leurs vœux le mauvais temps; on prie et on supplie saint Cassien, le patron titulaire du pays, dont la cathédrale de la ville lagunaire conserve les reliques vénérées, de faire pleuvoir et venter sans relâche. Le fracas des averses, le sifflement du vent sont ici l'harmonie et l'ordre suprêmes (*ordine*), dût l'haleine de Borée décoiffer les maisons. Et c'est pour cette raison, j'imagine, que l'Arioste appelle Comacchio « la ville qui ne rêve qu'ouragans et tempêtes ».

Cependant, de tous les recoins de la lagune, s'ébranle le peuple
effilé des anguilles. L'immense troupe vogue allègrement vers les
ouvertures qu'on lui a ménagées. Mais, comme jadis l'armée de
Pharaon au passage du golfe de Suez, une effroyable surprise l'at-
tend. Chacune des brèches n'est plus qu'un piège. L'avide pêcheur
y a établi une façon de *cerne* en labyrinthe, où s'engouffre toute la
gent fugitive. Il y a d'abord ce qu'on appelle le vestibule, puis le
compartiment suivant, ou la *covola* (tanière), et ainsi de suite jusqu'à
la chambre extrême du lacis, qui, pour l'anguille, est la chambre
mortuaire.

Prises entre des murs de roseaux, qui vont augmentant d'épaisseur au fur et à mesure que l'insidieux réseau se prolonge et se
complique, les pauvrettes ne savent plus où donner de la tête.
Comme Tancrède dans le dédale que le Tasse nous décrit, elles
cherchent une issue, et n'en peuvent trouver.

C'est le terme de leur épopée aquatique. Voyez-les se bousculer
et se heurter, dans l'impasse finale du *lavoriero*. Elles y affluent en
masses si compactes qu'on les prend, tant avec la main qu'avec
d'énormes filets-cuillers. Il est même nécessaire, pour pouvoir
opérer, d'arrêter la file tumultueuse du convoi : ce qu'on fait en
allumant un feu clair des deux côtés du labyrinthe meurtrier. Tant
que la flambée se reflète dans l'onde, les *bisatti* cessent d'avancer.

Du filet-cuiller la proie frétillante est transvasée dans des cor-
beilles (*sacconi*), et, de là, dans des *cuves* immergées jusqu'au cou
et assujetties à des perches. N'oublions pas qu'avec les anguilles
arrivent dans le labyrinthe une multitude d'autres poissons, avides
également d'une eau plus douce. En une seule nuit, le 4 octobre
1697, dit le chroniqueur Bonaveri, on prit ainsi dans toute la lagune 340 000 kilogrammes de *bisatti*. En 1877 on n'en a capturé
que 75 000 kilogrammes.

Le butin est mariné sur place dans des établissements spéciaux,
et qui n'a pas visité un de ces antres ne saurait se faire une idée de
la nature de l'opération.

Figurez-vous une image de l'Enfer tel que nous le représente la
sombre et mystique imagination des artistes peintres du moyen âge,
un tableau d'Andrea ou de Bernardo Orcagna, tout pantelant de vie

et de réalité, avec ses macabres épouvantements, son spectre de la
« mort faucheuse », sa grande cuve tortionnaire et sa rouge four-
naise.

Regardez plutôt : la scène est savamment machinée. Une barque
ventrue glisse sans bruit sur l'onde ténébreuse d'un canal ; elle
s'arrête devant une grande porte : c'est l'entrée de la diabolique
enceinte. Le batelier pénètre par l'huis qui s'ouvre devant lui ; puis

PÊCHE DES ANGUILLES A COMACCHIO.

le voilà, et nous à sa suite, dans une immense salle aux murs nus,
à l'intérieur de laquelle s'enfonce le canal.

Là se fait le débardage de la nef à Charon. Vous devinez ce
qu'elle a dans ses flancs : des milliers d'anguilles grouillantes et
luisantes. Ce sont les âmes des damnés qu'apporte le pourvoyeur
de Satan. En un clin d'œil, le tout est versé dans les *bottiche*. Devant
chaque cuve est assis un suppôt de Lucifer, tenant en main une
hache affilée comme la faux de la Camarde. Prestement il coupe en
trois ou quatre morceaux les plus grosses bêtes, qui vainement

s'agitent et se tortillent ; quant au menu fretin, il est plongé tel quel dans le baquet.

Alors commence la seconde phase de l'opération, celle que l'on appelle l'*embrochage*. Avec une activité fiévreuse, une nouvelle escouade de travailleurs accrochent en file, tout vivants encore, à d'énormes piques de deux mètres de long les corps entiers et les tronçons de corps ; après quoi les *brochées* vont aux rôtissoires. Et quelles rôtissoires ! Une dizaine de brasiers gigantesques, alimentés au moyen de bourrées, brûlent et crépitent au fond de la salle. Sur chaque foyer se trouvent des crocs de fer auxquels on append les lardoires garnies de chair à griller. Les broches sont mises en mouvement par des femmes dont l'âge et l'aspect s'harmonisent avec la besogne et le milieu ; et, tandis que, au-dessus des flambées, tournent les tiges de métal grésillantes d'où s'exhalent d'âcres senteurs de graisse, les horribles cuisinières chantent.

Il ne reste plus, après cela, qu'à mettre à sécher dans des mannes les victimes de l'officine infernale, puis à les empiler dans des tonnes en les additionnant de sel et de vinaigre, afin qu'elles se conservent comme il faut. Dois-je ajouter que ce vinaigre n'est pas le premier venu des vinaigres ? c'est un alcool très fort et spécial, qu'on fait venir de Vasto, petite ville de l'Abbruzze citérieure où passe la voie ferrée de Brindisi.

VI

Ravenne. — Entre Comacchio et Ravenne s'étend un reste de ces grandes forêts qui couvraient autrefois presque tout le littoral des lagunes : c'est la *Pineta*, sombre futaie de hauts pins qui embrasse un espace de huit lieues de long sur quatre de large. Là le rivage de l'Adriatique, très sain à Comacchio même, commence à devenir insalubre ; de la plage moitié herbue et sableuse, où errent de sauvages troupeaux de bœufs blancs, se dégage, dans les mois d'été, un souffle pernicieux de *mal'aria*. Rien de plus

LA PINETA

mélancolique que le site ravennais pris dans son ensemble. Des eaux saumâtres, ayant à peine assez de pente pour couler, un fouillis d'herbages et de ronces qu'entrecoupent des plants monotones de rizières, conquêtes faites sur le marécage, un air tout imprégné de moiteur, des horizons aux teintes vaporeuses et vagues : tel est le caractère de cette région, aux aspects plutôt hollandais qu'italiens.

Cette impression de tristesse s'accroît quand on pénètre dans la ville même. De toutes les capitales déchues il n'en est pas, je crois, dont la déchéance s'accuse plus nettement. Les rues sont absolument désertes ; c'est la cité morne par excellence.

Jadis Ravenne était port de mer, ou du moins une sorte de golfe marin, sillonné de canaux où le flux entrait, la reliait directement à l'Adriatique. Son havre, agrandi par Auguste, pouvait contenir près de trois cents vaisseaux, et, après Misène, c'était la station navale la plus importante de l'Italie. Un canal que j'ai déjà mentionné, et qui traversait toute la ville, la joignait au Pô. Aujourd'hui, par suite d'atterrissements successifs, Ravenne est à six kilomètres de la mer ; elle ne s'y rattache plus que par deux *navigli*, dont l'un aboutit, un peu au nord-est, au port artificiel de Corsini. Là où se balancèrent des navires, verdoient maintenant des vergers et des prés.

On sait que Ravenne fut un moment la capitale de l'Empire romain d'Occident. Honorius, fuyant devant les Goths d'Alaric, qui venaient de se ruer sur la péninsule, fut heureux de trouver un abri dans cette place entourée d'une ceinture protectrice de marais et de cours d'eau, et défendue en outre, du côté du sud, par le port militaire de *Classis*, où des flottes sans cesse à l'ancre permettaient de gagner, au besoin, la rive opposée de l'Adriatique.

Les faibles Césars successeurs d'Honorius se gardèrent bien de quitter cet asile, ce qui n'empêcha pas le dernier d'entre eux, Romulus-Augustule, d'être détrôné par Odoacre, qui s'empara de la cité palustre, et en fit, lui aussi, sa résidence. Il est vrai qu'il n'y trôna pas longtemps ; sept années après, Théodoric, vainqueur des Hérules, s'installa dans Ravenne, qui resta la capitale du roi goth jusqu'au jour où, Bélisaire et Narsès l'ayant reprise pour le compte

de l'empereur d'Orient, la ville devint le siège d'un *exarque*, —
sorte de vice-roi, — relevant de Byzance.

Deux siècles après, les Lombards s'en empa rèrent à leur tour;
puis Pépin l'enleva aux Lombards pour la donner en cadeau au
saint-siège ; puis les Polenta, qui la gouvernaient en qualité de
feudataires du saint-siège, firent comme tous les détenteurs de
fief : ils s'affranchirent, au XIIIᵉ siècle, de la suzeraineté des souverains pontifes, et, pendant un laps de soixante-six ans, restèrent les
maîtres absolus de la ville. En 1441, enfin, celle-ci passa au pouvoir
de Venise, qui la garda jusqu'en 1509, époque où la fameuse ligue
de Cambrai en amena la rétrocession au pape. Elle est, à présent,
une sous-préfecture du royaume d'Italie.

De l'époque byzantine il reste à Ravenne le type d'architecture
grecque à coupole le plus complet qui existe dans tout l'Occident.
C'est son église San Vitale, à l'imitation de laquelle a été bâtie,
sous Charlemagne, la cathédrale d'Aix-la-Chapelle. Elle date du
temps de Justinien. A un kilomètre au nord de la ville se trouve
un spécimen d'un autre art : c'est le tombeau de Théodoric, la
Rotonde, ainsi qu'on l'appelle. C'est un édifice tout rond, coiffé d'un
énorme dôme monolithe, qui, de loin, apparaît demi-noyé dans la
verdure des peupliers. Quant au palais qu'habita le roi goth, il n'en
reste que quelques débris, sur le corso Garibaldi, qui relie du nord
au sud la porte Serrata à la porte Neuve. Non loin de cette ruine,
en se rapprochant de la place Victor-Emmanuel (ex-*piazza Maggiore*), s'élève le mausolée de Dante, mort à Ravenne en 1321 à l'âge
de cinquante-six ans. Enfin, à une demi-lieue de la porta Nuova, au
milieu d'une campagne solitaire encadrée à l'est par la *Pineta*, se
trouve la curieuse basilique primitive de Sant' Apollinare in Classe,
dernier vestige de cette vieille *Classis* qui fut détruite par les Lombards.

Quant à la domination vénitienne, la ville en porte partout l'empreinte. La grande place à laquelle aboutit le *stradone* venant de la
gare a le caractère essentiellement vénitien, avec ses deux hautes
colonnes de granit, aux piédestaux sculptés par Lombardi, où trônait
jadis le lion de Saint-Marc. La forteresse la Rocca, sise entre la
strada Serrata et le chemin de fer, est un monument de même
provenance ; ce sont les ingénieurs de la cité des lagunes qui la fon-

RAVENNE : PLAGE VICTOR-EMMANUEL.

dèrent en 1457. Elle fut ensuite pourvue de citernes, de magasins,

RAVENNE : TOMBEAU DE DANTE.

de fonderies. Enfin le pont sur le Lamone, entre Ravenne et Bagna-
cavallo, est également dû aux Vénitiens.

Chose singulière ! l'étranger qui visite, près de Ravenne, le mau-

solée de Théodoric remarque que les eaux se sont infiltrées dans la
salle inférieure du monument; il peut même arriver que le terrain
putride d'alentour soit entièrement inondé.

D'où vient ce phénomène? D'un affaissement général du sol sur
ce littoral de l'Adriatique. De l'embouchure du Ronco à celle de la
Piave, la côte fléchit et la mer s'élève. Ravenne descend peu à peu
en terre; les portes de ses édifices s'enfouissent lentement sous
le pavé de ses rues. On a calculé que le fléchissement était de plus
de quinze mètres par siècle. A Venise même, la crypte de Saint-
Marc se trouve aujourd'hui au-dessous des eaux; les filtrations la
menacent sans cesse; la mer a revêtu d'incrustations salines les
colonnettes qui forment le soutènement de la voûte. Est-ce le terrain
qui, avec le temps, redevient perméable? Sont-ce des tassements qui
se produisent dans la vase? Toujours est-il que l'œuvre de consoli-
dation semble ici toujours à reprendre. On a eu beau superposer
les entrelacs de poutres compliqués de solides chevauchements,
on a eu beau combler avec soin tous les intervalles et toutes les
cuvettes : il suffit du moindre trou de taupe pour que l'onde insi-
dieuse trouve à sourdre, et que les palais de marbre aux pieds de
bois chancellent sur leurs fondations minées.

On a vu aussi que la chaîne d'îlots qui, au temps des anciens et
au commencement du moyen âge, bordaient le littoral d'Aquilée, a
presque entièrement disparu. Dans les eaux de la mer et dans les
marais, des débris de môles et de murs, des pavés de mosaïque, et
jusqu'à des pierres à inscriptions, témoignent de l'ancienne extension
de la terre ferme. Plus à l'ouest, le rivage s'est abaissé également,
et si, de ce côté, le royaume de Neptune ne s'accroît pas d'une manière constante, c'est que les alluvions apportées par les fleuves font
compensation au déchet du sol.

Dans la lagune côtière de San Vincenzo, que délimitent deux bras
du Sile, se trouvait jadis la bourgade de Ca di Riva, qu'entouraient
des prairies et des champs, et où s'élevaient de nombreuses églises
et maisons de campagne. Des documents du xe siècle nous la montrent encore comme très florissante; trois cents ans plus tard, ce
district était déjà en partie au-dessous de l'eau. Non loin de là, sur
le canal Dolce, une branche du Sile, se dressait une croupe herbue,
nommée le Monte dell' Oro, à laquelle se rattachaient toutes sortes

RAVENNE : RESTES DU PALAIS DE THÉODORIC.

de légendes populaires, et où même il y avait un cloître (San Cataldo). Cette intumescence de terrain a disparu, elle aussi. Un certain nombre de localités connues, Costanziaca, Ammiana, Gujada, Sant' Arriano, Santa Cristina, ont sombré également. Ammiana surtout était très importante ; au xvi⁰ siècle encore, une tour en restait. Aujourd'hui les reliefs de sable qu'on appelle les *dossi* (les dos) témoignent seuls de son existence passée.

La ville de Torcello elle-même, qui était très peuplée à l'époque des Romains, s'est vue ruinée peu à peu par les envasements dus à l'abaissement de son sol. Dans la crypte de sa principale église jaillit actuellement une source d'eau douce.

Près de Fusina enfin, dans la lagune dite du milieu, se trouvait une île habitée, San Marco di Lama, où s'élevait un cloître. En 960 quelques cellules de cet édifice avaient déjà sombré dans la mer. En 1328 le gouvernement vénitien fit étayer au moyen de pilotis et de digues les parties de terrain les plus menacées ; néanmoins, deux cents ans plus tard, il ne subsistait plus que quelques traces de l'île.

VII

Padoue. — Reprenons à présent, du sud au nord, le chemin de l'embranchement de Mestre.

Au sortir de Ferrare, la voie ferrée qui mène à Padoue franchit le Po di Maestra à la station de Ponte Lagoscuro. Deux localités encore, Santa Maria Maddalena et Paviole, appartiennent à l'ancienne Romagne pontificale ; puis, à Polesella, petite ville située pittoresquement, on entre sur le territoire vénitien. Bientôt apparaît le joli chef-lieu de la Polésine, Rovigo, où siège aujourd'hui l'évêque d'Adria, éloignée de quatre lieues plus à l'est. En deçà de la station suivante, qui se nomme Stanghella, on traverse l'Adige, et ensuite on arrive à Este, ville industrieuse qui fut, on s'en souvient, le berceau de la branche ducale de Ferrare et de Modène. De là jusqu'à

Padoue, le railway, longeant le pied des monts Euganéens, court à travers une contrée charmante, véritable océan de verdure où essaiment de toutes parts les villas. Monselice, Battaglia, Abano, sont les dernières stations de ce district, fameux déjà, au temps des Romains, par ses eaux sulfureuses.

Padoue fait tout d'abord l'effet de la plus morose des villes au milieu de la campagne la plus gaie du monde. Avec ses rues silencieuses, sa vieille enceinte garnie de bastions, ses maisons aux sombres arcades, la cité d'Anténor et de Tive-Live ressemble un peu à un immense cloître. Le touriste sérieux ne manque pas néanmoins d'en découvrir les charmes secrets, et aussi de les goûter à loisir.

Padoue est comme le vestibule de Venise, dont elle n'est distante que de neuf lieues. Ses magnifiques plaines, où serpente le cours du Bacchiglione, étaient un des lieux de villégiature préférés des riches citoyens de la république. Là se dressaient ces palais d'été célébrés par le dramaturge Goldoni, avec leurs parcs enrichis de fontaines, de viviers, de labyrinthes de toute sorte, où vocalisaient les oiseaux chanteurs.

Les seigneurs des lagunes se rendaient de Fusina à ces nids padouans sur de petits bâtiments spéciaux, qui étaient alors le dernier mot du confort et du luxe ; les cabines en étaient tendues de maroquin et de brocatelle ; partout des glaces, des peintures et des objets d'art. Les *coches* d'eau destinés au public étaient eux-mêmes aménagés de la façon la plus ingénieuse ; pendant la traversée on tuait le temps avec le jeu, les contes, la musique.

Padoue est, avant tout, la ville de saint Antoine, la ville du *Saint*, comme on appelle ici par excellence l'apôtre portugais qui y mourut en 1231, après avoir essayé vainement de convertir le féroce tyran Ezzelino. Ce fervent évangéliste, qui poussait l'ardeur du prosélytisme jusqu'à se faire écouter des poissons eux-mêmes, à ce qu'assure la légende, possède à Padoue une église, — *Sant'Antonio*, ou *Il Santo*, — qui est un des sanctuaires les plus riches et les plus vénérés d'Italie. C'est un temple de dimensions colossales, surmonté de sept coupoles et de deux fins campaniles. La chapelle où sont conservées les reliques du Saint attire toute la dévotion de la ville et des alentours.

VILLA GIUSTINIANI, A PADOUE.

D'autres églises encore, la Cathédrale, bâtie sur les dessins de Michel-Ange, Santa Maria dell' Arena, où se trouvent des fresques de Giotto, Santa Giustina, avec ses huit dômes, érigée, dit-on, sur l'emplacement d'un ancien temple de la Concorde, méritent certainement d'être visitées.

Parmi les édifices profanes, je citerai : sur l'ancienne place des Seigneurs, la *Loggia del Consiglio*; sur la place aux Herbes, où se tient le marché, le palais *della Ragione* ou Hôtel de Ville, qui renferme une véritable merveille. C'est le *Salone,* immense salle des xiie et xiiie siècles, avec deux étages de galeries extérieures, qui passe pour la plus vaste de l'Europe. Elle mesure quatre-vingts mètres de longueur sur vingt-huit de largeur : « Une place de marché voûtée, comme dit Gœthe ; un infini fermé, plus en harmonie avec l'homme que le firmament étoilé, car celui-ci nous ravit hors de nous-mêmes, tandis que celui-là nous y ramène doucement. » Le *Salone* contient plus de trois cents compartiments décorés de peintures murales.

L'université de Padoue, fondée en 1223, attira autrefois la jeunesse de toute l'Europe. Pour en assurer la prospérité, le gouvernement vénitien avait défendu à tout sujet de la république d'aller étudier à l'étranger, et ne reconnaissait que les grades conférés par cette université. Les hommes les plus illustres de l'époque y enseignèrent les sciences et les lettres. Alde Manuce y professait, quand Érasme vint de Bologne à Padoue, pour entendre le fameux helléniste Marc Musurus, de Candie. André Vésale y occupa très longtemps une chaire. Le Tasse, âgé de dix-huit ans, écrivit son premier poème sur les bancs de cette insigne école, que devait plus tard illustrer Galilée.

L'université de Padoue compte encore aujourd'hui près de 3000 étudiants. Le bâtiment, *Il Bo,* est situé au centre de la ville, près du gigantesque café Pedrocchi, un vrai café universitaire avec ses galeries et ses colonnes du style grec le plus pur. Sa bibliothèque est établie à côté du Dôme, dans la salle des Géants, peinte à fresque par Campagnola.

A l'extrémité ouest de la ville est l'Observatoire, installé dans une tour de l'ancien palais d'Ezzelino qui servait de cachot au temps de ce farouche podestat. C'est de cette même tour que Galilée jadis observait les astres, à l'aide du télescope qu'il venait d'inventer. Du haut des terrasses de cet édifice on jouit d'une vue magnifique sur Padoue et sur sa campagne. Par delà on distingue, au nord, la chaîne du Tyrol ; au-dessous de celle-ci, celle du Vicentin ; plus au sud, les monts Euganéens, et au levant, par un temps clair, le campanile de Saint-Marc à Venise.

Les monts Euganéens, dont j'ai déjà parlé brièvement, dessinent sous Padoue un massif isolé et touffu, de cinq lieues environ d'étendue. C'est un relief volcanique éteint, dont les feux avaient sans doute leur foyer sous les hautes et vacillantes cimes des Sette Comuni. Le mamelon le plus élevé de la chaîne atteint à peine 600 mètres. Au milieu de ces collines, abondantes en sources thermales et couvertes d'une superbe végétation, se trouve, à quatre lieues de Ferrare, le petit bourg d'Arqua, où Pétrarque vécut et mourut. La maison et la tombe du poète sont encore aujourd'hui montrées au touriste. La tombe est à un bout du village, en face de l'église ; la maison, habitée par des paysans, est à l'extrémité opposée. Les murs des chambres y sont revêtus de peintures grossières représentant des épisodes de la vie du chantre de Laure. Dans une niche on voit même, empaillée, la petite chatte blanche que Pétrarque aimait tant ; mais, comme le laurier du tombeau de Virgile, cette dernière relique, sans nul doute, est d'une authenticité douteuse.

CHAPITRE IX

Le voyageur anglais John Moore raconte que, le premier jour de son arrivée à Venise, il remarqua sur la Piazzetta un homme vêtu de noir qui, le chapeau à la main, s'évertuait, avec force gestes, à rassembler autour de lui les passants.

« Écoutez, belles et vertueuses dames, écoutez, nobles gentils-hommes, daignez m'accorder un moment d'attention. Il s'agit des aventures merveilleuses d'un galant chevalier. »

Personne n'a l'air d'entendre le conteur. Celui-ci continue sans se déconcerter.

« Des aventures d'un noble chevalier *amoureux*.... »

A ce dernier mot on commence à le regarder.

« Je dis d'un chevalier *italien*.... »

Quelques gondoliers s'arrêtent.

« D'un *fils de Venise*, d'un *héros de Saint-Marc*.... »

Des groupes se forment.

« Qui triompha, il faut voir comment, des *maléfices d'un nécromant redouté*.... »

Cette fois, le cercle des auditeurs grossit. L'attroupement achève d'attirer la foule, et le romancier populaire entame sa récitation fantastique, qu'il scande d'une pantomime effrénée. Transformations à perte de vue, combats à outrance, magiciens, dragons, hippogriffes, rien ne manque à ce récit merveilleux, où figure tout le Cabinet des fées.

Seulement, à l'endroit le plus pathétique, le rapsode malicieux s'interrompt tout court.

« Belles et vertueuses dames, nobles gentilshommes, un *soldo*, un petit *soldo*, s'il vous plaît ! » dit le conteur en tendant son chapeau.

On lui jette quelques pièces de monnaie, et l'homme reprend le fil de sa narration.

Cette race d'improvisateurs forains n'existe plus aujourd'hui à Venise. Il m'est bien arrivé, il y a quelques années, d'entendre près du lac de Garde un aède ambulant qui déclamait, en s'accompagnant d'une guitare, une sorte d'épopée *fiabesque*, mélange indicible d'horreurs et de drôleries; mais, dès la fin du siècle dernier, cette coutume a commencé de se perdre, et ce n'est guère qu'exceptionnellement que l'étranger rencontre, au bord des lagunes, non pas un véritable conteur, animé de la verve *da diavolo* du vieux temps, mais simplement un récitateur lisant des vers de l'Arioste ou du Tasse, en y ajoutant des remarques de son cru.

C'est ainsi que M. Éd. Charton dit avoir entendu en 1869, à Chioggia, un déclamateur de ce genre qui, chaque soir, sur la grande place de la ville, donnait au public une séance de lecture agrémentée de commentaires pittoresques autant qu'instructifs.

Une autre note locale également perdue, c'est le fameux chant des gondoliers modulant des *octaves* de la *Jérusalem délivrée* ou des épisodes de l'*Orlando furioso*. A vrai dire il en est de ce plainchant comme des accents de la trompe des Alpes; il demande à être entendu de loin. De près, ces vocalisations, très souvent stridentes et forcées, forment une symphonie d'un attrait contestable. Elles ont absolument besoin de se fondre dans le concert des bruits d'alentour, clameurs des flots, murmures sourds des rues, vibrations multiples de l'air ambiant.

Autrefois ce n'étaient pas seulement les *barcarols* qui modulaient, des nuits entières, ces sonores mélodies où les voix se faisaient parfois écho de fort loin, d'un canal ou d'une île à l'autre ; c'étaient aussi les femmes des *lidi*. Le soir, pendant que leurs maris étaient au large à pêcher, elles s'asseyaient au bord de la mer, et entonnaient leur chant à tue-tête, continuant jusqu'à ce que, de leurs barques, les pêcheurs répondissent.

On peut encore maintenant, à Venise, si l'on en fait d'avance la « commande », se payer une distraction de cette espèce ; mais dans ce cas on n'a plus affaire qu'à des chanteurs de métier, ce qui tue dans l'œuf le *dilettantisme*. Et non seulement le gondolier aède a émigré au pays des mythes, mais, à bien d'autres points de vue encore, la gent qui manie l'aviron a perdu sa couleur caractéristique. De même que la Vénitienne du peuple sort généralement en cheveux (seules les femmes de Chioggia sont restées fidèles à la mantille blanche), de même le batelier des lagunes porte la blouse, la chemise ou la veste, avec la casquette ou le chapeau mou, et est, en somme, moins typique d'aspect que le matelot de Naples ou de Gênes.

Qu'importe, après tout, cette question d'oripeaux ? La vraie poésie n'est point dans ce détail ; elle est dans le cadre où se meut l'être humain ; elle est dans l'être humain, abstraction faite du costume qu'il revêt : sinon le fameux *coloris* de Venise ne serait plus qu'une question de teinture, et, pour dépouiller de toute sa splendeur la ville de Titien et de Véronèse, il suffirait de lui ôter son manteau d'écarlate et sa robe brodée de lis d'or.

Si l'antique improvisateur ne se rencontre plus de nos jours sur les dalles luisantes de la place Saint-Marc, il n'en a pas moins été une des gloires de Venise vieillie et déchue. On peut même dire que, au siècle passé, dans l'éclipse absolue de tous les arts, le genre de littérature dont il était un des représentants brilla d'un éclat tout particulier. C'est la dernière auréole qui nous apparaît,

« à la veille du déluge », au front fardé de la cité des doges.

De tout temps les Vénitiens avaient aimé les récits brillants et mêlés de fantastique qui parlaient à l'imagination. La littérature populaire était née, chez eux, des relations merveilleuses que Marco Polo et d'autres voyageurs revenus de l'Orient ou du monde arabique avaient apportées de ces régions, encore plus éclairées du soleil que la lumineuse Italie, pays étranges où se voyaient des plantes aux couleurs innomées, des oiseaux aux pennes inconnues, et où, en échange d'un grelot de cuivre ou d'un collier de verroterie, on recevait une poignée de poudre d'or. L'esprit national aussi bien que la langue en avait reçu comme un coup de soleil dont la marque ne devait pas s'effacer.

Deux langues néo-latines se sont rencontrées en Vénétie : l'une, qu'on appelait le *ladino*, ou le *furlano*, était l'idiome parlé à Bellune et dans le Frioul, sans doute une branche de ce *rhéto-romanche* encore en usage dans le canton des Grisons ; l'autre était le *vénitien* proprement dit, qui finit par l'emporter sur le *ladino*. Longtemps néanmoins dans les actes publics on continua de se servir d'un latin corrompu et barbare. La vieille chronique *Sagornina* par exemple, qui remonte à l'an 1000, est écrite en langue latine, avec syntaxe et désinences italiennes. Peu de temps après, un certain Zéno, abbé du monastère du Lido, rédige, à son tour, une chronique du même genre, qui a disparu. Bref, le plus ancien vestige du dialecte vénitien se retrouve dans des actes du podestat du Lido Maggiore, datant du commencement du xive siècle.

Aujourd'hui ce dialecte embrasse un territoire de 400 lieues carrées environ, avec un noyau de deux millions d'habitants. Il s'étend, au nord-est jusqu'au cours inférieur du Tagliamento, au sud jusqu'au Pô, à l'ouest jusqu'au Mincio (le Mantouan non compris). Il remonte le cours de l'Adige et de la Piave jusqu'à la limite de la langue allemande. Je laisse de côté, bien entendu, les conquêtes faites par le lion de Saint-Marc sur les côtes de l'Adriatique supérieure.

On sait déjà que le dialecte de Venise est le plus doux et le plus flexible des idiomes du pays où le *si* résonne. On ne conçoit pas, dit Mme de Staël, « comment le peuple si énergique qui tint tête à la ligue de Cambrai a pu jamais parler un langage aussi souple ». Nul

SORTIE DU THÉATRE DE LA FENICE, A VENISE.

effort de prononciation; point de gutturales, point de nasales, point
d'aspirations. Toutes les syllabes sont en quelque sorte mouillées ;
les consonnes doubles et dures sont bannies, au profit exclusif des
diphtongues molles, des lettres labiales et coulantes. Invariable-
ment le *g* se trouve changé en *z*, et les syllabes intermédiaires sont
mangées : *Chioggia* devient *Chiozza*; la *Giudecca*, la *Zuecca*. Bref,
dans le caractère de l'idiome se reflète la nature physique du pays.
Aux Marches de l'extrême nord de l'Europe, sur les lagunes de la
mer Baltique, on observe, dans le parler local, des phénomènes
d'amollissement analogues.

Et quelle abondance d'expressions caressantes, quel luxe de dimi-
nutifs familiers, lestes ou tendres ! Un gazouillement de pinsons
mêlé à un roucoulement de colombes, une façon de bégayer plutôt
que de parler, si bien que dans ce dérivé d'une langue déjà énervée
et fluide, telle que l'est l'italien, il ne reste plus l'ombre d'âpreté.

A une douceur de sons sans pareille ce dialecte unit, par surcroît, une vivacité d'allures incroyable. La plaisanterie jaillit de ses
phrases, l'épigramme du choc de ses mots. Il suffit de lire le petit
poème anonyme composé dès le XVIᵉ siècle dans cet idiome relativement fruste, mais déjà plein de couleur et de nuances, à propos de
la rivalité légendaire des Nicolotti et des Castellani, pour comprendre les ressources qu'un pareil instrument pouvait offrir à de
vrais poètes comiques. Dans les stances légères qui célèbrent cette
guerre homérique, on aperçoit déjà en germe les qualités de verve
burlesque que devaient déployer, à deux cents ans de là, les grands
maîtres du genre populaire.

A l'âge héroïque succède, en littérature, une période moitié dra-
matique, moitié lyrique, où le dialecte vénitien achève de dépouiller
sa grossièreté primitive pour prendre une élégance de manières
mieux en rapport avec le sensualisme affiné des mœurs. Les premières pièces de théâtre écrites en patois reflètent fidèlement le
train de vie du temps. On n'y voit qu'amoureux brandissant le poignard, qu'assassins à gages, que capitans retors ou bravaches. A côté
des inventeurs d'intrigues, tels que Calmo, il y a les *sonnettistes*,
comme Pierre Bembo, les ménestrels aux accents langoureux,
comme Ingegneri et autres, qui chantent sur le mode mineur les
promenades en gondole, les manèges des soupirants, les dames au

balcon, les accords nocturnes de la mandoline et du luth. C'est le
bel âge de la *sérénade*, avec toutes ses circonstances adjacentes.

Mais, vers le milieu du XVIIIᵉ siècle, juste à l'époque où fleurissent
en France la galanterie décente et le « bel air » éclos dans les ruelles
des *alcôvistes* et dans les salons de l'hôtel de Rambouillet, la période
poétique de bon ton cesse à Venise. On se détourne définitivement
du lyrisme, et l'amour violent cède la place à l'amour dépravé. Alors
paraît Baffo, le poète des obscénités. Cependant, par un contraste
bizarre, à côté de ce genre littéraire aux inspirations de plus en
plus sensuelles, qui, d'énervements en énervements, d'extravagances
en extravagances, devait finir par se perdre, comme la peinture et
l'architecture elles-mêmes, dans des mignardises vides de sens,
s'épanouit une plante à la forte sève, poussée au grand air et en
plein soleil, dont le populaire s'administre de larges et toniques
infusions ! C'est la *commedia dell' arte*, autrement dit la comédie
impromptu.

II

Celle-là était née dans la rue même. Elle remontait au temps
lointain où la poésie, non encore concentrée dans la langue, se
dégageait du spectacle des choses et de celui des costumes. C'était
l'antique mascarade, accompagnement ou parodie des exhibitions
officielles, telles que la promenade du *Bucentaure*, les fiançailles de
« messer le doge » et de l'Adriatique. On mêlait à ces spectacles
patriotiques des naumachies, des joutes, des jeux funambulesques
et des pièces à tréteaux. Dès l'an 1400 une compagnie dite de la
Calza[1] s'était formée pour représenter sur la place publique un
genre de *scenario*, essentiellement vénitien de caractère, qu'on
désignait sous le nom de *momaria* (*momus* ?). Une *momaria* de cette
espèce fut encore jouée sur la Piazza San Marco, le jeudi gras de

----

1. Ainsi appelée parce que ses membres portaient sur leurs chausses (*calze*) une devise de couleur.

1532, avec une mise en scène fastueuse et des intermèdes de pantomime.

Quant à la comédie proprement dite, elle ne date, à Venise, que du XVIᵉ siècle. Trissino écrit alors sa *Sophonisbe*, Dolce traduit le théâtre antique, Antoine de Molino accommode le genre à la variété des dialectes, et bientôt, avec Rinuccini (1553), la musique s'unit à la poésie dans les œuvres scéniques. Les théâtres se multiplient. Le Tintoret ne dédaigne pas d'orner de son pinceau des échafauds même improvisés; Vasari brosse les décors de la *Talanta*, de l'Arétin; Palladio, le savant constructeur du Théâtre Olympique de Vicence, en édifie un, tout en bois, dans l'*atrium* du monastère de Sainte-Marie de la Charité. Frédéric Zuccati y peint douze tableaux. Une autre salle est bâtie par Sansovino, dans le *sestiere* de Cannareggio. Mais revenons à la comédie populaire.

Primitivement les pièces étaient jouées par «monsieur tout le monde». Plus tard seulement, quand le poète et le public furent devenus deux personnages différents, le divertissement cessa d'être un simple accessoire de la folie carnavalesque, pour constituer quelque chose de distinct et prendre une existence à part; mais le caractère du spectacle demeura fixé traditionnellement, et les personnages, en montant sur la scène et en se détachant de la multitude, gardèrent leurs types connus et leur physionomie invariable.

Ce fut toujours cette curieuse famille de *masques* bouffons, qui, deux siècles durant, a fait rire aux éclats l'Italie tout entière et même une bonne partie de l'Europe : *Tartaglia*, *Truffaldin*, *Brighella*, *Arlequin*, et le fameux *Pantalone* vénitien. Du jour où des sociétés ambulantes, formées tout exprès, eurent commencé de promener de ville en ville ces types grotesques où s'incarnait une sorte de mythologie populaire et où chaque cité de la péninsule retrouvait son image drôlatique avec le patois qui lui était propre, les foules ne voulurent plus d'autre spectacle que celui-là.

Vainement le théâtre dit *national* essaya de réagir contre le succès de cette littérature de dialectes; aujourd'hui encore, au delà des Alpes, la langue italienne pure, celle que l'Académie florentine de la *Crusca* marquait jadis de son estampille, paraît aux masses pédante et guindée. « Nous sommes Bergamasques et Vénitiens, disaient à Florence les acteurs de la comédie impromptu; nous par-

courons toutes les villes d'Italie ; la foule est à nous ; on se réjouit
à nous voir et à nous entendre, tandis que vos pauvres comédies
classiques, à force de tirades, font bâiller les marbres. »

Venise, la ville du carnaval, devait rester et resta le centre le
plus vivant de la *commedia dell' arte*. Dans tout le répertoire du
théâtre *italien*, soit original, soit d'imitation, il n'y a rien qui se
puisse opposer aux créations de sa scène populaire.

L'acteur vénitien par excellence, c'est, je l'ai dit, le sieur Pantalon, au masque brun et aux moustaches grises. Il avait primitivement pour costume le long caleçon à pied, la robe d'indienne, le
bonnet de laine et les pantoufles turques ; puis, au début du
xviiiᵉ siècle, il modifia un peu son accoutrement pour revêtir la
culotte courte et les bas. De nos jours, autre changement : il a
quitté la simarre de laine pour porter la perruque poudrée, à la
mode de Cassandre.

Pantalon est le type pur de l'ancien marchand des lagunes, toujours affairé, achetant, vendant sur la place Saint-Marc, avec force
discours, gesticulations et serments ; en lui s'incarnent tous les
travers du bourgeois vénitien. Tour à tour père, époux, vieux garçon
ou veuf, riche ou pauvre, avare ou prodigue, il est toujours fat et
ridicule à souhait. D'ordinaire il est affligé de deux filles, Isabelle
et Sméraldine, qui s'entendent avec leurs soubrettes, Fiammetta et
Zerbinette, pour tromper le bonhomme. A Venise comme sur la
terre ferme, le pauvre Pantalon est sans cesse victime de quelqu'un
qui l'exploite.

Mais celui qui l'exploite le mieux, c'est encore Arlequin son valet.
Il est vrai que le bourgeois se venge à l'occasion. Quand il est
apothicaire par exemple, il en fait voir de mille sortes aux clients ;
il débite des noix de Mestre pour de la noix de muscade, de la terre
de marais séchée au soleil pour de la poudre de girofle, de la
décoction d'anguille pour du baume de vipère. Il conserve également
le souvenir rancunier des vilains tours qu'on lui a joués, et lorsqu'on
ouvre son testament, on y trouve, entre autres clauses, le legs en
faveur de son valet de « cent coups de bâton bien sanglés ».

Parfois aussi, Pantalon, au lieu d'être un modeste bourgeois
comptant sou par sou, est un des gros bonnets de l'État, noble,
riche à millions, et, qui sait? en passe peut-être de se faire nommer

doge. Il a des villas de tous les côtés ; les princes lui font leurs
confidences, et il s'habille d'une manière somptueuse, quoique
toujours en retard d'un siècle environ sur la mode du jour. Il fait
l'important, joue du poignard damasquiné, et est bien aise qu'on
le soupçonne de faire partie de ce terrible Conseil des Dix, dont le
nom seul pourtant lui donne des frissons.

Les pièces de la *commedia dell' arte* se jouaient sur un simple
canevas, un squelette de drame (*ossatura*), comme on disait, où
tout se réduisait à de brèves indications. C'était aux acteurs d'im-
proviser le reste, suivant un accord au pied levé fait avant le lever
du rideau. Avec de bonnes troupes, comme celles qui tenaient les
théâtres de Venise, tout marchait à merveille.

Au XVIIIᵉ siècle cependant, il advint que la bonne société de Venise
voulut se détourner du *masque* légendaire. Il se fonda, sur le modèle
de la Crusca de Florence, une académie qui se donna pour mission
d'épurer à la fois la littérature et la langue. Elle trouva même des
auxiliaires dans la rue, témoin le « signor Cigolotti », à la fois poète,
érudit, critique... et ivrogne, qui était, vers 1762, le conteur favori
de la place Saint-Marc, et qui n'oubliait jamais de faire remarquer
à son auditoire les mots toscans et les élégances de diction dont ses
discours étaient ornés. C'est alors que parut Goldoni, qui entreprit
d'anoblir et de transformer le théâtre lui-même. Mais la mode eut
beau le favoriser, le populaire n'allait point à lui. La vieille comédie
impromptu devait durer autant que Venise elle-même ; la preuve,
c'est qu'en 1796, au moment où tout allait s'écrouler, il existait
encore en Lombardie des sociétés de bourgeois et de nobles, épaves
des anciennes *calze*, où l'on s'apprenait à jouer, en vue des fêtes du
carnaval, des rôles d'Arlequin et de Pantalon.

Ce n'étaient donc pas des imitations plus ou moins fades du genre
tragique de Corneille et de Racine qui pouvaient revivifier sur le
tard le théâtre national de Venise ; il fallait autre chose à ce peuple
insouciant, qui ne songeait plus qu'à se laisser vivre dans la joie et
le farniente. Ce quelque chose, Gozzi le trouva.

III

En ce temps-là, c'est-à-dire au milieu du XVIIIe siècle, on ren-
contrait parfois, se chauffant au soleil sur la place San Mosé ou
arpentant les ruelles d'alentour, un homme sombre, au sourcil
froncé et à la tête basse, qui semblait vouloir esquiver les regards.
Un étranger l'eût pris volontiers pour un *bravo* méditant quelque
coup.... C'était Charles Gozzi, en train de ruminer un de ses drames,
le *Monstre bleu* ou *Verdelet le bel oiseau*. Ce personnage à l'air revêche était un des grands rieurs de ce monde, et, aux éclats vibrants
de sa gaieté, toute la Vénétie se pâmait de plaisir.

Issu d'une de ces familles patriciennes dont deux siècles d'indo-
lence et de luxe avaient fortement échancré le patrimoine, Gozzi,
presque au sortir du berceau, avait pu se familiariser avec la vie de
théâtre. Son père, qui menait encore un assez grand train, avait
fait construire dans son palais de la rue San Caciano une salle de
spectacle où jouaient ses sept fils (c'était Charles qui était le
septième). Cette fantaisie acheva de le ruiner, si bien que Gozzi, à
seize ans (1738), partit pour Zara, avec une guitare et un paquet de
livres.

Après un séjour de quelques années sur la côte sauvage de la
Dalmatie, il revint à Venise se réinstaller dans le palais délabré de
ses aïeux. Là il vécut en solitaire, ne sortant que pour aller à son
théâtre de San Samuel styler sa petite troupe d'acteurs. Toujours
réfléchi et mélancolique dans le milieu le plus tumultueux du monde,
Gozzi avait son idée fixe, qui était de se faire l'amuseur des foules
et d'inventer pour le peuple de Venise un théâtre approprié à ses
goûts. Certes il n'eût pas demandé mieux que de se risquer dans
le genre satirique. Avec quelle joie il eût drapé sur la scène toute
la gent patricienne de son temps, vieux nobles du Livre d'Or, ou
marchands de poisson anoblis après coup moyennant finances!
Mais il y avait la Seigneurie, qui n'entendait pas raillerie à ce sujet,

et Gozzi savait que les *Puits* étaient près de la place San Marco.

Mieux valait donc imaginer quelque création innocentissime, dont on ne pût s'offusquer en haut lieu, et qui, sans troubler le peuple de Venise dans ses idées et ses habitudes, sans le contraindre même, — c'était là le grand point, — à un effort laborieux d'entendement, lui mît en liesse l'imagination, lui reflétât dans une sorte de vision

DEVANT LA PORTE, A VENISE.

capiteuse et suprême toute la fantaisie colorée et riante dont son âme de grand enfant était pleine.

Pour deviner où se trouvait la mine exploitable, Gozzi n'eut besoin que de descendre dans la rue. Là, en voyant le populaire s'attrouper devant les conteurs de carrefour, il sentit germer dans son cerveau toute une épopée étrange et burlesque, où, aux éclats de rire provoqués par ce qu'il appelait les « culbutes » de l'homme, allait se mêler, comme un élément nouveau, ce qui est depuis lors devenu le « genre fantastique ». Il n'était point nécessaire, pour cela, de congédier la famille légendaire des Tartaglia, des Arlequin et des Pantalon, qui était la joie de la scène italienne ; il suffisait de prendre ce clan bien-aimé, et de le jeter dans un milieu fantasmagorique qui lui refît une jeunesse.

Alors naquit ce théâtre indéfinissable, sorte de féerie aristopha-nesque, éblouissante d'étrangeté et d'éclat, où, à l'*imbroglio* le plus insensé, à l'héroïsme de cape et d'épée le plus emphatique, s'allie l'esprit de sarcasme le plus drôle et le plus déluré du monde. Aux réformateurs de son temps, qui voulaient sacrifier l'imagination, Gozzi répondait simplement en mettant l'imagination au-dessus de tout.

La pièce *fiabesque* des *Trois Oranges* fut comme le manifeste du poète.

La scène représente la cour du roi de Carreau. Tartaglia, le fils du monarque, est gravement malade ; rien ne peut plus le distraire ; il va trépasser de mélancolie. Or, Tartaglia, c'est le public vénitien lui-même. On le devine au diagnostic de Truffaldin le docteur. Celui-ci, tâtant le pouls du patient, explique comment il est tombé dans cet état périlleux de marasme. Un théâtre larmoyant, *commedia flebile*, une poésie sablonneuse comme les dunes, des hémistiches lamentables et de mauvaises rimes lui ont tellement attaqué le système, que son estomac ne peut plus digérer. Il faut, à tout prix, trouver moyen de l'amuser.

Le roi fait donc donner des fêtes magnifiques, avec tournois, musique et le reste. Peine perdue ! La tragédie et la comédie nou-velles ne font elles-mêmes qu'aggraver le mal du prince. Force est de chercher ailleurs le remède.

Tout à coup apparaît sur la scène une pauvre vieille toute décré-pite, qui n'est autre que la fée *Morgane* transformée. Son arrivée seule produit la cure désirée. En effet, une culbute qu'elle fait en tombant cause un tel fou rire au prince Bredouille (c'est le sens du mot *Tartaglia*) que, du coup, le voilà guéri. Mais la vieille, furieuse de l'hilarité provoquée par sa chute, se venge en persuadant à Tar-taglia d'aller à la conquête de « trois oranges » qui se trouvent dans le royaume du magicien Créonta. Le prince part donc, emmenant

L'ESCALIER D'OR DU PALAIS DUCAL.

comme écuyer Truffaldin. Il y a quatre obstacles à vaincre : une
porte de fer rouillée par le temps, un chien affamé, une corde à
puits humide, une boulangère qui dirige un four fantastique. Pour
cela, le nécromant Cello, protecteur du prince, lui a remis trois
talismans : un onguent pour graisser la porte, un pain pour le jeter
au chien, un balai pour la boulangère, et, quant à la corde du
puits, il lui a recommandé de l'étendre au soleil pour la faire
sécher.

Comment le héros triomphe-t-il des épreuves? Je n'ai point à le
raconter ici. Toujours est-il qu'au moment voulu Truffaldin reparaît
avec les oranges. Seulement, pressé par la faim et la soif, il oublie
que lesdites oranges ne doivent être ouvertes que près d'une fontaine. Il fend l'une des trois : une jeune fille en sort, aux applaudis-
sements du public. Mais elle se laisse aussitôt choir sur le gazon
en s'écriant qu'elle meurt de soif. Truffaldin n'ayant point d'eau à
lui donner, elle expire.

La seconde orange est fendue ; la même scène se répète. Truffaldin va ouvrir la dernière, quand le prince survient et la lui arrache.
A son tour, le jeune homme ouvre le fruit, mais près d'un lac, où
la troisième nymphe née de l'écorce d'or peut se désaltérer. Cette
nymphe, on le devine, n'est qu'une fille de roi qu'un méchant génie
a condamnée, ainsi que ses compagnes, à cette captivité dans la
peau d'une orange. Par malheur, Tartaglia s'étant absenté un
instant, le magicien en profite pour changer la jeune fille en colombe.
Après une nouvelle série de scènes et de transformations, Tartaglia
finit par épouser son orange : ce qui signifie que le public se marie
au genre fantastique et bouffon innové par Gozzi.

Ce « conte de nourrice », selon l'expression de l'auteur lui-même,
était une déclaration de guerre énergique au théâtre « régulier » de
Goldoni. Entre les deux rivaux, le duel, dès lors, ne devait plus
cesser. Après la fable des *Trois Oranges* vint celle du *Corbeau*, puis,
successivement, le *Roi-Cerf*, *Turandot*, la *Femme-Serpent*, le *Roi
des Génies*, etc. Dix années durant, Gozzi travaille pour cette fameuse
troupe Sacchi, revenue du Portugal après le tremblement de terre
de Lisbonne. Puis sa société d'acteurs et d'actrices se disperse. Le
poète renonce à ses chères fictions ; il se réfugie dans la solitude, et
écrit ses *Mémoires*.

Pas plus que Venise elle-même, il n'a d'apothéose finale. Il a disparu de la scène, et l'on n'entend plus parler de lui. Je crois même que la date de sa mort est restée inconnue.

IV

Dans une de ses comédies, celle où Turandot, la princesse chinoise, pose une série d'énigmes à Calaf, on lit cette flatterie à l'adresse de la cité des lagunes :

« Dis-moi quelle est la terrible bête, à quatre pieds et pourvue d'ailes, bonne pour qui l'aime, altière avec ses ennemis, qui a fait trembler le monde et qui vit encore, orgueilleuse et triomphante ? Ses flancs robustes reposent solidement sur la mer inconstante ; de là, elle embrasse avec sa poitrine et ses serres un immense espace. »

Hélas ! le lion de Saint-Marc n'avait plus rien de cette fière prestance, et ses ongles étaient désormais rognés.

Son commerce, depuis deux siècles, n'avait cessé de décroître. En 1773 les Inquisiteurs font une enquête sur les diverses industries de la ville. Bien que fournissant encore de l'ouvrage à trente mille ouvriers, toutes sont en pleine décadence. La navigation n'attire plus la foule ; des constructeurs de barques, un quart demeure sans ouvrage. Les âmes s'engourdissent ; le luxe épuise les plus riches patrimoines.

Du jour où la perte de l'Archipel était venue réduire de moitié le champ du trafic national, il s'était formé peu à peu une classe de nobles sans fortune qui continuaient cependant, par droit de naissance, à partager avec les grands la souveraineté de l'État. Comme les *poveri nobili* de Gênes, qui vivaient de legs et de fondations, ces patriciens besogneux de Venise, que l'on appelait les *Barnabolli*, parce qu'ils habitèrent d'abord, rue Saint-Barnabé, des maisons appartenant au public, quêtaient ouvertement leurs moyens de subsistance près de la Seigneurie. Ils vendaient leurs voix au Grand Conseil, et le jeu était une de leurs ressources.

Le peuple, lui, courait aux loteries, aux *sagre*, aux fêtes de toute sorte. Jamais la vie n'avait paru plus facile et plus gaie. Sur la Piazza, sur le Môle et aux environs, c'était un carnaval perpétuel; ni nuit, ni jour, les cafés ne se vidaient, et à toute heure on festoyait dans les hôtelleries et les *casini*.

Une *osteria* licencieuse, gouvernée par des officiers de police,

GONDOLE VÉNITIENNE.

telle était la Venise de la décadence. Il est vrai que ce mauvais lieu était un Éden sans pareil au monde, et que la police y était si bien faite que, de toutes les cités de l'Italie, c'était, en ce temps-là, celle où l'étranger se sentait le plus en sûreté. C'était aussi celle qui lui offrait les gîtes les meilleurs et les plus confortables; partout ailleurs dans la péninsule, il n'y avait que d'exécrables auberges. Aussi les oisifs et les gens de plaisir y accouraient-ils de tous les coins de l'Europe.

De l'avenir, nul ne s'inquiétait. L'éloquence enflammée d'un Jean-Jacques Rousseau avait beau retentir au delà des Monts, annonçant déjà les convulsions qui devaient secouer le siècle finissant, la république avait beau se mourir, et les horizons s'assombrir au loin : sur les lagunes on n'en voyait rien. Le ciel y était toujours azuré ; les dômes mauresques, les palais dorés, y étincelaient toujours au soleil ; la musique et la poésie y résonnaient toujours dans l'air parfumé, berçant mollement les corps et les âmes ; le nuage même qui volait par l'espace apparaissait toujours coloré comme par un coup de pinceau de Titien. Demain le naufrage pouvait venir ; mais qu'était le naufrage sur une pareille mer ? Une volupté de plus ajoutée à tant d'autres :

Il naufragar m'è dolce in questo mare!

V

Tout à coup les armées de l'Autriche et de la France viennent se heurter dans les plaines lombardes, avec un fracas d'armes inconnu depuis la journée de Marignan. Le lion de Saint-Marc alors se réveille en sursaut : il est trop tard. Effrayés de tout ce qui se passe en Europe, les patriciens des lagunes ont refusé l'alliance que Bonaparte est venu lui offrir ; ils ont cru qu'ils pouvaient rester neutres, alors que toutes les nations d'Occident se hâtaient de prendre parti. L'erreur devait leur coûter cher. Les provinces de terre ferme, fatiguées du joug, se soulèvent ; l'insurrection éclate d'abord à Bergame, d'où elle gagne Brescia, Salo, et d'autres districts. La Seigneurie fait marcher ses troupes comme jadis ; mais les temps ne sont plus les mêmes. Elle se heurte aux bataillons de la France.

La lutte, pour Venise, était-elle possible ? Quelques patriotes voulaient la risquer. La république n'était pas sans moyens de défense. Elle possédait encore 205 bâtiments armés, 800 pièces d'artillerie et 3500 soldats vénitiens, auxquels 140 000 citoyens pouvaient ajouter l'appoint de vingt milliers de miliciens. Par malheur le gouvernement manquait d'énergie ; la trahison, en outre, était dans son sein.

Le 12 mai 1797, le Grand Conseil se hâte d'abdiquer pour rendre
au peuple, après six siècles de confiscation, une souveraineté dont
à présent il ne sait plus que faire. Il vote l'établissement d'une
municipalité, d'un gouvernement provisoire, et l'introduction des
troupes françaises dans Venise. La flotte vénitienne va recevoir elle-
même l'étranger. La république oligarchique et autoritaire des
lagunes a pour toujours cessé d'exister. Il ne reste plus qu'à livrer

PÊCHEUR DE L'ADRIATIQUE.

aux flammes ce fameux *Livre d'Or*, vieux tout juste de cinq siècles,
et qui ne peut plus être qu'une relique surannée.

Quelques mois après, devant le tapis vert de Campo Formio,
Bonaparte trafiquait de l'indépendance de l'ex-suzeraine de l'Adriatique. Pour les besoins de son ambition, il dépeçait sans vergogne
son empire. A la république Cisalpine il donnait la Romagne, les
Légations, le Bergamasque, le Brescian, avec les limites de l'Adige
et de Mantoue; à l'Autriche il livrait Venise elle-même, avec le
reste de son territoire de l'un et l'autre côté du golfe.

Ainsi la vieille écumeuse des mers subissait à son tour la peine
du talion. Le doge Manin, un Frioulan, eut beau s'évanouir de dou-

leur en signant l'acte de décès de sa patrie et en prêtant serment à l'Autriche ; un noyau de patriotes eut beau s'indigner et une noble dame s'empoisonner de honte : le sacrifice était consommé. L'illustre ville, coupée du reste de l'Italie, devait rester près de soixante-dix ans sous la gueule des canons allemands de Malghera et la menace du camp retranché de Vérone.

V I

Un moment, au milieu du siècle, la cité captive rompt ses liens. C'est la glorieuse épopée de quinze mois qui va du 22 mars 1848 au 24 août 1849.

Cette Venise qui renaissait à la liberté n'était plus, à beaucoup d'égards, celle que nous avons dépeinte au lecteur. La vieille Venise était morte à Campo Formio. A sa place s'était formée une autre Venise, rajeunie par l'idée démocratique et le sentiment de la nationalité. L'antique esprit de *particularisme*, sans s'y éteindre absolument, avait cédé peu à peu à l'instinct d'une situation nouvelle, aux nécessités d'un avenir qu'on prévoyait devoir être tout différent du passé et qui, d'avance, imposait d'autres façons de penser et d'agir aux patriotes éclairés des lagunes. La devise historique que l'on sait : *Vénitiens d'abord, Chrétiens ensuite*, se trouvait modifiée et comme retournée. *Italiens d'abord, puis Vénitiens*, telle était maintenant la maxime de cette population opprimée qui sentait bien qu'elle n'avait d'espoir que dans une union sans arrière-pensée avec le reste de la péninsule.

Le traité qui avait livré Venise à l'Autriche y avait brisé à tout jamais les formes surannées et caduques de la république aristocratique. Quarante ans de vie commune, dans la fraternité de la servitude, avec les villes lombardes ses voisines avaient hâté cette fusion morale. A l'insu de ses maîtres et aussi en quelque sorte de lui-même, un travail mystérieux et latent s'était fait dans l'âme de ce

DANIEL MANIN.

peuple qui se souvenait d'avoir été jadis vaincu sans combat, et pour qui le joug n'en était que plus lourd.

Une des causes principales de sa chute avait été l'obstination égoïste et aveugle avec laquelle il s'était accroché à un régime politique et social qui allait, de toutes parts, s'écroulant en Europe. Un demi-siècle d'esclavage et de méditation avait enfin changé ses idées, et, quand vint le mouvement de 1848, il se trouva du jour au lendemain en état d'effacer d'un seul coup le désastre de 1797 et de montrer ce que, seul au besoin, il pouvait faire pour la liberté italienne.

Nul soubresaut avant-coureur du réveil n'avait annoncé chez lui cette reprise d'énergie et de virilité. Au milieu des fermentations dont l'Italie est alors le théâtre, l'ex-souveraine de l'Adriatique continue de rester en apparence calme et résignée. Et cependant, de toutes les cités transalpines soumises à l'Autriche, c'est elle qui est la plus malheureuse. Écrasée d'impôts vexatoires, sacrifiée de propos délibéré à Trieste, une de ses premières rivales du vieil âge, elle se voit en outre tenue en quelque sorte au secret par une armée de sbires soupçonneux, au service non plus de la Seigneurie, mais de l'étranger. Bref, ses maîtres la traitent plus durement que le reste de la Lombardie, à dessein sans doute, afin d'exciter entre les villes sœurs des rivalités et des jalousies.

Néanmoins, elle ne se donne même pas la peine de conspirer. Mazzini trouve chez elle peu d'adeptes. Les sociétés secrètes, si actives partout dans la péninsule, ne recrutent que de rares prosélytes au delà du pont de Mestre. Chose étrange ! la ville italienne où, de tous temps, on avait le plus aimé les menées ténébreuses et le mystère, semble être celle qui se prête le moins aux complots politiques, au *carbonarisme*, à toute cette organisation occulte par laquelle la jeune Italie prélude à son émancipation. Son droit lui suffit; il lui apparaît si puissant et si clair que nulle préméditation de violence n'a besoin de le venir renforcer. Aucune cédule écrite ne l'infirme. « Nous avons été livrés, non conquis, se répètent les gens des lagunes; demain, comme aujourd'hui et hier, ce sera le mot de notre situation. » De là cette placidité trompeuse qui laissait croire à beaucoup d'Italiens que la ville des doges était faite au joug et que, quoi qu'il advînt, il n'y avait point à compter sur elle.

C'était pourtant Venise qui allait fournir à l'œuvre de la renaissance nationale le plus actif ouvrier qu'elle ait eu, avec le comte
de Cavour; je veux parler de Daniel Manin.

Celui-ci n'était point un descendant du dernier doge de la
république. Le nom de Manin n'était devenu le sien, ainsi que
l'explique un publiciste, « que par un de ces liens de patronage,
comme il s'en formait autrefois à Venise ». Sa famille, israélite
d'origine, l'avait reçu sur les fonts baptismaux en se faisant catho-
lique, et Daniel avait juré de le réhabiliter.

Avant même 1848, il était entré ardemment dans la lice; on eût
dit qu'en lui s'incarnait la Venise nouvelle que je viens de faire
connaître; c'était bien le lutteur à visage découvert, l'agitateur
politique qui se prévaut fièrement de son droit et dédaigne d'user
de sapes souterraines. Le gouvernement autrichien l'ayant mis en
prison, la ville entière se fit la gardienne de ses intérêts et de sa
famille, et l'on vit en cette occasion les deux vieilles factions sécu-
laires des Nicolotti et des Castellani se réconcilier solennellement
dans l'église de la Salute, et promettre d'oublier leurs querelles
pour travailler à la cause commune.

Sur l'entrefaite éclate à Paris le mouvement de février. L'étin-
celle électrique gagne Berlin et Vienne; le 18 mars, la révolution
est à Milan; quatre jours après, Venise secoue le joug à son tour.

Manin, dont la foule est allée tout de suite briser les fers, est
porté en triomphe sur la place Saint-Marc, et l'Arsenal est pris sans
combat. Les *habits blancs*, comme on appelait les Autrichiens,
n'ont plus qu'à évacuer des lagunes et, bientôt après, la terre ferme
elle-même. La garde civique de Venise s'est assurée du fort de Malghera; les Chioggiotes se sont emparés des positions de San Felice
et de Brondolo; l'estuaire est libre des deux côtés.

En quelques jours, dans toutes les provinces de l'ancienne Vénétie,
des monts du Frioul aux marais de Rovigo, les Allemands n'ont
plus une forteresse; seules Vérone et Mantoue restent entre leurs
mains.

Quel triomphe inespéré, et quelle joie! Les couleurs jaune et
noire ont disparu en un clin d'œil, et partout on entend retentir le
vieux cri de : « Vive Saint-Marc! » De sa maison de Saint-Paternian,
Daniel Manin, acclamé par la foule, prend la direction du gouver-

MANTOUE.

nement. L'enthousiasme est universel : les riches envoient leur
argenterie au trésor; les pauvres donnent ce qu'ils ont; les femmes
sacrifient leurs bijoux et les épingles de leur chevelure.

Cependant l'Autriche est toujours menaçante; le pays demeure
ouvert sur toutes ses frontières. Pendant que Venise et le roi
Charles-Albert discutent les conditions de leur alliance, une armée
allemande de réserve rallie celle de Radetzki, cantonnée à Vérone.
Bientôt les provinces de terre ferme retombent au pouvoir des
Impériaux, et, le jour où l'on se décide enfin à prononcer la fusion
politique de la Vénétie et du Piémont, la commune défense est
déjà compromise.

Pour faciliter l'œuvre d'union, Manin n'hésite pas à abdiquer en
pleine assemblée, et le 7 août les commissaires piémontais prennent possession de la ville des Doges. Quelques jours plus tard
éclate, comme un coup de foudre, la nouvelle des désastres essuyés
par l'armée de Charles-Albert sur le Mincio et à Milan, et celle de
l'armistice qui rejette la maison de Savoie dans ses frontières. Les
représentants du Piémont s'éclipsent, et Manin reprend la dictature.

Alors commence la période héroïque de cette lutte entreprise
sans préparation et à l'improviste. Les catastrophes se succèdent.
En avril 1849 a lieu la terrible bataille de Novare. La France, sur
l'appui de laquelle on avait compté, fait défaut; le Piémont est
écrasé, et la restauration de l'absolutisme dans les autres parties de
la péninsule achève d'ôter tout espoir à Venise.

Que faire? Les représentants se réunissent dans cette fameuse
salle du Grand Conseil toute tapissée des antiques trophées de la
république, et là on décide de résister « jusqu'au bout », ne reçût-
on l'assistance de personne. Cette résolution désespérée est annon-
cée en même temps aux vaisseaux autrichiens de l'Adriatique et à
l'armée de terre assiégeante par l'érection d'un pavillon rouge au
sommet du campanile de Saint-Marc.

Vingt mille hommes aux ordres du général Pepe constituaient la
force défensive; soixante-dix forteresses et cinq cents canons
couvraient la ville et les lagunes. C'était de quoi tenir l'ennemi en
échec, si celui-ci eût eu à craindre quelque diversion d'un autre
côté. Malheureusement, ce n'était pas le cas; dans ce duel *in extre-*

mis de cinq mois, Venise était condamnée, suivant le mot connu,
à *fare da se*.

Le blocus se resserre peu à peu ; les Autrichiens font pleuvoir les
bombes et les boulets rouges sur la fière cité, où les incendies vont
se multipliant ; les vivres commencent à manquer ; pour surcroît,
le choléra éclate ; on ne parle pas encore de se soumettre. Enfin,
la famine grandissante a raison de la résistance. Le 24 août, le
gouvernement, reconnaissant son impuissance, transmet ses pouvoirs à la municipalité, chargée de traiter de la reddition, et, trois
jours après, Daniel Manin, avec quarante autres citoyens exceptés
comme lui de l'amnistie, se retire à Turin, où bientôt tout un
ban d'émigrés transporte une nouvelle Vénétie résolue, cette fois,
à se préparer aux éventualités de l'avenir. Mais le grand patriote,
resté populaire de loin comme de près, ne devait pas voir l'affran-
chissement définitif de sa cité, ni même celui de la Lombardie : il
mourut en septembre 1857.

VII

Voilà donc derechef le drapeau autrichien flottant sur Venise. De
nouveaux événements politiques s'accomplissent ; le régime consti-
tutionnel s'affermit en Piémont. Le petit royaume de montagne
entre peu à peu dans le concert des puissances ; il participe à la
guerre d'Orient ; la bannière de Savoie et le drapeau tricolore
ondoient côte à côte sur les champs de bataille, et, grâce au comte
de Cavour, le congrès de Paris délibère sur les « choses d'Italie ».
Un jour enfin la diplomatie cède la place à l'action : c'est la guerre
de 1859.

Après Magenta et Solferino, quand les pantalons rouges campaient
devant Vérone, la cité de Saint-Marc se croyait libre. Patriciens,
gondoliers, tout le monde était prêt. L'escadre française avait paru
en vue de la ville ; un seul coup de canon, la révolte éclatait. C'était
un délire général. On sait de quel désappointement cette joie fut suivie.

CHATEAU DE VILLAFRANCA.

Une anecdote donne bien à comprendre quel devait être l'état des esprits dans la ville des lagunes quand, en septembre 1859, Milan sa voisine, toute pavoisée, et les cloches en branle, recevait dans ses murs les députations de l'Italie centrale allant à Turin présenter au roi Victor-Emmanuel les votes d'annexion.

Une veuve vénitienne avait un fils qu'elle aimait beaucoup, et dont les ardeurs patriotiques étaient pour elle une cause de transes continuelles. Quand il lui parlait de ses espérances, elle se contentait de hocher tristement la tête. N'y avait-il point là-bas les lignes redoutables du quadrilatère, hérissées de fer et de feu? Chaque îlot des lagunes ne s'était-il pas, depuis 1848, transformé en une forteresse? Les passes des *lidi* n'étaient-elles pas devenues autant de Thermopyles?

Surviennent les premiers événements de 1859; les espérances du jeune homme s'avivent de plus en plus; la vieille femme, elle, reste encore incrédule; elle a passé par tant de déceptions! Enfin, un jour, son fils vient lui dire : « Venez vite, mère; du toit de la maison on aperçoit la flotte des libérateurs, le pavillon de la France ». Tous deux courent, et la veuve de pousser un cri d'allégresse et de croire enfin à la délivrance.

Le lendemain arrivait la nouvelle de la paix de Villafranca, qui, en affranchissant le Milanais, laissait Venise à l'Autriche. La vieille femme en mourut..... D'autres, dit-on, devinrent fous de douleur.

Sept années durant, de 1859 à 1866, la cité des Doges ronge son frein, silencieuse et désespérée. « La ville, dit M. Taine qui la visita dans cet intervalle de temps, est coupée du Milanais par les douanes. On n'y travaille pas; la tristesse alanguit tous les efforts comme tous les plaisirs. Les nobles vivent cloîtrés dans leurs terres; beaucoup de palais se dégradent; quelques-uns semblent abandonnés. Sur 120 000 habitants, il y a 40 000 pauvres, dont 30 000 à l'aumône et inscrits sur les registres de secours.... Des espions, préposés à cet office, font une enquête sur le commerçant (qui doit payer le vingtième de ses bénéfices présumés), calculant ce qu'il dépense par jour, tant pour son loyer, tant pour ses employés ou domestiques, tant pour sa nourriture; puis ils conjecturent son bénéfice d'après sa dépense, et là-dessus contrôlent sa déclaration. Cela fait une sorte d'inquisition, qui décourage toute

industrie. Dans cette misère et cette inertie les étrangers seuls ont
de l'argent; on se les dispute. Nulle part en Italie la vie n'est à si
bon marché pour un voyageur.

« Beaucoup de citoyens ont émigré et se sont établis en Lombardie; ils ne peuvent s'accoutumer à la pensée que Venise, qui, seule
en Italie pendant tant de siècles, avait échappé aux étrangers,
demeure seule en Italie aux mains des étrangers. Figurez-vous
dans une famille cinq ou six sœurs qui deviennent des dames, et la
dernière, la plus belle, la charmante Cendrillon, qui reste ser-
vante. »

Ajoutons que depuis 1859 on comptait 14 000 Vénitiens dans les
rangs de l'armée italienne.

Sur les lagunes même, malgré l'abattement général des âmes,
on ne laissait pas de narguer de toutes façons le maître abhorré
auquel on était contraint d'obéir. Tantôt c'étaient les pigeons de
Saint-Marc qui s'envolaient, en manière de défi, avec un ruban
tricolore aux ailes; tantôt c'étaient des feux d'artifice aux trois
couleurs jaillissant dans les airs; d'autres fois c'étaient des pla-
cards de félicitations aux frères d'Italie, que l'on collait la nuit tout
en haut des murs et que les sentinelles autrichiennes apercevaient
au lever de l'aurore. Personne ne se doutait alors que, par un
retour singulier des choses, cette liberté que Venise n'avait pu
reconquérir à force d'héroïsme, quand en 1848 elle avait arraché
les dalles de ses quais pour expulser les soldats tudesques, elle
devait la recouvrer inopinément, au lendemain de deux défaites
essuyées par les fils de la péninsule.

Ce fut pourtant ce qui arriva. Lorsqu'en 1866 la Prusse et
l'Autriche furent aux prises, l'Italie ne manqua pas de saisir l'occasion de revendiquer le reste de son patrimoine historique et terri-
torial. Il n'y a pas lieu de raconter ici cette dernière guerre de
l'indépendance qui eut pour théâtre, sur terre, la région de l'ex-
Vénétie qui s'étend du pont de Borghetto à Somma-Campagna, et,
sur mer, les eaux de Lissa.

Si à Custozza comme à Lissa l'inexpérience des généraux italiens
assura la victoire de l'Autriche, ce n'en furent pas moins deux
échecs glorieux. Ici comme là du reste, le bruit du canon se perdit
dans les formidables détonations de Sadowa, et ce fut, on le sait,

RUINES DU PONT DE BORGHETTO.

sur le champ de bataille de Bohême que fut résolue la question engagée dans les plaines du Mincio et de l'Adige. Et de même que Venise, en 1797, s'était vue cédée sans avoir été prise, de même, en 1866, elle se vit délivrée sans s'être battue. Un trait de plume l'avait livrée à l'Autriche : un autre trait de plume la donna au nouveau royaume d'Italie.

FIN

TABLE DES MATIÈRES

CHAPITRE IX

FIN DE LA TABLE DES MATIÈRES

Coulommiers. — Typ. PAUL BRODARD.

LE
JOURNAL DE LA JEUNESSE

NOUVEAU RECUEIL HEBDOMADAIRE

TRÈS RICHEMENT ILLUSTRÉ

Les dix-huit premières années (1873-1890)
formant trente-six beaux volumes grand in-8 et contenant
plus de 9500 gravures, sont en vente

Ce nouveau recueil hebdomadaire est une des lectures les plus attrayantes
que l'on puisse mettre entre les mains de la jeunesse. Il contient des nouvelles,
des contes, des biographies, des récits d'aventures et de voyages, des causeries sur l'histoire naturelle, la géographie, l'histoire sainte, les arts et
l'industrie, etc., par

Mmes BARBÉ, S. BLANDY, CAZIN, CHÉRON DE LA BRUYÈRE, COLOMB, GUSTAVE DEMOULIN

H. FAYEL, ZÉNAIDE FLEURIOT

L. MUSSAT, P. DE NANTEUIL, DE WITT NÉE GUIZOT

MM. ASSOLANT, H. DE LA BLANCHÈRE, LÉON CAHUN, M. DAUBIN, ERNEST DAUDET

F. DILLAYE, MAXIME DU CAMP, LOUIS ÉNAULT, J. GIRARDIN, AIMÉ GIRON, A. GUILLEMIN

H. JACOTTET, CH. JOLIET, A. LEMAISTRE, ALBERT LÉVY, XAVIER MARMIER

MAYNE-REID, ERNEST MENAULT

H. MEYER, F. MULLER, L. ROUSSELET, L. SEVIN, G. TISSANDIER, V. TISSOT, ETC.

et sont

ILLUSTRÉES DE 9500 GRAVURES SUR BOIS

DESSINÉES PAR

É. BAYARD, BUSSON, CRAFTY, C. DELORT, A. FAGUET, J. FÉRAT, JEANNIOT

P. KAUFFMANN, A. LEMAISTRE, F. LIX, A. MARIE, DE MENCINA KRESZS, MYRBACH

A. DE NEUVILLE, PHILIPPOTEAUX, F. POIRSON, Y. PRANISHNIKOFF

F. RÉGAMEY, S. REICHAN

P. RENOUARD, RIOU, E. RONJAT, SAHIB, TOFANI, G. VUILLIER, TH. WEBER, E. ZIER

CONDITIONS DE VENTE ET D'ABONNEMENT

Le Journal de la Jeunesse paraît le samedi de chaque semaine. Le prix du numéro
comprenant 16 pages grand in-8, est de **40** centimes.
Les 52 numéros publiés dans une année forment deux volumes.
Le prix de chaque volume, broché, **10** francs ; cartonné en percaline rouge, tranches
dorées, **13** francs.

PRIX DE L'ABONNEMENT POUR PARIS ET LES DÉPARTEMENTS

Un an (2 volumes)...... **20** francs. | Six mois (1 volume)..... **10** francs.
Prix de l'abonnement pour les pays étrangers qui font partie de l'Union générale
des Postes : Un an, 22 fr.; six mois, 11 fr.

Les abonnements se prennent à partir du 1er décembre et du 1er juin de chaque année.

Chéron de la Bruyère (Mᵐᵉ) : *La tante Derbier*. 1 vol. illustré de 44 gravures d'après MYRBACH.
— *Princesse Rosalba*. 1 volume illustré de 90 gravures d'après TOFANI.

Colomb (Mᵐᵉ) : *Les violoneux de la Sapinière*. 1 vol. illustré de 85 gravures d'après A. MARIE.
— *La fille de Carilès*. 1 vol. illustré de 96 gravures d'après A. MARIE.
— *Deux mères*. 1 vol. illustré de 133 gravures d'après A. MARIE.
— *Le bonheur de Françoise*. 1 vol. illustré de 112 gravures d'après A. MARIE.
— *Chloris et Jeanneton*. 1 vol. illustré de 105 gravures d'après SAHIB.
— *L'héritière de Vauclain*. 1 vol. illustré de 104 gravures d'après C. DELORT.
— *Franchise*. 1 vol. illustré de 113 gravures d'après C. DELORT.
— *Feu de paille*. 1 vol. illustré de 98 gravures d'après TOFANI.
— *Les étapes de Madeleine*. 1 vol. illustré de 104 gravures d'après TOFANI.
— *Denis le Tyran*. 1 vol. illustré de 115 gravures d'après TOFANI.
— *Pour la muse*. 1 vol. illustré de 105 gravures d'après TOFANI.
— *Pour la patrie*. 1 vol. illustré de 105 gravures d'après E. ZIER.
— *Hervé Plémeur*. 1 vol illustré de 112 gravures d'après E. ZIER.
— *Jean l'Innocent*, 1 vol. illustré de 110 gravures d'après E. ZIER.
— *Danielle*, 1 vol. illustré de 112 gravures d'après TOFANI.
— *Les révoltes de Sylvie*. 1 vol. illustré de 112 gravures d'après TOFANI.
— *Mon oncle d'Amérique*. 1 vol. illustré de 112 gravures d'après TOFANI.
— *La Fille des Bohémiens*. 1 vol. illustré de 112 gravures d'après S. REICHAN.

Cortambert (E.) : *Voyage pittoresque à travers le monde*. 1 vol. illustré de 81 gravures sur bois.
— *Mœurs et caractères des peuples* (Asie, Amérique, Océanie). 1 vol. illustré de 60 gravures sur bois.

Cortambert et Deslys : *Le pays du soleil*. 1 vol. illustré de 35 gravures.

Daudet (E.) : *Robert Darnetal*. 1 vol. illustré de 81 gravures d'après SAHIB.

Demoulin (Mᵐᵉ G.) : *Les animaux étranges*. 1 vol. illustré de 172 gravures.

Deslys (Ch.). : *Nos Alpes*. — *Le muet de Brides*. — *Les légendes d'Evian*. 1 vol. illustré de 39 gravures sur bois.
— *La mère aux chats*. — *La balle d'Iéna*.
— *La fille du rebouteur*. — *Le bien d'autrui*. 1 vol. illustré de 40 gravures d'après DAVID.

Dillaye (Fr.) : *La filleule de saint Louis*. 1 vol. illustré de 39 gravures d'après E. ZIER.

Énault (L.) : *Le chien du capitaine*. — *Trop curieux*. — *Les roses du docteur*. — *Le mont Saint-Michel*. 1 vol. illustré de 43 gravures d'après E. RIOU et P. KAUFFMANN.

Fath (G.) : *Le Paris des enfants*. 1 vol. illustré de 60 gravures d'après l'auteur.

Fleuriot (Mˡˡᵉ Z.) : *M. Nostradamus*. 1 vol. illustré de 36 gravures d'après A. MARIE.
— *La petite duchesse*. 1 vol. illustré de 75 gravures d'après A. MARIE.
— *Grand'cœur*. 1 vol. illustré de 45 gravures d'après C. DELORT.

Fleuriot (Mˡˡᵉ Z.) : *Raoul Daubry, chef de famille*. 1 vol. illustré de 32 gravures d'après C. DELORT.
— *Mandarine*. 1 vol. illustré de 96 gravures d'après C. DELORT.
— *Cadok*. 1 vol. illustré de 24 gravures d'après C. GILBERT.
— *Caline*. 1 vol. illustré de 102 gravures d'après A. FRAIPONT.
— *Feu et flamme*. 1 vol. illustré de 70 gravures d'après TOFANI.
— *Le clan des têtes chaudes*, 1 vol. illustré de 65 gravures d'après MYRBACH.
— *Au Galadoc*. 1 volume illustré de 64 gravures d'après E. ZIER.
— *Les premières pages*. 1 vol. illustré de 75 gravures d'après ADRIEN MARIE.
— *Rayon de soleil*. 1 vol. illustré de 90 gravures d'après MENCINA KRESZS.

Girardin (J.) : *Les braves gens*. 1 vol. illustré de 115 gravures d'après E. BAYARD.
— *Nous autres*. 1 vol. illustré de 182 gravures d'après E. BAYARD.
— *La toute petite*. 1 vol. illustré de 128 gravures d'après E. BAYARD.
— *L'oncle Placide*. 1 vol. illustré de 130 gravures d'après A. MARIE.
— *Le neveu de l'oncle Placide*. 1ʳᵉ partie, A la recherche de l'héritier. 1 vol. illustré de 122 gravures d'après A. MARIE.
— *Le neveu de l'oncle Placide*. 2ᵉ partie. A la recherche de l'héritage. 1 vol. illustré de 98 gravures d'après A. MARIE.

— *Le neveu de l'oncle Placide.* 3ᵉ et der- nière partie. L'héritage du vieux Cob. 1 vol. illustré de 147 gravures d'après A. MARIE.

— *Grand-Père.* 1 vol. illustré de 91 gra- vures d'après C. DELORT.

— *Maman.* 1 vol. illustré de 112 gravures d'après TOFANI.

— *Le roman d'un cancre.* 1 vol. illustré de 119 gravures d'après TOFANI,

— *Les millions de la tante Zézé.* 1 vol. illus- tré de 112 gravures d'après TOFANI.

— *La famille Gaudry.* 1 vol. illustré de 112 gravures d'après TOFANI.

— *Histoire d'un Berrichon.* 1 vol. illustré de 112 gravures d'après TOFANI.

— *Le capitaine Bassinoire.* 1 volume illus- tré de 118 gravures d'après TOFANI.

— *Second violon.* 1 volume illustré de 112 gravures d'après TOFANI.

— *Le fils Valansé.* 1 vol. ill. de 112 gravu- res d'après TOFANI.

— *Le commis de M. Bouvat.* 1 vol. illust. de 119 gravures d'après TOFANI.

Giron (Aimé) : *Le trois rois mages.* 1 vol. illustré de 86 gravures d'après FRAIPONT et PRANISHNIKOFF.

Nanteuil (Mᵐᵉ de P.) : *Capitaine.* 1 vol. illustré de 76 gravures d'après MYRBACH.

— *Le général Du Maine.* 1 volume illustré de 80 gravures d'après MYRBACH.

— *L'épave mystérieuse.* 1 vol. illustré de 80 gravures d'après MYRBACH.

— *En esclavage.* 1 volume illustré de 80 gravures d'après MYRBACH.

Gouraud (Mˡˡᵉ J.) : *Cousine Marie.* 1 vol. illustré de 36 gravures d'après A. MARIE.

Rousselet (L.) : *Le charmeur de serpents.* 1 vol. illustré de 68 gravures d'après A. MARIE.

— *Le fils du connétable.* 1 vol. illustré de 114 gravures d'après Y. PRANISHNIKOFF.

— *Les deux mousses.* 1 vol. illustré de 90 gravures d'après SAHIB.

— *Le tambour du Royal-Auvergne.* 1 vol. illustré de 115 gravures d'après POIRSON.

— *La peau du tigre.* 1 vol. illustré de 102 gravures d'après BELLECROIX et TOFANI.

Saintine : *La nature et ses trois règnes,* causeries et contes d'un bon papa sur l'histoire naturelle. 1 vol. illustré de 171 gravures d'après FOULQUIER et FA- GUET.

— *La mythologie du Rhin et les contes de la mère-grand.* 1 vol. illustré de 160 gra- vures d'après Gustave DORÉ.

Tissot et Améro : *Aventures de trois fugi- tifs en Sibérie.* 1 vol. illustré de 72 gra- vures d'après Y. PRANISHNIKOFF.

Witt (Mᵐᵉ de), née GUIZOT : *Une sœur.* 1 vol. illustré de 65 gravures sur bois d'après E. BAYARD.

— *Légendes et récits pour la jeunesse.* 1 vol. illustré de 18 gravures sur bois d'après PHILIPPOTEAUX.

— *Un nid.* 1 vol. illustré de 63 gravures sur bois d'après FERDINANDUS.

— *Scènes historiques.* 1ʳᵉ série, 1 vol. illus- tré de 18 gravures sur bois d'après E. BAYARD.

— *Scènes historiques.* 2ᵉ série, 1 vol. illus- tré de 28 gravures sur bois d'après A. MARIE et SAHIB.

— *Lutin et démon. — A la rescousse. — De glaçons en glaçons.* Scènes historiques. 3ᵉ série. 1 vol. illustré de 56 gravures sur bois d'après Y. PRANISHNIKOFF et E. ZIER.

— *Normands et Normandes.* Scènes histo- riques. 4ᵉ série. 1 vol. illustré de 70 gra- vures sur bois d'après E. ZIER.

— *Notre-Dame Duguesclin.* 1 vol. illustré de 70 gravures d'après E. ZIER.

— *Un patriote au XVIᵉ siècle.* Scènes his- toriques. 6ᵉ série. 1 volume illustré de gravures d'après E. ZIER, etc.

— *Un jardin suspendu. — Un village primi- tif. — Le tapis des quatre Facardins.* 1 vol. illustré de 39 gravures d'après G. GILBERT et SEMECHINI.

EXTRAIT DU CATALOGUE

I. — NOUVELLE COLLECTION POUR LA JEUNESSE

PREMIÈRE SÉRIE, FORMAT IN-8 JÉSUS

Prix du volume : broché, **7** fr. ; cartonné, tranches dorées, **10** fr.

About (Ed.) : *Le roman d'un brave homme ;* 2ᵉ édit. 1 vol. avec 52 compositions par Adrien MARIE.

— *L'homme à l'oreille cassée.* 1 vol. avec 61 compositions par Eugène COURBOIN.

Cahun (L.) : *Les aventures du capitaine Magon.* 1 vol. avec 72 gravures d'après PHILIPPOTEAUX.

— *La bannière bleue ;* 2ᵉ édition. 1 vol. avec 73 gravures d'après LIX.

De La Ville de Mirmont (H.) : *Contes mythologiques.* 1 vol. avec 50 gravures.

Deslys (Charles) : *L'héritage de Charlemagne.* 1 vol. avec 129 gravures d'après ZIER.

Dillaye (Gr.) : *Les jeux de la jeunesse,* leur origine, leur histoire, leur règle. 1 vol. avec 203 gravures.

Du Camp (Maxime), de l'Académie française : *La vertu en France ;* 2ᵉ édit. 1 vol. avec 45 grav. sur bois d'après MYRBACH, TOFANI et ZIER.

Guillemin : *Le monde physique,* 5 volumes :
La pesanteur et la gravitation universelle, 26 planches et 443 vignettes.
La lumière, 27 planches et 333 vignettes.
Le magnétisme et l'électricité, 20 planches et 577 vignettes.
La chaleur, 9 planches et 337 vignettes.
La météorologie et la physique moléculaire, 31 planches et 343 vignettes.

Manzoni : *Les fiancés.* Édition abrégée par Mᵐᵉ J. COLOMB. 1 vol. illustré de 40 gr.

Mouton (Eugène) : *Vie et aventures du capitaine Marius Cougourdan.* 1 vol. avec 40 grav. d'après E. ZIER.

Rousselet (L.) : *Nos grandes écoles militaires et civiles* (Ecole navale ; Ecole spéciale militaire ; Ecole polytechnique ; Ecole centrale des arts et manufactures ; Ecole des beaux-arts ; Ecole de médecine ; Ecole de droit ; Ecole normale supérieure ; Ecole forestière) ; 2ᵉ édition. 1 vol. avec 169 fig. sur bois, d'après FERDINANDUS, LEMAITRE, F. RÉGAMEY, etc.

Witt (Mᵐᵉ de), née Guizot : *Les femmes dans l'histoire.* 1 vol. avec 80 gravures.

DEUXIÈME SÉRIE, FORMAT IN-8 RAISIN

Prix du volume : broché, **4** fr. ; cartonné, tranches dorées, **6** fr.

Anonyme : *Tout droit,* par l'auteur de la *Neuvam de Colette.* 1 vol. illustré de 86 gravures d'après ZIER.

Assolant (A.) : *Montluc le Rouge.* 1ʳᵉ partie. 1 vol. illustré de 65 gravures d'après SAHIB.

— *Montluc le Rouge.* 2ᵉ partie. 1 vol. illustré de 44 gravures d'après SAHIB.

— *Pendragon.* 1 vol. illustré de 42 gravures d'après C. GILBERT.

Baker (S. W.) : *L'enfant du naufrage.* 1 vol. traduit de l'anglais par Mᵐᵉ FERNAND, et illustré de 10 gravures sur bois.

Blandy (S.) : *Rouzétou.* 1 vol. illustré de 80 gravures d'après E. ZIER.

— *La part du Cadet.* 1 volume illustré de 80 gravures d'après ZIER.

Cahun (L.) : *Les mercenaires.* 1 vol. illustré de 45 gravures d'après P. FRITEL, P. SELLIER, etc.

Coulommiers. — Typ. PAUL BRODARD.

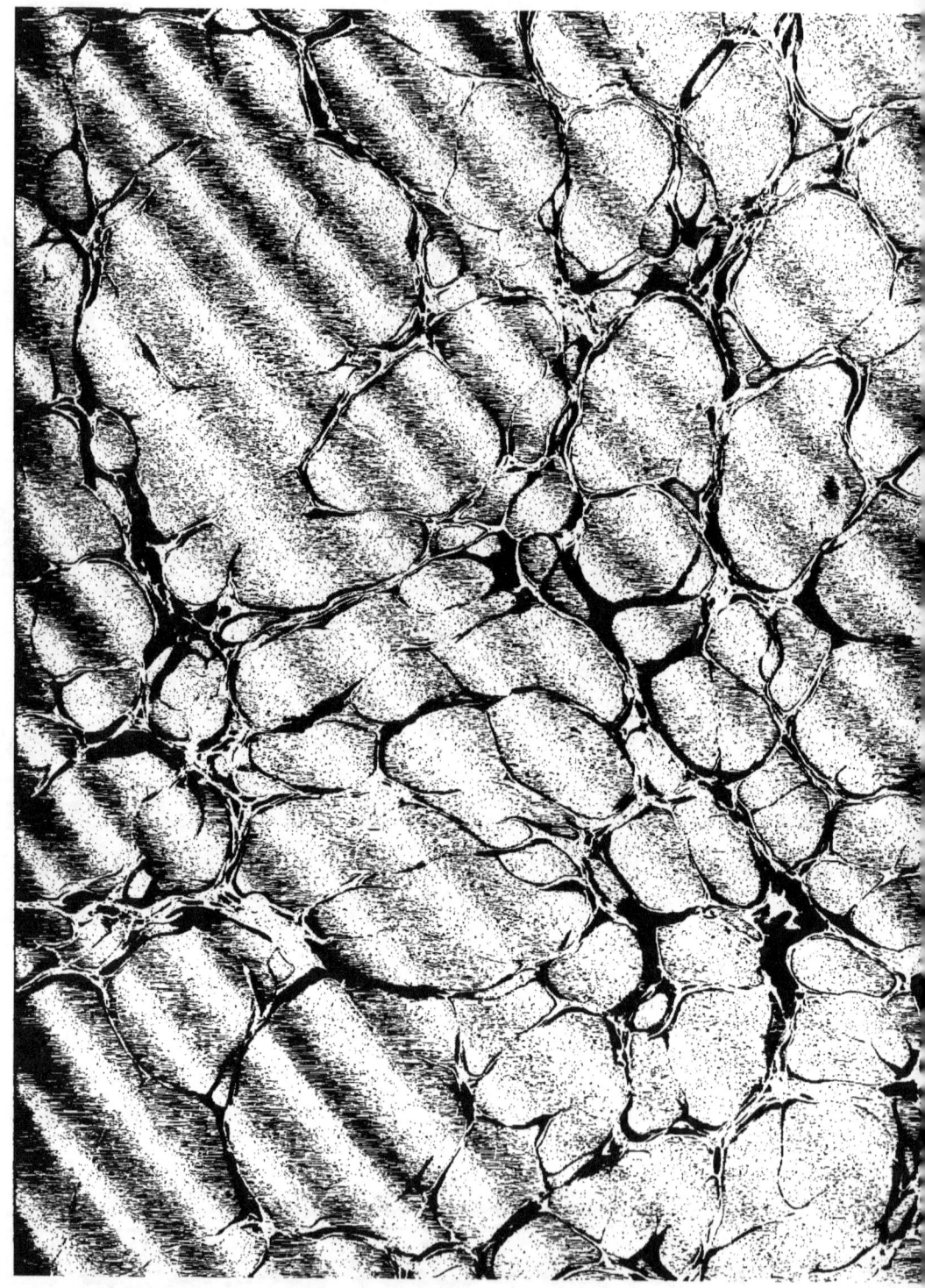

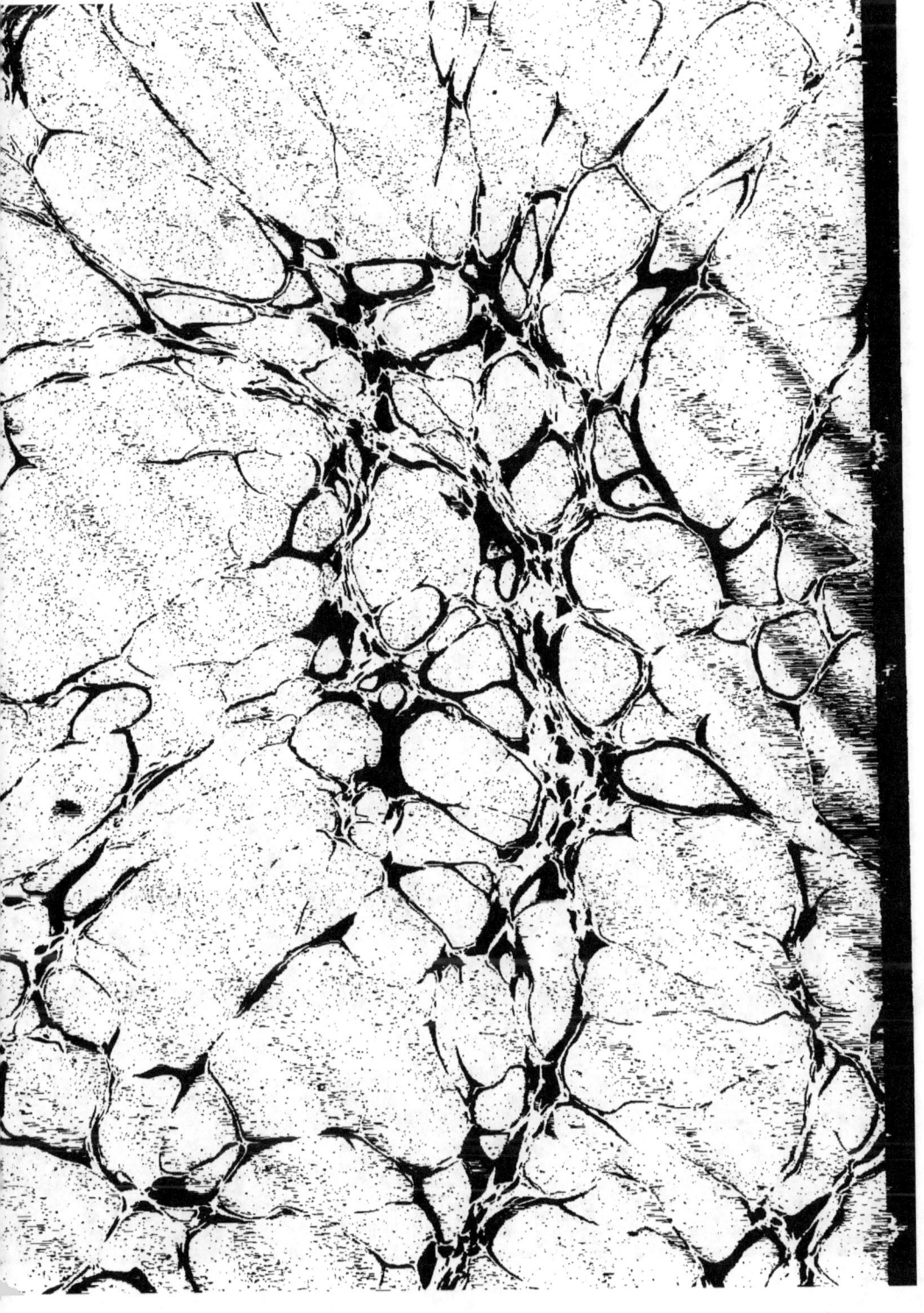